KB193385

베이비시터

베이비시터

원장경 장편소설

팩토리나인

차
례

프롤로그

픽, 픽, 픽.

흙을 찌르고 비집어내는 소리가 공기 중에 떠돌았다. 소리만으로는 이곳이 무덤가인지 놀이터인지 구분할 수 없었다. 바람 한 점 없는 봄날, 햇빛은 무심하게 내리비치고 작은 그림자는 바삐 움직였다. 달궈진 바닥 때문인지 아직 늦봄인데도 햇살은 벌써부터 뜨겁게 꿈틀거렸다. 반짝이는 꽃삽은 새것임을 뽐내듯 날카롭게 햇살을 튕겨냈다. 꽃 한 송이 없는 정원에서, 바삐 움직이면서.

꽃삽이 땅을 찌르고 픽픽 흙이 뒤집혔다. 이곳엔 바람도 습기도 없이 다만 흙 파는 소리와 숨소리와 흙냄새만이 있었다. 꽃삽을 옹골차게 쥔 조막손에는 검붉은 진흙이 말라붙은 핏자국처럼 땀과 기름으로 엉겨 붙어 있었다. 땅 파는

6

아이는 마치 도굴꾼이라도 된 것처럼 열중했다. 진흙과 마른 흙이 엎치락뒤치락 쌓여갔다. 때때로 흙무더기가 쓰러져도 꼬마는 햇빛을 등진 채 묵묵히 자신의 일에만 몰두했다. 무표정한 아이의 턱에 땀방울이 맺혔다.

아이가 기어코 지렁이를 끄집어냈다. 표정 없는 아이는 작은 손아귀에서 발버둥 치는 지렁이를 발치로 내던졌다. 지렁이는 내리쬐는 햇볕의 불편함을 온몸으로 표현했다. 바닥에 함부로 널려 있던 과자 부스러기가 몸부림치는 지렁이와 서로 뒤엉겨 달라붙었다.

지렁이를 잠시 지켜보던 아이는 단호하게 꽃삽으로 내려쳤다. 지렁이는 단숨에 두 동강이 났다. 아이는 수술이라도 집도하듯 차분하게 비장한 눈으로 연이어 꽃삽을 휘둘렀다. 말라붙은 흙 위에 진흙과 지렁이의 살점이 엉겨 붙었다. 햇빛은 아무 일 없이 꼬마의 뒷덜미를 비추었다.

신선한 먹잇감이 먹기 좋게 차려지자, 병아리 한 마리가 기웃거리며 다가왔다.

"이렇게 해야 오는구나." 아이는 작게 중얼거리며 병아리를 바라보았다.

병아리는 잘게 조각난 지렁이를 당연한 듯 쪼아댔다. 아이는 작은 생명체의 게걸스러운 식사를 관찰하며 노란 솜털을 쓰다듬었다. 병아리는 밥을 준 아이의 손길을 겁내지 않고 다만 먹는 데 열중했다. 노란색의 자그마한 머리가 앞뒤로 바쁘게 움직일 뿐이었다.

아이의 손이 천천히 병아리의 목덜미로 내려갔다. 시종일관 무표정이던 녀석의 입꼬리가 비로소 꿈틀거렸다.

햇빛은 여전히 맑았다.

1부

우리 아이 좀
돌봐줄래요?

"우리 아이 좀 돌봐줄래요?"

처음 이 얘기를 들었을 땐, 문득 나 혼자 우주에 남겨진 것처럼 아무 소리도 들리지 않았고 아무것도 보이지 않았다. 요동치는 심장 소리가 귀 안에서 둔탁하게 울리며, 아득한 곳에서 희미하게 떠오르는 하얀빛만이 저 멀리 눈앞에서 아른거렸다.

†

내가 동네 교회에 처음 갔을 때, 가장 놀라웠던 건 밥까지 준다는 사실이었다. 마음만 달래주는 곳인 줄 알았는데 허기까지 채워준다니, 그야말로 은혜로운 곳이었다. 그렇다고 처음부터 그 은혜를 넙죽 받아먹을 용기와 염치는 없었다. 그 안에서 밥을 먹게 되기까지는 꽤 오랜 시간이 필요했다.

굶주림 앞에서는 음식의 종류도 맛도 중요하지 않았다. 그저 밥과 반찬이 내게는 신의 보살핌이었다. 가끔 국수나 떡 같은 걸 받을 때 조금 아쉬웠던 건 메뉴가 마음에 들지 않아서가 아니었다. 배가 금방 꺼져버릴까 봐 그랬을 뿐이었다. 남은 음식을 챙겨오기까지는 차마 할 수 없었지만, 대신 다짐했다.

'꼭 갚겠습니다.'

그 다짐을 안고, 남김없이 열심히도 먹었다. 내겐 뷔페만 큼이나 값진 식사였다.

그러던 어느 날, 진짜 뷔페가 나왔다.

로비 중앙에 반짝이는 식기들이 줄지어 놓여 있었다. 처음엔 그게 뭔지도 몰랐다. 어릴 적 부모님을 따라가본 기억이 있지만, 너무 오래전 일이라 꿈같았다. 나는 그 빛나는 접시들을 바라보며 생각했다. 이곳에 빛이 있다. 이 반짝임이야말로 신의 은총이 아닐까.

이 와중에도 머릿속엔 또 다른 계산이 바쁘게 돌아갔다. 뭐가 맛있을까보다는 뭐부터 집어먹어야 최대한 많이 먹고 오래 버틸 수 있을까, 어쩌면 이틀 치도 가능하지 않을까 하는 생각이었다. 매끈한 뷔페 식기에 비친 나의 표정은 사뭇 진지했다.

멀찍이서 목사님은 직전의 예배에서 소개했던 부부와 대화 중이었다. 분명 예배 시간에 '교회를 빛내는 독지가 부부'라고 소개했던 것 같은데, 나는 당연하게도 흘려들었었다. 뷔페를 저 부부가 준비했다는 것마저도 나중에 알았다. 나는 그저 순간의 일용할 양식을 충실하게 채우기 위해 집중하고 있을 뿐이었다.

그 순간 목사님과 부부까지 총 여섯 개의 눈이 동시에 나를 향했다. 나는 행여 표정이라도 들킬세라 즉시 얼굴을 굳혔다. 의식하니 괜히 입가에 경련까지 오는 것 같았다. 그렇게 그대로 굳어 있는데, 부인 쪽에서 먼저 미소를 지어 보였다. 잠시 눈만 굴리며 얼어 있던 나는 머리를 꾸벅 숙였고, 곧장 몸을 돌렸다. 여전히 시선이 느껴졌지만 애써 모르는 척했다.

소화가 느린 고기류로 한가득 채운 접시를 두 개나 테이블에 내려놓고 앉으니, 그제야 당분간의 근심이 해소되는 기분이었다. 역시 사람은 먹을 것부터 해결되어야 하는 모양이다. 야심 차게 수육부터 한 점 집어 입에 넣으려던 찰나, 내 앞으로 그림자 세 개가 드리웠다.

목사님과 함께 다가온 부부는 호감을 가득 담은 눈으로 나를 보고 있었다. 목사님은 두 사람을 소개했고, 나는 얼떨떨하나마 고개를 숙여 인사했다. 이렇듯 첫 만남은 여느 사람처럼 평범했다.

이때 처음 가까이서 본 남편 소범수는 옆의 부인과 비슷하거나 더 작아 보여 상대적으로 왜소한 듯했지만 단단하고 안정된 눈빛 덕에 얄보이진 않았다. 짙고 곧은 눈썹과 그만큼 크고 또렷한 쌍꺼풀눈, 계란형으로 단정하게 떨어지는 하관과 얇고 긴 입술에 높은 콧대가 중심을 잡은 전형적 미남형인데 소년미가 섞여 있음에도 왠지 추진력 있고 진취적일 것만 같은 인상이어서 더 강단이 있게 느껴졌다.

부인 진이경도 진하지 않은 갈매기 눈썹 밑에 실눈이 있고, 웃을 때 적절히 살집 있는 광대가 올라가며 자연히 구겨지는 콧등과 팔자 주름이 잘 어울렸다. 어깨까지 늘어뜨린 굵지만 심하지 않은 웨이브 머리, 적절한 구릿빛 피부에 넓고 시원시원한 입술, 서양인처럼 각진 하관은 이국적인데, 미소를 지을 때 올라가는 입꼬리와 함께 얇아지는 실눈은 또 동양적이어서 묘하게 어우러졌다. 넓게 퍼지는 입술 틈으로 드러나는 가지런한 치아까지 왠지 정돈된 기운을 풍겼다. 게다가 적당히 넉넉한 핏의 정장 바지와 트렌치코트 때문인지 고급스럽고 우아해 보였다. 다른 말로 하면, 친해지기 어려운 사람 같았다.

이 두 사람은 아주 잘 섞여 어우러진다는 느낌보다는 각자 다른 매력이 돋보이는 모습이었다. 또한 사람들 가운데서도 돋보였는데, 그건 단지 옷차림 때문만이 아니라 특출하게 말로 표현 못 할 눈빛이 이유인 것 같았다.

나는 그렇게 그들만의 설명하기 힘든 오라를 느끼며 한참 동안 멍하니 쳐다만 보고 있었다. 그러자 부인 쪽에서 먼저 말을 걸어왔다.

"식사는, 입에 맞아요?"

음식은 아직 입에 넣지도 못했다. 나도 모르게 기가 눌려 머뭇거렸는데, 드라마에나 나올 법한 단단한 목소리 때문인 것 같았다. 젓가락은 이미 손에서 내려놓은 지 오래였다.

그사이 목사님은 각각 "사장님"과 "부인"으로 부르며 특유의 능변으로 이 부부의 칭찬에 이어 나를 칭찬하는 것으로 말을 이어갔다. 내용을 요약하자면, 나는 양친을 잃고도 꿋꿋하고 바르게 자라 한국 최고의 대학교에 입학했으며, 매주 교회까지 나오니 장로님조차 특별히 관심을 두는 신자로서 후원 대상으로 더할 나위 없다는 것이었고, 부부께서는 역시 특출한 안목으로 적절한 후원자를 찾아냈다는 거였다.

'후원자'라는 말에 잠시 멍해졌다. 목사님이 도대체 나와 무얼 하셨기에, 나의 무엇을 보고 이렇게까지 말씀해주시는지 모르겠지만, 고맙기도 하면서 동시에 교적부인지 뭔지에

다가 지나치게 솔직하게 썼던 걸 후회했다.

안 그래도 여러모로 부끄러운 상황인데, 목사님의 밑도 끝도 없는 칭찬까지 이어지니 웬걸 도리어 도망치고 싶을 만큼 부담스러웠다. 하지만 먹을 걸 앞에 두고 물러설 순 없었다. 젓가락까지 내려놓은 채로 잠자코 있긴 했지만 시선은 자꾸만 음식으로 향했다.

그때 부인이 내 접시를 흘끗 보더니 싱긋 미소를 지었다. 그녀 특유의 여유 넘치는 입매가 돋보였다.

"고기를 많이 좋아하시나 봐요?"

그 말에 목사님도 사장님도 내 접시를 쳐다보았다. 이때는 정말로 도망칠 뻔했다. 하지만 다시 한번, 먹을 걸 앞에 두고 그럴 순 없다고 마음먹었다.

살짝 웃던 소범수 사장님이 따뜻한 어조로 장난스레 말했다. "어이구, 완전 육식파네요."

그의 목소리는 두껍진 않았지만 낮게 깔려 조곤조곤하고 차분했다. 그 때문인지 놀리거나 조롱한다는 느낌은 전혀 없고 오히려 친근감을 드러내는, 소위 말하는 '아이 달래기 좋은 목소리'였다.

나는 잠시 머뭇거리다가 말을 이었다. "고기류가 소화가 느리니까, 덜 배고프게……."

밥값 아끼려고요, 그 말은 입안에서만 맴돌았다. 먹을 건 아무것도 못 삼켰으면서 말만 다시 삼켰다.

소범수 사장님이 고개를 끄덕이며 말했다. "맞아. 배고픈
건 귀찮아."

"밥 챙겨 먹는 게 보통 일은 아니지."

부부는 죽이 잘 맞았다. 그렇게 화제의 방향이 바뀌더니,
영양소가 압축된 알약 같은 게 있었으면 좋겠다, 그런 비슷
한 식품을 개발 중이다, 등의 이야기가 오고 갔다.

그때 바이올린으로 연주한 '라 캄파넬라'의 앙칼진 도입부
가 예리하게 공간을 갈랐다. 부인의 핸드폰이었다. 익숙한
멜로디에 집중을 빼앗기던 찰나, 그녀는 전화를 무음으로
바꾼 뒤 아무렇지 않게 다시 나를 바라보았다.

"공짜로 후원하겠다는 건 아니에요. 우리 일을 잠깐만 도
와주면 돼요."

후원이라는 것이 이렇게 간단히 기정사실이 될 수 있는
건 줄 몰랐다. 오늘은 교회에 밥을 먹으러 왔던 것뿐인데,
솔깃하면서도 또한 걱정과 의심이 같이 든 것도 사실이었다.

"간단한 일이에요."

나는 대답 대신 물음표 가득한 얼굴로 그녀를 바라보았
다. 그녀는 여유로운 미소로 말을 이어갔다.

"우리 아이 좀 돌봐줄래요?"

16

그녀가 그렇게 말했을 때, 순간 나는 전원이 나간 것처럼 의식을 놓치고 말았다. 내 안의 어딘가에 꼭꼭 숨겨놓았던 방아쇠를 당긴 것처럼, 애써 잊었던, 아니 잊었다고 생각했던 것들이 파도처럼 몰아쳤다.

갈대밭에 스치는 봄바람 같은 웃음소리, 여름 갈대밭 호수 같은 청록색 눈, 가을 갈대보다 더 금빛으로 빛나는 머리칼, 리암이라는 작은 아이의 이름까지. 이쯤에서 더는 상상하지 않으려 노력했다. 하지만 저절로 떠오르며 상상은 멋대로 진행됐다. 나 대신 덤벼들던 작은 몸집, 멀리 나뒹굴던 하얀 몸까지.

스스로 많이 괜찮아졌다고 생각했다. 2년이라는 시간 동안 수도 없이 내질렀던 혼잣말과 헛주먹질과 헛발질이 나를 강하게 만들었으리라고 믿었다. 내게 주어졌던 짧지 않은 세월을 버티며 이제는 남들처럼 지낼 수 있는 줄로만 알았다. 몸으로 마음으로 버텨낸 줄 알았다. 하지만 지금, 그 모든 것이 사실은 내가 나 스스로에게 건 얄팍한 최면에 불과했다는 걸 깨달았다. 몸의 주먹과 발은 단단해졌지만 마음의 팔과 다리는 여전히 흔들리고 있었다.

머릿속에 들어온 리암을 애써 내보내려고 고개를 좌우로 흔들었다. 눈을 질끈 감았다가 다시 떴는데 시야가 선명하지 않았다. 등줄기를 타고 땀이 흘렀다. 머리는 뜨겁고 옆구리는 차가우면서 더운 것 같고 눈두덩이와 정수리가 화끈거렸다. 눈을 뜨고 있는데 감고 있는 것 같았다.

정신을 차리고 보니 세 사람 모두 놀란 얼굴로 나를 보고 있었다. 나는 후드집업의 지퍼를 만지작거리다가 내려놓고 다시 올렸다. 무언가 수습해야 할 것 같았지만 아무 말도 떠오르지 않았다. 결국 내가 할 수 있는 것은 천천히 몸을 숙여 인사하고 가방을 챙겨 나오는 것뿐이었다. 접시에 남은 음식은 잊은 지 오래였다.

도망치는 것이 아니라고 생각하고 싶었다. 다만 지금의 내가 할 수 있는 것은, 가야 할 길을 가는 것뿐이었다. 제안을 받아들일 수 없었을 뿐이었다. 내겐 누군가의 아이를 돌볼 자격이 없는 것뿐이었다. 후원이야 어떤들 내가 맡을 수 없는 일인 것뿐이었다. 그래, 그랬을 뿐이었다.

나는 가방을 품에 안고 걸었다. 메지도 못한 채로, 그렇게 앞만 보며 걸음을 옮겼다. 그때 옆으로 검은 차 한 대가 내 걸음과 속도를 맞추었다. 비싸 보이는 차의 운전석 창문이 서서히 내려갔다.

소범수 사장님이 창문 너머로 고개를 내밀었다. "우리가 어, 너무 빨리 본론으로 들어갔나 봐요."

그는 미소를 짓고 있었지만, 나는 그런 그와 눈을 마주칠 용기가 없었다.

나는 결국 땅을 향해 눈을 내리깔고 말했다. "놀라셨죠, 그냥, 저는……."

딱히 걸음을 멈추지도, 속도를 늦추지도 않고, 그렇다고 더 빨리 가려고 하지도 않은 채로 그저 앞만 보고 걸으며, 나는 나머지 말을 겨우 꺼냈다.

"전 안 될 것 같아요. 죄송합니다."

사장님들 잘못이 아니에요, 라고 말하고 싶었지만 입안에서만 맴돌다 삼키고 말았다. 그저 땅만 보고 걸으며 입만 삐끔거리다 한숨을 내쉬었다.

그때 자동차 문이 열리는 소리가 들렸다. 이어 소범수 사장님의 당황한 목소리로 "어이쿠, 여보 뭐야, 조심해야지" 등의 실랑이가 이어졌다. 놀라서 뒤돌아보니 부인이 움직이는 차에서 내리려 하고 있었다. 차는 급히 멈춰 섰고, 그녀는 차 앞으로 가로질러 걸어와 내 앞에 섰다.

"그래서 우리가 만난 거야." 그녀는 두 팔로 내 어깨를 살며시 잡았다. 그런 뒤, 위를 올려다보며 말했다. "그분이 우릴 연결해준 거야. 새로운 기회를 주시려고."

그렇게 말하며 나를 보는 그녀의 눈빛은 내 머릿속으로 파고들어오려는 것처럼 강렬했다. 그런 눈은 마주칠 수도, 피할 수도 없었다. 나는 흔들리는 동공을 애써 심호흡으로 부여잡으며 눈꺼풀만 간신히 깜빡였다.

"그래서 주님이지. 그렇게 자꾸 주시니까."

어느새 차에서 내린 소범수 사장님이 반걸음 뒤에서 거들었다. 그의 말은 부인의 말과 자연스레 이어졌다. 그만큼 부부 둘은 호흡이 잘 맞았다. 왠지 모르게 잘 짜인 각본이나 연극 같기도 했다.

부인은 내가 잠시 멍하니 있는 동안을 기다려주었다. 그러고는 다시 말을 이었다. "이겨낼 계기를, 극복할 힘을 주시려고."

소범수 사장님은 이번에도 거들었다. "무슨 일이 있었든 간에 말이에요."

부인의 눈빛은 급기야 내 시선을 타고 들어왔다. 마치 내 머릿속을 휘저으며 깊은 곳까지 들여다보려는 것처럼 느껴졌다.

그때 나는 숨이 막혔다. 들이쉬려 해도 공기가 좀처럼 들어오지 않았다.

헥, 헥, 그렇게 나는 선 채로 날숨만 반복했다. 부인은 급히 나를 붙들고 흔들었다. 괜찮으냐고 연거푸 물었지만, 나는 아무 말도 할 수 없었다. 숨이 차오르지 않았다. 이내 사장님까지 달려와서 나를 에워쌌다. 병원에 가자고, 차에 태워야 한다며 차 문을 열고 나를 안으로 밀어 넣으려는 그때, 숨통이 풀리면서 크게 한 입 들이쉴 수 있었다. 부부는 나보다 더 크게 한숨을 내쉬었다.

잠시 나를 바라보던 부인이 말했다. "무슨 일이 있긴 있었나 봐요."

그녀의 눈은 여전했다. 나를 이미 알고 있는 듯한, 어쩌면 꿰뚫어 보는 것만 같은, 그런 눈.

"그분께서 우리를 연결해준 어떤 이유가 있는 게 아닐까요? 자기 자신을 벗어날 수 있는, 말로 다 할 수 없는, 그런 무언가."

그때 사장님이 말을 받았다. "우리가 그런 거 전문가거든. 극복, 해방, 초월, 그런 거."

나는 한동안 가만히 서 있었다. 두 분은 내 눈치를 살피는 것 같았다. 두 분과 번갈아 눈을 마주치다 보니 말해야 할 걸 잊었다는 기분이 들었다.

"라 캄파넬라, 좋아합니다." 나도 모르게 내뱉듯 말했다.

두 분은 방금보다도 더 어리둥절한 표정을 지었다.

"아까…… 여사님 핸드폰 벨소리요."

여전히 멍한 얼굴이었을 내 모습을 살피던 부인은 이내 따스한 미소를 지었다.

"그러면 음, 오는 거죠? 우리 집에……?"

그렇게 그 집에 가기로 한 건 바로 다음 날이었다. 공연히 생각만 하다가는 영원히 못 벗어날 것 같아서, 이게 내게 부여된 어떤 또 다른 기회 같아서, 쇠뿔도 단김에 뽑고 싶은 마음이 컸다. 내가 다음 날 바로 간다고 했을 때는 두 부부도 적잖게 놀란 눈치였다.

이른 시간부터 그들이 불러준 커다란 검은색 택시를 타고 집 앞에 도착했을 때, 나는 눈앞에 보이는 걸 차마 집이라고 생각할 수 없었다. 한눈에 들어오지도 않을 정도로 거대한 건물은 단순한 주택이 아니라 오히려 성채 같은 느낌이었다. 듣기로는 겨우 세 명의 가족이 살고 있다고 했는데, 저 집의 모습은 한 가족 이상의 알 수 없는 무언가를 상징하는 것만 같았다.

석탄같이 까맣고 큰 담벼락은 내 키 높이의 세 배는 되어 보였다. 그 정도면 심지어 절벽이라고 해도 될 법했다. 비바람 섞인 시간의 흔적 외엔 흠집 하나 없이 굳건했다. 접근금지 테이프를 굳이 붙이지 않아도 가까이 가기 어려운 그런 벽이었다. 이 정도면 도심 한복판에 새까만 섬 하나를 만들어놓은 셈이었다. 주변에 다른 건물도 없으니 더 독보적이었다. 이 도시에 대한 내 상상과는 또 다른 풍경이었다.

담벼락을 따라 한 바퀴 구경하는 동안, 배낭끈을 손으로 잡는 버릇은 어김없이 나왔다. 뭔가 낯설거나 불확실할 때 이 가방을 붙들고 있으면 조금은 마음이 편안해지는 것 같았다. 그렇게 나의 아이보리색 백팩은 세월의 흔적을 담아가며 황토색으로 진화 중이었다.

5미터 정도 떨어져서 바라보면 담벼락 뒤로 회색빛 침엽수 윗부분이 달랑 하나 보이고, 그 옆에 더 높은 건물이 자리했다. 그 건물이 집인 것 같았지만, 담벼락보다 더욱 새까맸다. 뭘 칠했길래 햇빛을 저렇게 받는데도 색을 유지하나. 아닌가, 칠한 게 아니라 원래 재질이 그럴 수도 있을까. 마치 건물 덩어리 자체가 빛을 흡수해버리는 것만 같았다.

택시에서 내린 순간부터, 나는 한참을 그렇게 입을 벌린 채로 얼마 동안 얼빠진 것처럼 구경만 하고 있었다. 어서 입구를 찾아야 하는데, 봄이라 다행이었다. 한겨울 영하 날씨였대도 지금처럼 대문도 못 찾고 이러고 있었을 것 같았다. 그만큼 이 집은 그 자체로 사람에게 놀랄 만한 인상을 주었다. 청바지에 목이 적당히 늘어난 하얀 쭉티와 하얀 후드집업 차림의 내 모습은 이 집의 무게감에 비해 너무 가벼운 듯했다.

계절이 늦봄임을 뒤늦게 자각하고 보니, 이 집의 외관에서는 봄기운이나 봄의 신호를 찾아볼 수가 없었다. 그렇다고 겨울 같다기보다는, 오히려 어떤 계절도 아닌 것처럼 느껴졌다. 벽 위로 조금 튀어나온 침엽수 한 그루마저 무채색으로 무뎌져 있었다. 나무인데도, 무채색이었다.

그때 갑자기 웅웅거리는 소리와 함께 무언가 부딪히거나 떨어지는 소리가 들렸다. 미세하게 진동도 있는 것 같았다. 소리의 근원을 찾아 나서니 그곳에 대문이 열려 있었다. 대문 안에는 아무도 없었는데, 무슨 기술인지 모를 새롭고 낯선 형태의 문은 원격 조작으로 열린 듯 보였다.

내부의 벽은 밖에서 보는 것만큼 까맣진 않았다. 대문에서 시작되는 길은 언덕으로 이어져 있었으며, 더 좁은 폭을 가진 진회색 돌계단은 지그재그로 언덕을 따라 올라가고 있었다.

계단을 오르니 뒤로 문이 웅웅 닫혔다. 계단 위쪽 왼편으로는 좁고 낮은 다른 통로와 연결되어 있었는데, 그건 반지하 창고처럼 보였다. 오른쪽으로 올라가면 그때야 정원이 펼쳐져 있었다. 이 정원은 일반적으로 상상할 수 있는 것과는 다른 모습이었다. 왼쪽 구석에는 흙으로 된 땅이 자동차 두어 대는 들어갈 만큼 있고, 아까의 왼편으로 향한 통로와 연결된 반지하 창고의 창문이 30센티미터 정도 빼꼼 솟아 있었다. 정원 가운데는 입구와 같은 회색 바닥이 자동차 열 대는 들어갈 만큼 펼쳐져 있었다. 이 넓은 정원에 나무라고는 오른쪽 끝 구석에 하나가 덜렁 있을 뿐이었는데, 그게 밖에서 봤을 때 보였던 그 무채색 빛깔 침엽수였다.

그리고 문제의 집이 있었다. 담벼락과 같이 시꺼먼 색의 거대한 네모 모양의 건물은, 현관문 하나와 그 위층 정도 되는 곳에 짙게 선팅된 큰 창문 하나를 제외하면 전부 다 벽으로 이루어져 있었다. 집이라고 부르기 어색할 정도로 그 어떤 기교도 무늬도 굴곡도 없이 다만 실용성 하나는 끝내줄 것같이 네모났다.

담벼락 밖에 이어서 그렇게 담벼락 안까지 구경하는 동안, 금박 종이 하나가 옅은 봄바람에 살랑 뒹굴어 신발 끝에 닿았다. 우리나라에서 그렇게 구하기 어렵다던 캐나다산 쿠키 소포장 종이였다. 그때 뭔가 떠오를 것 같아 고개를 흔들며 날려버렸다. 심하게 흔들었더니 살짝 어지럽기까지 했다. 어느새 손에는 금박 포장지를 들고 있었다.

정원 흙바닥 끝에는 한 아이가 꼬물거리고 있었다. 보자마자 자동으로 리암이 떠올랐다. 다리가 얼어붙은 것 같았다. 또 고개를 흔들다가, 눈에 힘을 잔뜩 주고 의식적으로 숨을 골랐다. 이제는 피할 수 없다. 내가 선택해서 여기까지 왔다. 다리는 여전히 굳어 있었지만 나는 다시 호흡을 조절했다.

아이는 봉분을 만들어두고 작은 손으로 도닥이고 있었다. 작은 생명체의 반복되는 행동은 괜한 중독성이 있었다. 나는 한동안 아이를 쳐다보기만 했다. 리암이 자꾸만 겹쳐 보이려는 걸 고개를 흔들어 애써 날려 보내며 눈앞의 아이에게 집중했다.

아이와 봉분의 사이엔 마치 묘비처럼 꽃삽이 푹 박혀 있었다. 작게 솟아 있는 봉분을 두드리는 손매가 꽤 야무졌다. 내가 말이라도 먼저 걸어봐야 할 텐데, 몸과 마음이 선뜻 움직여지지 않았다. 깊게 숨을 들이마시고 한 번, 두 번, 세 번째 숨을 내쉰 후에야 겨우 다리를 움직일 수 있었다. 2년의 세월 동안 내 다리는 아이에게 다가가는 것보다 샌드백을 차는 게 훨씬 쉬운 사람이 되어 있었다.

나는 조심스레 다가갔고, 마침내 소년의 뒤에 설 수 있었다. 녀석은 여전히 제 '일'에 몰두해 있었다. 나는 택시 안에서 몇 번이나 혼자 중얼거렸던 말을 해냈다.

"혁우 맞지? 나는 주해라고 해. 인주해."

말해놓고도 너무 기계적이었나 고민될 무렵, 녀석은 하던 일에 열중하면서 말했다.

"병아리가 죽었어."

그래, 아이에게 그만큼 중요한 일이 또 있을까. 나를 쳐다보지도 않고 말하는 녀석을 이해할 수 있었다. 무슨 말을 해줘야 할까 잠깐 고민하는 사이 정적이 흘렀다. 나는 무릎을 굽혀 혁우 옆에 앉는 데까지 많은 용기가 필요했다.

"그래서 그렇게 묻어주는 거야? 착하네."

그때 녀석은 잔뜩 구긴 미간으로 눈을 치켜떴다. 연한 일자 눈썹이 미간과 함께 팔八자가 되어 바둑알 같은 눈마저 째려보니 육식 동물, 이를테면 하이에나 새끼 같기도 했다.

녀석의 눈초리 속에서 나는 잠시 얼어 있었다. 속을 알 수 없는 눈빛이었다. 내가 아무런 말도 하지 못하고 있는 틈에, 녀석은 나지막하게 말했다.

"착해?"

녀석의 서늘한 눈빛이 내게 닿자, 이번엔 리암이 아닌 다른 존재가 떠오르려 했다. 나는 또 고개를 흔들어 떠오르려는 것을 애써 외면했다.

그때 녀석은 다시 고개를 내리고 말을 이었다. "내 이름은 또 어떻게 알지?"

녀석은 빠르고 정확한 발음과 낮은 톤으로 머뭇거림 없이 열 글자를 단숨에 말해냈다. 나이와 전혀 어울리지 않게 냉소적인 표정에 차분한 말투였다.

나는 애써 몸을 일으켜 당황스러움을 감췄다.

"다 알고 왔지. 내가 널 돌보기로 했거든. 내일까지."

녀석은 내 말이 끝나기도 전에 푸풉 웃고 말았다.

"다 알아? 뭘 다 알고 왔는데?"

녀석의 쏘는 듯한 눈초리에 또 말문이 막혀 나는 마른 입술만 계속 핥았다. 그렇게 혁우는 잠시 나를 쳐다보다가 이내 아무렇지도 않게 하던 걸 이어서 했다. 녀석은 두 팔로 체중을 실어 흙 봉분을 꾹꾹 누르고는 옆의 흙더미를 집어 얹고 또 눌렀다.

아이를 대하는 게 원래 이렇게 어려웠던 건지, 나는 풀이 죽어 고개가 저절로 숙여졌다. 그때 손에 들린 금박 포장지가 나를 응원이라도 하듯 햇빛에 반짝였다.

나는 포장지를 슬쩍 내밀며 쳐다보지도 않는 혁우를 향해 말했다. "이거 맛있지……? 나도 이 과자, 아니 쿠키, 되게 좋아해."

그러자 녀석이 눈을 들어 쳐다봤다. 그 반응에 순간 반가웠던 게 사실이다. 드디어 공감대 형성에 성공인가 싶었는데, 혁우는 슬쩍 쳐다보기만 하고 다시 고개를 숙였다.

"그런 거 안 먹어. 병아리 주려고 가져온 거야."

녀석은 여전히 낮은 톤으로, 그리고 여전히 아이치고는 지나치게 똑똑한 발음과 속도로 대답했다. 나와 리암의 추억이 섞인 이 고급 과자는 요 앞의 작은 친구에게는 병아리 간식일 뿐이었다.

"근데 그 병아리가 죽었어."

이때 문득 나는 혁우가 병아리에 집중하고 있다는 걸 새삼 깨우쳤다. 머릿속에 바위가 떨어진 듯한 충격과 함께 창피함이 몰려왔다. 그랬다. 이 아이는 저 봉분에 그렇게도 애를 쓰고 있었다. 저 작은 아이가 병아리 무덤에 이다지도 정성인 것은, 그만큼 병아리가 소중했다고 볼 수 있었다. 이 작은 아이는 지금 저보다 더 작고 소중한 존재를 막 떠나보낸 참이었다. 그런데도 나는 친해지려는 데만 급급한 나머지 아이의 기분은 생각지도 않고 혼자 불도저처럼 밀어붙이고 있었다. 이 아이가 하는 행동의 의미를 눈치챘어야 했다. 기다림이 필요했고 공감이 선행됐어야 했다. 이 아이의 냉랭함은 어쩌면 당연했던 것일 수도 있었다.

나는 아이를 위로해야 할 것만 같아 애써 머릿속을 뒤져 할 말을 찾았다.

"혹시, 병아리 이름이 있을까?"

"……."

"우리 기도할까? 병아리 친구, 천국에 가게 해달라고."

그때 봉분을 다지던 작은 손이 멈추더니 혁우가 고개를 천천히 돌렸다. 아이들은 보통 이럴 때 울먹거리곤 하는데, 마음의 준비를 하고 있자니 은근히 긴장됐다.

"천국??" 그때 녀석은 다시 팔자 눈썹이 되어 나를 쳐다보곤 내뱉었다. "그게 무슨 개소리야?"

예상치 못한 반응과 단단한 억양에 나는 다시 얼어붙고 말았다.

그사이 녀석은 손가락으로 봉분을 수직으로 찍어 누르듯 가리키며 재차 말했다. "뭔 개소리냐고. 병아리는 지금 여기이 안에 있잖아. 누나 바보야?"

저 아이의 입에서 두 번이나 나온 '개소리'라는 비속어의 억양과 어조는 완전한 어른의 그것이었다. 아니, 어지간한 어른보다 더 잘했다. 나는 당황하기도 했지만 내가 상상한 첫 만남과 너무나도 다른 판도에 약간의 좌절감마저 있었다.

나는 또 말문이 막혀버려서 선 채로 가만히 있기만 했다. 그때 녀석이 벌떡 일어나는 바람에 순간 움찔했다. 녀석은 그런 나를 보곤 픽 웃더니 말했다.

"죽어서 그렇게 좋은 곳에 가는 거라면, 왜 다들 안 죽겠다고 발버둥이야?"

녀석은 내 눈을 직시했다. 지금까지 본 아이들의 눈 중에 가장 까만 눈이었다. 눈을 마주치고 있는 동안 묘한 불편함이 우리 둘을 감쌌다. 녀석의 옹골찬 눈은 대답을 요구하는 것 같았다. 대충 얼버무릴까 생각도 했지만, 괜히 잘못 말했다간 또 수렁에 빠질 것 같아 조용히 고개만 저었다.

흐음, 녀석은 철학자 같은 소리를 내곤 흥미 잃은 고양이처럼 고개를 돌렸다. 나는 안도의 한숨을 뱉었다. 녀석은 현관을 향해 뛰는 듯하다 말더니 고개도 돌리지 않고 말했다.

"아 참, 그 과자 이제 필요 없어. 다 가져."

이 아이의 태도는 사람을 헷갈리게 했다. 흔히들 말하는 '츤데레' 뭐 그런 건지, 단순히 싸가지가 없는 건지, 보통의 여덟 살짜리와는 전혀 다른 양상을 보이니 그 속을 조금도 짐작할 수 없었다.

녀석은 말을 남기고는 내 대답을 듣지도 않은 채 현관으로 달려갔다. 그 달려가는 뒷모습만큼은 영락없는 아이 같았다. 그래, 아이는 아이였다. 피부색이 다르긴 해도 리암의 뒷모습도 꼭 저런 모습이었다. 그 모습을 보고 있자니, 왠지 긴장이 살짝 풀리며 깊은 한숨이 새어 나왔다.

혁우가 들어가는 모습을 눈으로 좇다가 현관에 서 있는 누군가와 눈이 마주쳤다. 부인 진이경이었다. 헐렁한 하늘색 상의는 햇빛에 은은하게 빛났고, 역시 헐렁한 회색 트레이닝 팬츠는 바람에 살랑이며 부드러운 곡선을 그렸다. 질끈 묶은 머리를 무심히 뒤로 넘기고, 한쪽 어깨를 문틀에 기대 팔짱을 낀 채로 옅은 미소까지 장착한 그녀는 온몸에서 여유가 풍겼다. 여전한 구릿빛 피부에다가 넓고 시원시원한 입술에 서양인처럼 각진 하관과, 여자 치고도 살짝 큰 편인 나보다 10센티미터는 더 커 보이는 데다 군살 없이 단단해 보이는 골격이 복장과 어우러지니 뭔가 요가나 필라테스 선생님 같기도 했다.

어색하게 시선을 두었다가 결국 고개를 꾸벅 숙이자, 그녀는 고개를 살짝 까딱이며 부드러운 미소로 인사를 받았다. 그 모습은 마치 스크린 속 주연 배우가 연출한 장면처럼 비

현실적으로 우아했다.

"에이, 둘이 벌써 인사를 했네요, 아쉽게. 내가 소개해주려고 했는데."

부인은 스윽 몸을 옆으로 비켜서며 현관 안으로 손을 부드럽게 뻗었다. 마치 느긋한 클래식 영화의 한 장면처럼 자연스러웠다. 말 한마디 없이 눈짓과 몸짓만으로 안내하는데, 작위적이지 않은 부드러운 손짓과 절제된 몸짓은 그녀의 몸에 배어 있는 세련된 멋을 드러냈다. 그 또한 감상 및 감탄 포인트였다. 나도 언젠가 저렇게 해볼 수 있을까 하는 생각이 들었지만, 내가 저렇게 했다가는 나부터 웃길 것 같았다.

현관엔 내 신발보다 튼튼하고 비싸 보이는 실내용 슬리퍼가 가지런히 놓여 있었다. 물론 착화감도 쿠션감도 내 신발보다 좋았다. 대리석도 아니고 나무도 아닌 처음 보는 재질과 촉감의 바닥까지 더하니 발 딛는 순간부터 다른 세상 같았다.

곧바로 길고 좁은 통로가 나타났다. 공사 중인 지하상가처럼 사방이 막힌 낮은 통로여서 키가 많이 큰 사람은 수그리고 들어와야 할 것 같았다. 바닥과 벽의 틈새가 다소 넓다고 생각했는데, 어쩌면 벽은 나중에 지었다거나 하는 왠지 다른 이유가 있을 것 같았다. 이 집은 그랬다. 사소한 하나도 뭔가 남다른 이유가 있을 듯했다. 사방이 막힌 채로 그렇게 10미터 정도를 걸으니 답답함에 숨까지 막혀올 지경이었는데, 끝에 도달하자 그것은 웅장한 압도감으로 변했다.

앞에서부터 빛이 나를 덮쳤다. 넓게 펼쳐진 그곳은 큰 건물 로비처럼 통으로 이어진 하나의 공간이었다. 진한 유리벽이 햇빛을 차단하고 있었지만, 대신 납작한 LED조명이 벽면을 가득 채우고 있어 4~5층 높이는 될 법한데도 밖보다 더 밝은 듯했다.

돌아서서 보면 내가 지나온 통로의 오른쪽에는 주방이 있었고, 통로 위는 층층이 계단처럼 생활공간이 있었다. 호텔이나 리조트 객실처럼 2층, 3층, 4층까지 유리 난간이 있는데, 층간 높이가 보통 집의 1.5배 정도 되는 것 같았다. 그러니까 이 건물은 반으로 나뉘어 반은 하나의 거대한 공간이고, 나머지 반이 생활공간인 셈이었다.

"공간 낭비가 좀 심하다고 생각 안 해?" 부인은 마치 내 마음을 읽기라도 한 것처럼 말했다.

그렇다고 차마 곧이곧대로 대답할 순 없어서, 나는 그저 멋쩍게 웃음만 지었다.

"근데 이게 보기랑은 다르다? 이 구조가, 비밀이 다 있어."

나는 입을 여는 대신 눈을 껌뻑였다.

"청소를 매일같이 안 해도 되거든."

의아함에 다시 둘러보니, 어딜 보더라도 청소가 자동으로 될 법한 모습은 아니었다. 오히려 청소와는 상관이 없어 보였다.

"아, 말을 편하게 해도 되겠지? 저번에 이미 당황하고 다급한 틈에 은근슬쩍 말을 놨던 것 같긴 한데."

나는 당연하게도 고개를 끄덕였다. 그녀는 엷은 미소로 말을 이어갔다. 이어지는 그녀의 설명을 요약하자면, 이 구조는 집 특유의 환풍 시설과 연계되어 먼지가 쌓이지 않게 설계되어 있다는 것이었다. 층별로 튀어나온 깊이가 다른 것도 그런 이유였다. 굳이 청소가 필요할 것 같으면 그럴 때나 청소업체를 부르면 되고, 이건 결국 효율성에 더해 외부 소음까지도 연결돼 있다고 했다. 완전한 방음을 위해 소리가 들어오거나 나가지 않게 하려고 하다 보니 이런 환풍 시스템까지 구축한 것이다. 그러고 보니 이 집에 들어와서 현관문을 닫은 순간부터 지금까지도 일상의 공기 소리라든가 피부에 스치는 공기의 흐름 같은 건 느낄 수 없었다.

"처음 봐요, 이런 건……. 다른 차원의 공간 같아요."

머릿속으로 떠오른 감상을 입 밖으로 꺼냈을 때, 그녀는 나름 흡족한 듯 눈썹을 올리며 고개를 끄덕였다. 그때 마침 유리벽 쪽에서 지잉 소리와 함께 진동이 일었다. 바닥 쪽이 일제히 작게 열리더니 옅은 햇빛이 틈새를 비집고 들어왔다. 방금 말한 게 이거였구나, 겉모습만큼이나 신기한 광경에 나는 또 입을 벌리고 쳐다봤다. 애길 듣고 나서인지 몰라도 발목 아래로 미세하게 흐르는 공기가 괜히 산뜻했다.

저 멀리 벽에 있는 새카만 낙서가 눈에 띄었다. 홀린 듯 천천히 다가가 보니, 멀리서 볼 때는 그저 낙서 같았던 그것은 가까이 갈수록 그림이 되었다.

거실이 워낙 넓어서 꽤 오래 가야 했다. 내 키보다 조금 높은 곳에 있는 액자 세 개는 신체 부위 그림 연습처럼 사람의 손, 발, 몸, 얼굴이 어지럽게 섞인 모습이었는데, 먼저 검게 칠한 뒤에 지우개로 지워가며 그린 것처럼 흰 부분이 더 적었다. 다만 눈동자의 흰자 부분만은 완전히 새하얘서 오히려 검은자가 텅 비어 보이는 효과가 있었다. 그 눈은 마치, 나를 보고 있는 것 같으면서도 또한 보고 있지 않는 것 같았다.

흑백 명암만으로 그림을 구분해낸 건 이 집과 묘하게 어울렸다. 무늬 없이 얇은 검은색 프레임 액자에 그림조차 무채색이어서 멀리서 봤을 때는 이 검은 유리벽과 하나인 낙서나 흠집으로 오해할 법도 했다. 세 개의 그림은 비슷하지만 연결되어 있진 않았다.

어느새 곁으로 다가온 부인이 그림을 향해 턱짓을 하며 물었다. "어때? 그림은."

그림만큼이나 난감한 질문이었다.

"그림은 전혀 몰라서……."

어설프게 이러쿵저러쿵하느니 그냥 솔직해지기로 했다. 그녀는 그런 내게 빙긋 웃어주었다.

"에이, 누군 아나? 괜찮으니까 소감 좀 말해줘봐. 뭐라도 좋아. 전공이 뭐랬지?"

"전공, 그게 저기, 자유전공이긴 한데……."

말하기도 민망할 정도로 짧게 다닌 학교였기에 나도 모르게 말끝을 흐리게 됐다. 내 말이 끝나길 기다리던 그녀는 고개를 갸웃하더니 눈을 반짝 떴다.

"그러면 전공을 나중에 고르는 거야? 요샌 또 그러는구나." 부인은 후후 웃다가 물었다. "하고 싶은 건 정했고?"

지난 2년 동안 생각을 안 해본 건 아니었다. 물론 학교에 돌아갈 수 있을지부터나 걱정해야 맞지만, 생각에 잠기다 보면 결국엔 같은 방향으로 흘러가곤 했다.

"법학일 것 같아요."

부인은 으음 소리를 내더니 입술에 힘을 줬다. "특별한 이유가 있을까?"

마찬가지로 생각을 안 해본 건 아니었다. 다만 많은 걸 당장에 털어놓기엔 아직은 내게도 준비가 필요했다. 나는 대답하며 순간 눈까지 질끈 감느라 부인의 반응을 살피진 못했다.

"피해자를 구하고 싶어요."

이 정도면 대답에 충실하지 않을까.

숨을 들이켜고 나서 나만큼 잠깐의 시간을 침묵으로 보낸 그녀는 고개를 끄덕이며 말했다. "안타깝네."

순간 나도 모르게 번쩍 눈을 떠 그녀를 쳐다봤다. 그녀는 굳고 깊은 눈으로 내 눈을 똑바로 봤다.

"자기 자신을 위한 게 아니라고 하니까, 조금…… 뭔가 아쉽고 그러네." 그녀는 빙긋 미소를 지어 말끝을 채웠다.

나는 잠깐이나마 나를 위한 결정이 과연 무엇일지 생각하게 되었다. 그리고 그걸 알았다고 한들 쉽게 결정할 수 있을까. 뇌리에만 떠다니던 안개 같은 의문들일 뿐이었다.

그때 유심히 나를 살피던 그녀가 말을 이었다. "정말로 무슨 일이 있긴 있었던 거구나……?"

그녀는 매번 남의 머릿속을 들여다보는 것 같았다. 이런 걸 성공한 자의 통찰력이라고 하는 건지, 놀라울 뿐이어서 나는 또 한동안 입을 벌리고 있었다.

"아이고, 아하하. 주제넘은 소리를 했네. 내가 나이를 먹어서 그래."

나는 문득 내 꼴을 자각하고 입을 다물었다. 말을 돌려야 할 것 같았다.

"아, 그런 게 아니고요. 여사님 집이 신기해서 저도 모르게 그만……."

"어우, 무슨 여사님이야, 저번에도 그러더니. 내가 그 정도 나이는 아니잖아?"

사실 뭐라고 불러야 할지 몰랐다. 스무 살도 훌쩍 넘었으니 이제 웬만큼 컸다고 생각했는데, 나는 아직도 상대의 사회적 호칭 하나 제대로 마련하지 못했다. 내 어리숙함에 화끈한 기운이 목덜미를 타고 귀까지 올라왔다. 사모님이라고 부르면 되려나, 사장님이라고 하기엔 남편분이랑 구분이 안 될 텐데, 이런 고민이 찰나에 스쳐갔다.

"그냥 언니 하면 되지 뭘. ……아닌가? 안 되나? 연예인들은 자기 자식뻘이랑도 그러던데."

물론 그녀는 목소리나 성격이나 외모로 보나 대화 센스까지도 언니라고 해도 전혀 위화감이 없을 사람이었다. 내가 머뭇거리는 동안 그녀는 또 싱긋 웃는데, 그 미소가 뒤로 보이는 이 집의 넓은 공간과 어우러졌다. 그랬다. 이 집은 냉철해 보여도 여유 또한 있어 보였다. 어딘가에 또는 무언가를 쫓거나 쫓기는 게 아니라 먼저 가서 기다리는 듯한 집이었다. 그게 돈이라거나, 혹은 사람이라 해도.

"아 참 맞다, 그림 얘기하다가 말았지. 이 그림은…….' 그녀는 후후 웃더니 말을 이었다. "소혁우 화백의 그림이야."

소혁우? 소혁우. 이름을 입속으로 되뇌다가, 이 집 꼬마의 이름이라는 걸 뒤늦게 자각하고 놀란 나머지 "느엑?!" 하는 이상한 소리를 내고 말았다.

부인의 이야기를 듣고 나서 그림을 다시 봤을 때, 왜인지는 모르겠지만 대단하다기보다 오히려 오싹했다.

주방은 통로를 등지고 왼쪽으로 돌아가면 있었다. 입구를 지나 들어오면, 규모 있는 식당의 예약 전용 자리처럼 넓은 공간이 펼쳐졌다.

이곳은 수납장도 싱크대도, 식탁도 의자도 단출하고 무늬 없이 그저 반듯하게 각진 모습이었다. 정수기, 냉장고, 전자레인지, 식기세척기는 상표조차 보이지 않았다. 이곳에서 눈에 보이는 것들은 전부 단순하고 깔끔했다.

서랍에 들어 있는 거라곤 소재를 알 수 없는 컵이나 피자 한 조각 담을 만한 크기의 단단한 접시 정도였고, 그 흔한 숟가락과 젓가락도, 포크도 없었다. 칼, 도마, 냄비 같은 취사도구라든가, 설탕, 간장, 소금, 후추, 고춧가루 같은 기본 양념조차도 없었다. 여기선 요리 같은 걸 할 수 없겠다고 생각하던 찰나.

"나는 집에서 요리하는 게 그렇게 싫더라? 힘들고, 귀찮고. 무엇보다 먹을 거에 쏟는 내 시간과 정성이 아깝고." 그녀는 또 내 생각을 귀신같이 읽어낸 것 같은 표정을 지으며 내 눈을 똑바로 보고 말했다.

나는 얼떨결에 고개를 끄덕이다가, 말로 동조해야 할 것 같아 대답했다. "동감입니다."

냉장고의 내부는 겉모습만큼이나 독특했다. 음식이라곤 죄다 생전 처음 보는 용기에 들어 있었는데 요리가 아니라 그냥 식재료, 아니 영양소 덩어리처럼 보였다. 뜯지 않고 그대로 전자레인지에 돌리면 시간에 맞춰 자동으로 열리고, 용기는 그대로 일반쓰레기에 버리기만 하면 나중에 알아서 분해되는 친환경 신소재라고 했다. 포크, 숟가락과 젓가락도 같은 소재로 용기 안에 들어 있다고 했다. 처음엔 정기적으로 반찬을 배달해주던 회사에서 주문해 먹었는데, 결국 이 부부가 그 회사를 인수하며 연구와 투자로 이렇게까지 발전시켰다는 설명을 들었다. 이것이 미래의 가정식이 될 거라고 부인은 덧붙였다. 음료수들도 생수 외엔 생소한 종류의 비타민 음료와 단백질 음료들이 줄지어 있었다.

마지막으로 열어본 찬장 구석에서 쿠키를 발견했다. 아까 혁우가 본체만체하던, 리암이 좋아하던 그 쿠키. 얇은 플라스틱 통 안에 금박으로 개별 포장된 그 특유의 모양은 몇 년 만에 봐도 여전했다. 쿠키를 손에 들어 반가운 감정으로 바라보던 순간, 부인의 의아한 시선이 느껴졌다.

"아, 어. 그거. 이 집에서 가장 안 어울리지? 겉모습은 화려하고, 맛은 더 화려하고."

아, 이 쿠키가 여기 모두에게는 결국 이런 취급이었다니. 이유는 모르겠지만 괜히 아쉽기도 하고 심지어 쿠키한테 미안하기까지 했다.

"혁우도 그러더라고요. 과자 안 먹는다고."

"오호……?"

부인은 눈썹을 올리더니 입술까지 내밀고 천천히 고개를 끄덕였다.

"그 정도면 많이 아는 거야. 혁우에 대해서."

나도 따라 고개를 끄덕이고 있자니, 문득 쿠키를 붙들고 있는 손이 민망했다.

"그럼, 이거는 이제……?"

"응. 버려야지 뭐. 그깟 거."

이리 줘, 부인은 내 손에서 쿠키를 받아 가더니 바로 쓰레기통에 던져넣었다. 나는 애써 고개를 더 끄덕이며 쿠키가 담겨 있는 쓰레기통을 외면했다.

그때 그녀는 문득 화제를 넘겼다. "보니까 어때, 감이 좀 잡혀?"

무슨 말인지 이해하기엔 설명이 다소 부족했다. 내가 고개를 갸웃거리는 동안 부인은 이어서 말했다.

"여기를 굳이 이렇게까지 보여준 이유 말이야. 혁우는 신경 쓸 거 없다는 뜻이야. 밥 있지 물 있지, 다 원터치로 먹을 수 있게 되어 있고, 이렇게까지 해놨는데, 저만큼 컸으면 제 밥은 제가 알아서 챙겨 먹어야지. 안 그래?"

차마 동의의 대답은 할 수 없었다. 나는 여전히 답할 거리를 찾지 못하고 있었다.

"꼭 밥 먹는 것 외에도, 걘 뭐든지 알아서 해. 신경 쓸 거 없어."

신경 쓸 게 없다니, 이 말을 어떻게 해석해야 좋을지 몰랐다. 분명 "우리 아이를 좀 봐주면 돼요"라는 말을 시작으로, 나 자신을 향한 깊은 의심이 있었고, 그 끝에 결심이 있었다. 그렇게 결국 여기까지 오게 되었다. 할 수 있을 것 같아서, 이걸 계기로 내가 조금은 변할 수 있을 것 같아서, 그래서 왔다.

그런데 신경 쓸 거 없다니, 그러면 뭘 하면 좋을까. 어쩌면 보통 부모들이 내심 하는 자식 자랑처럼, 그래도 잘 돌봐달라는 반어법일 수도 있었다. 나는 부인의 마음을 알아야 할 필요가 있었다.

"청소도 필요 없고, 밥도 그렇고. 이러면 제가 할 일이 없는데……. 그렇다면 빨래 같은 걸 하면 될까요?"

"뭐?!"

순간 부인은 눈을 찡그릴 정도로 확 감으며 고개를 짧고 단호하게 저었다.

"무슨 그런 끔찍한 소리를……."

이 집에 온 뒤로 말문이 막힌 게 몇 번째인지 모르겠다. 분명 나는 일하러 온 거였다.

"파출부나 식모로 온 거 아니야. 베이비시터로 왔어."

"그래도, 집안일을 도와야……."

"어헛!"

호통으로 말을 끊은 부인이 또 고개를 저었다.

"그렇다면, 공부를……?"

그녀는 헛웃음처럼 아이참, 소리를 냈다.

"일류대생이니까 물론 그런 것도 좋겠지만, 아마도 필요 없을 거야. 보면 알아. 다 알게 돼 있어."

나는 대답도 없이 으음, 고개만 끄덕였다. 그때 그녀는 손을 뻗어 내 팔에 살포시 얹었다. 인간 대 인간으로도 미세한 전류가 흐르는 것만 같은 착각에 몸을 움찔 떨었다.

"누군가의 아이를 지켜봐준다는 것만으로도 그 부모에겐 충분히 고마운 일이거든. 보호자가 되어주는 거잖아."

이 따뜻한 말에서 나는 문득 또 누군가가 떠올라버리는 바람에 잠깐 시선을 잃었다. 잠깐의 정적에 내 정신이 흩어져가고 있었다.

'고마워요, 우리 아들 지켜줘서.'

머릿속 아득히 먼 곳에서 민서 아줌마의 목소리가 메아

리쳤다. 이것 역시 모든 부모가 갖는 마음이었나 보다. 그때 현실 속 부인의 목소리가 나를 깨웠다.

"부모는 다 그래. 자기도 아이 낳아보면 알아."

나를 '자기'라고 부르며, 초점 잃은 내 눈을 뚫고 들어와 또 생각까지 읽기라도 한 것처럼 말하는 그녀 때문에 정신 이 바짝 들었다.

"근데 내가 보면 안다고 하긴 했지만, 저 녀석, 보이지도 않게 움직일 거야. 혼자 노는 거 좋아하고, 뭐가 됐든 직접 알아서 하는 걸 좋아해."

그럼 저는 정말 무엇을 해야 좋을까요, 머릿속으로 혼잣 말하는 동안 그녀는 이번에도 생각을 읽는 것처럼 말했다.

"여기선 정말, 모든 걸 내려놓고 가."

그렇게 말하던 그녀는 후후 웃으며 품 안에서 뭔가를 꺼 내 내밀었다. 봉투였다.

"초월의 기회라고 생각해. 하여튼 그런 의미에서……."

봉투는 한복 같은 재질에 은은한 광택이 흐르는 것이 내 티셔츠보다도 비싸 보였다.

"자, 오늘내일 합해서 이틀 치."

현금을 이렇게 봉투로 받아보긴 처음이었다. 게다가 이 집 에서 할 일이 없다는 걸 지금까지 말해놓고 이렇게 돈을 건 네받으니 민망함은 오히려 제곱이 되는 것 같았다. 꾸벅 인

사부터 하고 봉투를 가방에 넣으려는 때에 그녀가 물었다.

"안 세어봐도 되겠어?"

나를 보며 빙그레 미소 지은 그녀는 표정만으로 뭔가를 더 말하고 있었다. 나는 비단결 같은 봉투의 감촉을 느끼다가 슬쩍 열어보고 또 말문이 막혔다. 바보처럼 할 말도 제대로 못 찾고 어버버거리다가 겨우 심호흡으로 정신을 되찾고서야 마침내 말을 꺼낼 수 있었다.

"너무 많아요. 이건……."

내가 봉투를 돌려주려 하자 그녀는 고개를 저었다.

"많지 않아. 딱 적당해. 돈이란 건 이렇게 쓰는 거야."

"그렇지만……."

"우리가 교회에 후원을 조금 해. 그건 알지?"

나는 말없이 고개만 끄덕였다. 식탁 위에 놓아둔 봉투는 꽤 뚱뚱해 가장자리가 살짝 떠 있었다.

그녀는 말을 이어갔다. "가끔 그런 사람 있어. 돈은 주고 싶지, 그렇다고 그냥 줄 순 없지. 그럼 어떻게 해? 일이라도 하나 부탁하고 그에 상응하는 대가를 드리는 거지."

"그렇지만 이건……."

"일은 핑계야. 후원이 우선이고." 그녀는 이번엔 고개를 부드럽게 저으며 말했다. "성공이 예정된 사람을 그냥 모른 체하긴 좀 그래. 그런데 안쓰럽다, 안타깝다 같은 감정으로 그냥 덮어놓고 후원해줄 수도 없는 노릇이거든. 감정이 끼어들면 귀찮아질 뿐이라서."

고맙기도, 미안하기도 하면서 면목이 없기도 하고 겸연쩍어 할 말이 없었다. 이런 대접에 부끄럽지 않도록 살아야겠다고 다짐했다.

그녀가 말했다. "그 정도면, 이제 학교도 다시 갈 수 있지 않아?"

나는 잠시 굳어 있다가 이내 고개를 끄덕였다.

그녀는 그런 나를 보며 웃음기를 머금고 있다가, "그렇게 생각해?"라고 물으며 표정을 굳혔다. 나는 학교로 돌아갈지 말지 아직도 결정하지 못한 본심을 들킨 것만 같았고, 순간 변해버린 그녀의 눈빛을 차마 마주 볼 수 없었다.

"교회에 가길 참 잘했어. 그렇지?"

교회에 가길 잘한 걸까. 문득 교회를 다녔던 이유가 오로지 나만을 위해, 더 정확히는 밥을 먹으러 갔던 것 같기에, 씁쓸하면서도 부끄러워서인지 고개가 더 수그러졌다. 식탁 위의 봉투는 오색으로 빛났다.

그때 웅웅 덜그럭거리며 대문 열리는 소리가 작게나마 들렸다. 그 찰나에 부인은 나를 향해 가만히 앉아 있으라는 손짓을 하더니, 열려 있던 내 가방에 돈 봉투를 넣어버리고 일어났다. 순간 가방이 열 배는 무거워진 것 같았다. 그녀가 현관으로 발걸음을 옮길 때까지도 나는 이러지도 저러지도 못한 채, 엉거주춤 자리에서 일어나 따라가야 하나, 그냥 앉아 있어야 하나 망설이며 머뭇거렸다.

그사이 현관이 열리고 바깥의 빛이 새어 들어왔다. 역광 속에서 현관에 선 부부의 실루엣이 보였다. 그 모습은 마치 두 사람에게 후광이 드리워진 것처럼 신비롭게 느껴졌다. 소범수 사장님의 실루엣이 잠시 멈추더니, 이내 그가 활짝 웃으며 소리쳤다.

"아이고, 우리 선생님!"

나는 갑작스러운 '선생님'이라는 호칭에 당황해 민망함을 감추느라 고개만 숙였다. 사장님은 가벼운 걸음걸이와 특유의 여유 넘치는 웃음으로 나를 지나쳐가면서 손에 든 쇼핑백을 흔들었다.

"주해 씨가 좋아할 수밖에 없는 거야. 잘 봐."

소년미가 물씬 풍기는 사장님의 얼굴엔 약간의 장난기까지 섞여 있어, 그가 내는 밝은 에너지는 주변을 환하게 비추는 것 같았다. 사람들이 좋아하는 '삼촌'이란 존재는 어쩌면 저런 느낌일까 싶기도 했다. 나는 쇼핑백에 든 게 뭔지 크게 궁금하지 않았지만, 그의 태도 탓에 괜히 눈길이 갔다.

사장님은 쇼핑백을 식탁에 내려놓더니 찢듯이 펼쳤다.

"고기! 고기! 고기! 고기! ……풀 쬐끔."

그는 자신이 내뱉는 단어에 맞춰 포장 용기를 하나씩 꺼내놓았다. 요리 이름은 들어도 모르는 거였지만, 소고기, 양고기, 닭고기, 돼지고기, 그리고 샐러드가 차례로 식탁에 올려졌다.

"그때 보니까 고기를 주로 좋아하시는 것 같더라고?"

고기가 종류별로 있으니 당연히 보기만 해도 좋았지만 교회에서의 일이 떠올라 적잖이 쑥스럽기도 했다. 나는 멋쩍으면서도 웃음이 나와 표정 관리에 실패하고 말았다.

"우리 혁우, 잘 부탁합니다. 선생님."

다시 들려오는 '선생님' 소리에 나는 어쩔 줄 몰라 하며 고개를 끄덕였다. 이분들은 언제까지 나를 선생님이라고 부르실 작정일까. 설마 집에 갈 때까지는 아니겠지.

"근데 그 선생님이라는 호칭은 좀……."

"왜! 선생님 맞지. 우리 애를 봐주는데. 아 참고로, 돌봐달라는 거 아니야. 말 그대로, 그냥 눈으로 보기만! 하면 돼. 쟤가 알아서 다 하니까."

부인과 똑같은 말을 하는 사장님은 '보기만'에 특히 힘주어 말하곤 후후 웃었다. 부인은 자연스럽게 사장님을 도와 식탁에 놓인 포장 용기를 뜯었다. 나도 식탁 차림을 도우려 했지만 부부가 동시에 "선생님은 가만히 계세요"라며 말렸다. 물론 약간의 놀림이 섞여 있긴 하겠지만, 오히려 분위기가 누그러지며 마음이 편안해졌다.

넓은 식탁의 한 귀퉁이를 다양한 고기 요리로 가득 채우자, 부인이 조용히 말했다. "오늘이 날이네."

멀뚱히 앉아만 있는 나를 보며 사장님이 다음 말을 받아 이어갔다. "이게 무슨 말이냐면, 우리가 고기를 많이는 안 먹거든. 특히 소나 양은 더 그렇고."

"응. 딱히 다른 이유는 아니고, 탄소 배출량 때문에."

"아, 저 꼭 고기 아니어도 되는데……."

괜스레 열없어서 나도 모르게 말이 튀어나왔다.

이내 부인이 말했다. "아니, 부담 가지란 소리는 아니었어. 그냥 우리가 별나 보일까 봐 제 발 저려서 변호한 거야. 방어기제."

흐음, 고개를 까딱이며 요리를 노려보던 사장님이 말했다. "근데 그러네. 고기 아니어도 되는데, 그 생각을 못 했네. 다음엔 해물을 좀 해볼까?"

그때 부부가 마주 보더니 빙긋 미소 지었다. 두 사람의 미소는 따뜻한 배려처럼 보였고, 나는 그 따뜻함에 묘한 안도감과 함께 감사한 마음이 들었다.

부인이 후후 웃음 지으며 고개를 돌리더니 내게 말했다. "과연 다음이 있을까?"

나도 잠시 생각에 잠겼다. 과연 다음이 있을까. 이런 좋은 사람들을 무슨 핑계로 다시 만날 수 있을까. 나를 만나주기나 할까. 그런데도 만나고 싶었다. 이런 사람들을 가까이하면 분명 내 삶이 더 좋아질 것 같았다.

"있을 거예요. 꼭."

내가 단호하게 말하자, 부부는 동시에 웃음기가 사라진 얼굴로 나를 쳐다보았다. 신기해서 그런지 놀라서 그런지, 그들의 표정만으로는 무슨 뜻인지 읽을 수 없었다. 내가 단언한 게 그렇게까지 놀랄 만한 일인가?

"다음엔 꼭, 제가 대접할게요. 탄소발자국 적은 놈들로."

나는 의지를 담아 말하며 고개를 끄덕였다. 나도 모르게 목에 힘이 들어갔다.

부인은 입꼬리만 살짝 올리더니 말했다. "기대할게."

부부는 서로를 바라보더니 이내 다시 웃음을 터뜨렸다. 그 웃음은 다른 의미로 가득 찬 듯했지만, 나는 그 의미를 다 이해할 수 없었다.

그때 사장님이 일부러 크게 감탄하는 소리를 냈다. "근데, 탄소발자국을 아시네? 이것 봐. 우리 혁우 선생님으로서 제격이라니까."

민망함은 가실 줄 몰랐다. 안 그래도 가만히 있는 게 어색해서, 하다못해 냉장고에서 물이라도 가져오려 했지만 부부는 가벼운 손놀림으로 나를 저지했다. 괜스레 가방을 뒤져 핸드폰이나 찾아 꺼냈더니 이번엔 '신호 없음'이 나를 반겼다. 원래 슬쩍 보기만 하고 도로 넣어둘 생각이었지만, 예상치 못한 화면에 멈칫하고 말았다. 핸드폰을 들고 이리저리 움직여보자 부인이 이번에도 후후 웃음을 지었다.

"포기하는 게 좋을걸." 사장님이 자연스럽게 말을 받았다. "여긴 핸드폰 안 터져."

나는 귀를 의심했다. 요즘 세상에, 이 도심 한복판에서 핸드폰 전파가 안 닿는 곳이 있다니. 잘못 들었나 싶어 멀뚱히 눈만 껌뻑였지만, 부인과 사장님은 전혀 대수롭지 않은 얼굴이었다. 두 사람이 너무 자연스럽게 말하니 나조차도 이 상황이 별일 아닌 것처럼 느껴졌다.

"그러면…… 일은 어떻게……?"

내 질문에 사장님은 나무젓가락을 뜯으며 대수롭지 않게 말했다. "집에서는 일 안 해."

부인이 고개를 끄덕이며 말을 이었다. "일감을 집으로 가져오면 안 돼. 핸드폰 따위, 이 집에서만은 계속 안 터졌으면 좋겠어."

나는 한숨을 쉬고 볼에 바람을 넣었다. 이해가 안 되어서 무의식적으로 나온 행동이었다.

"기지국 신청 같은 거 있지 않을까요?"

그때 사장님은 내 반응을 잠깐 살피더니 미소로 말했다.

"처음엔 불편했는데 이젠 좋아. 일을 집에 안 가져가려고 오히려 회사에서 더 제대로 집중하게 돼."

부인이 어어, 하며 동의의 소리를 내고 고개를 과장되게 끄덕였다.

그녀는 사장님의 말을 이어받으며 덧붙였다. "그렇게, 우리가 하다 하다 이젠 아예 차까지 없앴잖아."

내가 놀라서 "네?" 하며 쳐다보자, 부인이 손가락을 부드럽게 들어 올리며 말했다.

"차가 있으니까 수시로 회사에 가더라고. 출퇴근도 들쭉날쭉하고. 그래서 내가 없애자고 말했어."

사장님도 고개를 끄덕이며 말했다. "생각해보니 우리 여보 말이 맞는 거야. 그래서 차를 없앤 대신, 우리 집 앞을 지나는 회사 버스 노선을 만들었어. 그러면 그 셔틀 운행 시간엔 무조건 퇴근하는 거야."

"그렇게 해놓으니까 어떻게 됐는지 알아? 일과 시간엔 아예 이를 악물고 일하고, 퇴근 버스를 타게 됐어. 사람이 참 신기해."

"놓치면 뭐, 택시를 타도 되는 건데, 이렇게 시간을 정해놓으니까 그걸 어떻게든 맞추려고 애쓰는 게 인간이더라고."

"그랬더니, 봐."

사장님은 뮤지컬 배우처럼 어깨를 으쓱하며 양팔을 벌렸

다. 그의 몸짓은 부인의 우아하고 차분한 행동과는 대조적으로 드라마틱하고 활기찼다.

"회사는 여전히 잘 돌아가고, 우린 자유 시간을 찾았지!"

나는 또 감탄해서 "오오오" 하고 고개를 끄덕거렸다.

그때 부인이 자리에 앉으며 말했다. "그리고 차도 일종의 소유잖아. 우리랑 안 맞아."

"맞아. 앞으론 소유가 소실되는 세상이 올 거야."

"빨리 빨리 포기하는 게 좋아."

"흔적도 최대한 남기지 않고."

나는 그들의 철학을 들으며 조금은 이해가 되는 것 같으면서도, 아직 완전히 공감하기엔 멀게 느껴졌다. 물론, 이런 독특한 사람들과의 대화는 내 생각의 경계를 넓혀주는 듯했다.

"잠깐만."

사장님은 문득 정색하더니 뭔가를 잡아 꺼내며 씨익 웃었다. 길쭉한 네모 박스에 들어 있는 그것은 와인이었다. 포장을 능숙하게 뜯는 손길을 물끄러미 바라보고 있자니 사장님은 몇 번 곁눈질하고는 장난스러운 표정으로 물었다.

"혹시 우리 주해 씨, 모범생이라서 먹으면 안 되나?"

부인이 눈을 가늘게 뜨며 냉큼 받아쳤다. "모범새앵? 글쎄, 얼굴에 끼가 가득한데."

"그렇지? 나도 그렇게 생각해."

두 사람은 내 눈치를 살피는 듯했다. 나는 그저 두 사람을 번갈아 쳐다볼 뿐이었다. 사장님의 낯빛에 약간의 난감함이 번지는 것 같았다.

"왜, 진짜였어……? 에이, 먹어도 돼. 우리 지저쓰도 드시 던 건데 뭘."

아, 내 눈초리가 오해를 산 모양이었다. 나는 여느 때처럼 있는 그대로를 말하기로 했다.

"그런 게 아니라…… 한 번도 안 먹어봤어요. 와인을."

부부는 얼음처럼 멈추더니 동시에 소리 없는 함박웃음을 지었다. 그들의 반응은 놀라울 정도로 진심 같았다. 부인은 높은 톤으로 "대박!"이라고 외쳤고, 사장님은 입을 잔뜩 벌 린 채 믿을 수 없다는 얼굴로 나를 바라보았다.

"어쩐지, 저 눈 초롱초롱한 거 봐. 나이트클럽도 한 번 안 가본 순수한 영혼 아니야?"

부인이 말했을 때, 나는 눈만 끔뻑이고 있었다. 사장님은 다 벌린 줄 알았던 입을 더 크게 벌리며 놀라워했다.

"진짜 모범생이었던 거야?"

사실 사고뭉치였지만, 기행은 좀 했어도 비행을 저지른 적 은 없었으니 굳이 부정하진 않았다.

사장님은 묘하게 떨리는 입꼬리로 중얼거리듯 말했다. "나 이트클럽은 못 데려가겠지만, 그래도 와인 정도는 먹여서 보내니까 다행이네.”

“그러게. 일생에 처음 하는 거 하나 정도는 이 집에서 하고, 그러고 보내야지이.”

그때 부부는 마주 보더니, 품 소리를 내며 웃었다.

이내 부인이 말을 이었다. “그래야 최소한 억울하지라도 않지.”

이곳에선 모든 게 처음이었다. 이런 구조의 집도, 대문도, 마당도, 슬리퍼도, 돈 봉투도. 이곳과 어울리지 않는다던 쿠키만이 이곳에서 유일하게 익숙한 것이었다. 내게 이 공간은 새로운 경험의 연속이었다. 그만큼 이곳은 앞으로의 내 삶에서 오래도록 고마운 기억으로 남을 것만 같았다.

고마움과 미안함은 제때 표현하라고 배웠다. 말주변이 없어 말을 꺼내기 전에 저, 그, 같은 추임새만 내며 뜸을 들이고 있었더니 부부는 내 쪽으로 시선을 집중해주었다.

“여러모로 귀한 경험을 하게 해주셔서 감사합니다.”

두 사람 모두 고개를 끄덕이며 환하게 웃었다. 말하길 잘했다고 생각했다. 부부의 움직임은 한층 가벼워졌고, 그 덕에 내 마음도 덩달아 가벼워졌다.

“우리가 영광이지. 이 순간을 함께할 수 있다니.” 사장님이 큰 종이컵을 꺼내며 말했다.

정확히 말하면 종이컵처럼 생겼을 뿐 처음 보는 소재의

컵이었다.

"이 집에 와인 전용 잔 따위는 없어. 우린 이 컵만 써."

멋있는 태도였다. 사소한 규칙에 구애받지 않는 삶의 방식은 언제나 존중할 만했다. 누군가 와인잔에 막걸리를 따라 마시든, 프로틴 셰이커에 위스키를 넣고 다니든 남에게 피해만 주지 않으면 상관없었다. 바깥 어딘가에서 그런 사소한 규칙에 얽매여 엄격하게 따져대는 사람들이 이 순간 오히려 덧없어 보였다.

"근데 사실 와인, 특히 레드 와인은 이 컵에 먹을 때 제일 맛있어. 믿어봐."

부인이 컵을 놓는 소리와 함께, 사장님의 익숙한 손놀림이 뚜껑을 땄다. 뚜껑이 빠질 때의 소리는 꽤 귀엽다고 느껴졌다. 사장님은 코르크 마개를 뒤집어 코에 갖다 대고 깊게 숨을 들이켰다. 그러고는 만족스러운 표정으로 숨을 내쉬며 고개를 흔들었다.

이내 사장님은 코르크 마개와 와인병을 내밀었다. 나는 그의 안내에 따라 차례대로 향을 맡았다.

그때 부인이 한마디 했다. "어때, 거의 향수 같지?"

그때 나도 모르게 얼굴이 구겨졌다. "이게 냄새가⋯⋯."

부부는 기대에 찬 눈빛으로 나를 지켜보고 있었다. 그렇다고 차마 아는 척을 할 순 없었다.

나는 숨을 크게 들이쉬며, 늘 그랬듯 느낀 그대로 대답했다. "이런 게 맛있을 리 없는데……."

사장님과 부인은 잠시 마주 보더니, 동시에 너털웃음을 터뜨렸다.

생전 처음 먹어보는 와인은 작은 세상 같았다. 꽃도 있고 흙도 있고 나무도 있고, 달고 맵고 짜고 신 데다, 가뿐하며 진지했다. 금방 배운 대로 먹는 법을 따라 했더니 맛을 더 보고 싶어졌고, 맛은 볼 때마다 달라졌다. 한동안은 음식도 잊은 채로 와인만 홀짝였다. 이 향기, '냄새'라고 불렀던 게 미안할 정도였다. 어른들만 이런 걸 마신다니, 세상은 불공평했다.

자꾸만 홀짝이는 나를 유심히 보던 사장님이 말했다. "고기보다 와인을 더 좋아하시네."

"이게 향이…… 신기해서요."

또 한 모금 마시고 나니 이번에도 맛이 달라졌다. 마실 때마다 맛이 다르게 느껴지는 건지, 내 입맛이 변하는 건지는 구분할 수 없었다. 이 두 사람 덕분에 내 생각의 밑바탕뿐만 아니라 미각까지도 확장되고 있었다.

사장님과 부인은 흡족한 표정이었다.

"아 이거, 가져온 보람이 있네."

"생전 처음 먹는 와인이 보르도라니. 자기가 젊은 입맛 하나 버렸어."

"그런가."

싱긋 웃으며 닭발처럼 갈라지는 사장님의 눈꼬리에 나는 보르도가 뭔지도 모르면서 덩달아 웃고 말았다. 나는 이들을 향한 존경심을 표할 방법을 찾다가, 낯 뜨거운 소리 대신 몇 가지 질문을 떠올려 머릿속으로 정리했다.

"어떻게 하면 그런 회사를 운영할 수 있을까요?"

부부는 잠시 마주 보더니 다시 나를 쳐다보며 빙긋 웃었고, 사장님은 몸을 숙여 물었다.

"그런 회사가 어떤 회산데?"

나는 예상치 못한 질문에 잠시 뜸을 들였다. 갑자기 머리가 백지가 된 것처럼 멍해졌다. 이때 부인은 짓궂다는 표현으로 사장님께 미간을 찡긋했고, 사장님은 낮게 웃으며 부인의 어깨에 팔을 두르더니 말했다.

"영혼의 파트너를 만나야지."

"어후, 뭐야. 징그러워."

말과 달리 부인은 사장님의 손 위에 자기 손을 포개고 토닥였다.

"그리고 역시, 인간이야."

두 사람은 내가 이해한 건지 살피는 것 같았다. 내가 말이 없자, 부인이 말을 이어갔다.

"혹시 삼국지나 문명이라는 게임 알아?"

내가 고개를 저으니 부인은 알 것 같다는 표정으로 고개를 끄덕였다.

"모든 인간을 수치화하는 거야. 해당 인력의 능력치를 세분화한 다음에, 능력치에 따라 일감을 배분하고, 적절한 곳에 위치시켜서 활용하고."

으음? 나는 고개를 살짝 끄덕이곤 있었지만, 속으로는 생각했던 것과 달라 여전히 헷갈렸다. 나는 오히려 인간을 인간답게 대우하며 시너지를 찾는 방식이라고 생각했었다. 지금까지 나를 대하던 사장님과 부인의 모습에서는 방금 같은 말이 전혀 어울리지 않는다고 느꼈다.

"친분, 인맥, 학연, 지연 따위는 다 지워버리는 거야."

"그딴 자잘한 것들 전부, 운영에 방해만 될 뿐이야."

왠지 이 대목에서는 그럴듯한 것 같기도 했지만, 나는 여전히 애매하게 고개를 끄덕이고 있었다.

"삼국지에서 무력이 100인 캐릭터가 장비거든. 그럼 지력이 100인 캐릭터는?"

나한테 묻길래 생각나는 대로 대답했다. "제갈량?"

"그렇지! 그거야. 역시 선생님이네. 우린 그걸 시스템으로 만들었어. 공식이 된 거지. 이제 그걸 바탕으로 컨설팅하는 거고."

"인력 관리는 시뮬레이션 게임처럼. 후후."

사람들에게 게임 캐릭터는 저런 식이었던 걸까. 소설 속 캐릭터에게조차도 정을 줬던 옛날의 내 모습이 괜히 이상해 보여 부끄럽기까지 했다. 다들 나 같은 줄 알았는데 그건 아니었나 보다.

옛날 생각을 해서 그런지 갑자기 졸음이 쏟아졌다. 아니면 졸음이 오느라고 옛날 생각이 났던 건가. 그래서 어른들은 그렇게 술만 먹었다 하면 옛날 얘길 하다가 잠들었던 걸까. 갑자기 생각들이 사방으로 퉁퉁 튀었다. 아, 어쩌면 이런 것도 술 때문인가.

아무리 간밤에 잠을 설치긴 했다지만, 와인이 이렇게 졸음을 불러올 줄은 몰랐다. 자꾸만 감기는 눈을 애써 들어올리는데 사장님이 한마디 했다.

"선생님이 졸리신 모양인데."

그렇게 티가 났나. 하긴 누구라도 알 만했을 거다.

"오늘이 첫날인데…… 아무것도 안 하고…… 먹고 놀기만 했어요."

"에이, 무슨 소리야. 우리에겐 마지막 날이야."

"예수님도 마지막 날엔 만찬을 하셨지."

"그래, 사형수도 마지막엔 잘 챙겨 먹이는 법이야."

부인과 사장님이 슬쩍 일어나 정리하기 시작했다. 나도 일어나 도우려고 하자 부인도 사장님도 손사래를 쳤다. 나는 또 가만히 앉아 있었다. 우두커니 앉아 있자니 괜히 아쉬워 빈 컵에 코를 댔다. 남아 있는 떫은 향기가 나를 더 노곤하게 했다. 컵 이음새로 번져 있는 와인 얼룩은 자연스러워서 예뻐 보였다. 이대로 버려야 한다고 생각하니 괜히 아까웠다.

나는 그렇게 앉아 두 분이 치우는 걸 구경만 하다가 문득 잊고 있던 게 떠올랐다.

"근데 혁우는……."

"혼자 잘 놀아. 가만 놔두는 걸 더 좋아해."

"말했잖아. 보기만! 하면 돼."

부인과 사장님은 한 세트처럼 말했다. 누가 봐도 부부다운 모습이었다.

"그럼 저는 하는 일이 정말로 없는 거네요."

"아니야. 전혀, 그렇지 않아."

부부가 둘 다 단호한 눈으로 쳐다보니 나는 고개를 끄덕거리는 거 외엔 할 게 없었다.

부인은 이내 따스한 눈으로 말했다. "오늘은 이만 쉴까?"

현관에서 들어오는 방향을 기준으로 왼쪽 ㄷ이 주방이라면, 오른쪽으로 끝까지 가서 돌면 2층으로 가는 계단이었다. 나는 기분 좋게 술기운이 오른 채로 이 관대한 부부의 안내에 따라 계단을 올랐다.

"주해는 2층까지만 오면 돼. 3, 4층엔 갈 일이 없을 거야."

2층에 오르니 뻥 뚫린 거실을 내려다볼 수 있었다. 모든 공간이 아래에서 볼 때보다 더 넓어 보였다. 멀리 그림도 소파도 창문도 한눈에 보였다. 거실에서 이곳을 올려다볼 때와는 사뭇 다른 감상에 나는 또 마음속으로만 감탄했다.

복도 난간을 따라 직진으로 가는 길 중간쯤엔 왼쪽으로 통로가 하나 더 있고 그 모퉁이에 화장실이 있었다. 왼쪽 통로 끝으로 꽤 큰 창문이 하나 있는 듯했는데, 밖에서 봤던 그 선팅 창문인 것 같았다. 밤이라 어두워서 그런지 잘 보이진 않았다.

부인은 빛이 닿지 않아 어두운 복도를 보며 말했다. "저 끝 창문 옆이 혁우 방이야."

사장님도 그쪽을 보며 피식 웃었다. "근데 저쪽은 안 가는 게 좋을 거야."

"함부로 가면 난리를 치지."

"아주 왕이야 왕. 독재자."

부부는 푸푸 웃으며 난간 복도를 따라 직진했다. 나는 그 뒤를 터덜터덜 따랐다. 꺾지 않고 쭉 가니 끝에 방이 하나 있었다. 부인은 문을 밀어 열더니 몸을 틀어 내가 지나갈 공간을 내어주었다. 세심한 배려에 마음속에서 고마운 감정이 솟구쳤다. 문 양옆으로 사장님과 부인이 서 있으니 지나가는 것만으로도 귀빈 취급을 받는 기분이었다.

보통의 두 배는 될 법한 넓은 방이었다. 있는 거라곤 문쪽 벽의 선반과 문에서 대각선으로 제일 잘 보이는 곳의 침대, 그 맞은편 벽엔 키보다 높은 곳의 작은 창문뿐으로 미니멀리즘을 충실히 수행하고 있었다. 진회색 벽지에 검은색 침대보와 이불은 이 집의 콘셉트와 스타일을 여실히 보여주고 있었다.

네 명은 누울 만큼 넓고 검은 침대 위엔 곱게 접어둔 하얀 잠옷이 있었다. 가방과 후드집업은 선반에 두고 잠옷을 집어 들자, 말로 하지도 않았는데 부부가 문을 닫아줬다. 이런 센스까지 갖춘 사람들이었다.

평소 같으면 옷 따위는 대충 벗어서 던져놨을 테지만 여기선 왠지 그러면 안 될 것 같아 꼼꼼하게 개어 선반에 놓았다. 잠옷은 몸에 잘 맞긴 했지만 처음 보는 재질과 촉감으로, 나의 것이 아닌 물건에 대한 묘한 이질감을 지울 수는 없었다.

잠옷으로 갈아입고 잠깐 앉아 있던 찰나, 똑똑 문을 두드리는 소리가 들렸다. 나는 들어오시라고 말했고, 문이 열리자 부부는 아까 그 모습 그대로 문 앞에 있었다.

"왜 안 가시고……."

"응. 이불 덮고 눕는 거 보고 싶어서."

부인의 말에 잠시나마 내가 딸이라도 된 듯한 기분이 들었다. 괜히 쑥스러워져 고개가 절로 굽었다.

"아뇨, 두 분 가시면……."

"얼른 누워봐. 얼른."

사장님이 보채는 바람에 나는 순순히 말을 따랐다. 침대에 들어가 이불을 목까지 덮으니 부인이 불까지 꺼줬다. 문양옆으로 두 사람의 역광 실루엣이 어렴풋이 남았다. 그 모습은 아주 그리운, 그리고 낯익은 모습이었다. 마치 내가 고등학생 시절, 부모님이 밤마다 내 방을 확인하며 불을 꺼주던 그 순간과 같았다. 그때의 그 장면이 지금 이렇게 되살아나니 가슴 한편이 시리듯 간질거렸다. 사장님 부부가 내 속사정을 알 리 없었겠지만, 그래도 오길 잘했다고 속으로 되뇌었다. 베이비시터로 왔지만, 사실은 내가 오히려 베이비시팅을 받고 있는 기분이었다.

침대에 누우니 침대보와 이불이 나를 포근하게 감싸 안았다. 지나치게 편안한 지금이 오히려 불편한 건, 어쩌면 내가 지금까지의 나를 잊어버릴 것만 같았기 때문일 수도 있었다.

베개와 이불에서도 와인과 마찬가지로 처음 맡는 향기가 났다. 나는 사실 깔끔을 떠는 편은 아니어서, 자려고 침구에 누우면 풍기는 약간의 체취야말로 오히려 나를 편안하게 하는 편이었다. 보통 같으면 어색해서 뒤척거렸을 감촉과 냄새지만, 그 묘한 불편함 속에도 눈은 자꾸만 감겼다.

술기운 때문인지, 처음 겪어보는 와인 특유의 취기는 얼마 먹지도 않았는데 졸음이 쏟아지게 했다. 단단한 요새처럼 안전한 집에, 나를 인정해주는 이들이 곁에 있다는 든든함만으로도, 나는 마치 침대 속으로 빨려 들어가는 것 같았다. 입도 눈도 고개도 점점 베개 속으로 파묻혔다. 안전이란 건 이렇게 안락했다.

인사말도 하지 못한 채로 문이 닫혔다. 촉감도 후각도 이질적인 어둠 속에서 시간이 어떻게 되는지도 모른 채 누워 있었다. 나는 이대로 그냥 자버려도 괜찮은 건가 생각하다가 눈꺼풀의 무게를 이겨내지 못하고 금방 잠들고 말았다.

†

쿵, 둔탁한 소리에 잠에서 벗어났다. 뭔가 그리운 꿈을 꾸고 있던 것 같았지만 기억은 희미했다. 방금의 소리도 실제였는지 꿈이었는지 헷갈렸다. 눈을 감고 있었지만, 어딘가에서 들어온 빛줄기가 어둠을 가르며 스치는 게 느껴졌다.

눈을 떠보니 여전히 방은 칠흑처럼 어두웠다. 화장실이 가고 싶어졌다. 자기 전에 들렀어야 했다. 세수도 양치도 못 하고 잠들었다. 사장님 부부의 친절한 안내에 자연스럽게 끌려 들어오다 보니 그럴 틈도 없었다. 이제 하나는 확실히 알았다. 지금처럼 안전한 곳이 아닌 경우라면 와인은 특히 조심해야겠다는 것. 너무 맛있어서 위험할 수도 있다.

침대에서 일어나 손으로 더듬더듬 가방을 찾았지만 없었다. 분명 후드집업과 같이 둔 것 같은데, 옷만 덜렁 남아 있었다. 때마침 등 뒤에서 빛이 들어왔다. 마치 등댓불처럼 한 바퀴 휘젓는 빛을 따라 나도 방 안을 훑었다. 가방이 보이지 않았다. 설마 부엌에 두고 온 걸까? 핸드폰도 가방 안에 넣어뒀는데, 이래서는 시간도 알 수 없었다.

문을 열어보려 했지만 꿈쩍도 하지 않았다. ㄴ자로 꺾인 손잡이를 돌려보고 당겨보아도, 밀어도 소용없었다. 간신히 스위치를 찾아 눌렀으나 불조차 켜지지 않았다. 늦은 시간이 아니었다면 도와달라고 외쳐보기라도 했을 텐데, 고요한 어둠 속에 덩그러니 서 있다 보니 이제는 이게 꿈인지 현실인지조차 혼란스러워졌다.

우웅, 묵직한 소리가 이명처럼 귀를 울렸다. 진동이 퍼지더니 문이 스스로 덜컹거렸다. 덜컹, 끼익, 그리고 지잉 하는 전자음까지 섞여 점점 귀가 어지러워졌다. 어딘가에서 쿵쿵거리는 건 내 심장 소리만은 아니었다. 다다닥, 발소리와 문이 열리고 닫히는 소리, 그 사이로 휘몰아치는 바람 소리까지 뒤섞였다.

당황한 나머지 문고리를 잡고 흔들다가 결국 포기하고 주저앉았다. 문고리를 잡은 채로 그렇게 앉아 있는 그때 방 안을 빛줄기가 또 한 번 스쳤다. 가로세로 50센티미터도 안 되는 작은 창문 너머에서 들어온 불빛이었다. 그때 정신이 번쩍 들었다.

여긴 2층인데.

창문은 눈높이보다 훨씬 위에 있었다. 손을 뻗어 간신히 건드려봤지만, 이것도 열리지 않았다. 그때, 뚜르르륵 구슬 같은, 아니 어쩌면 거대한 돌덩이 같기도 한 무언가가 바닥을 굴러가는 소리가 들렸다. 퉁, 텅, 텅, 어딘가에 부딪히는 소리가 이어지고, 그 와중에 또 창문으로 들어온 불빛은 이번에도 불규칙하게 지나갔다. 불빛이 비치는 간격도, 스쳐가는 경로도 매번 달랐다. 마치 누군가 나를 보려는 것처럼.

그때 비명이 들렸다. 멀리서 들리는 어린아이 소리에 나는 스프링처럼 튕겨 다급히 문으로 달려가 손잡이를 비틀었다. 문은 조금 덜컹거릴 뿐 여전히 꿈쩍도 하지 않았다. 답답함에 급기야 문을 발로 연거푸 찼다. 혁우야! 혁우야? 괜찮아! 괜찮아, 선생님, 아니, 누나가 갈게! 결국은 소리를 질렀다.

나는 제 문도 못 열고 있었지만 혁우는 괜찮아야만 했다. 도대체 무슨 일이 벌어지고 있는 거야? 혁우야, 누나가 갈게. 이번에야말로 내가 어떻게든 해볼게. 리암아, 아니 혁우야.

그때 문고리가 뿌득거리며 움직였다. 아무것도 보이지 않는 와중에 끼리릭 천천히 움직이는 문고리에 온 신경이 쏠렸다. 나는 자세부터 단단히 잡고 기다렸다. 문이 천천히 열렸다. 주황빛이 엷게 새어 들어왔다. 주먹에 온 힘을 모았다. 두 발은 단단히, 허리는 부드럽게, 어깨에 들어간 힘을 애써 빼고, 자세를 잡아 서고 호흡도 잡았다. 피하지 않을 거다. 정면으로 돌파하고 혁우에게 갈 거다.

문이 열리며 엷은 주황빛을 등지고 유령처럼 드러난 실루엣은, 작았다. 주먹에 잔뜩 줬던 힘을 눈으로 다시 모으자, 서서히 보이는 것은 결국 혁우였다. 안도하면서 숨이 가라앉았다. 그때 정신이 좀 돌아온 것 같았다.

문을 열고도 아이는 말이 없었다. 우린 잠깐의 정적 속에서 서로를 가만히 쳐다보기만 했다. 그때 혁우가 방 불 스위치를 눌렀다. 천장 등 불빛이 가득 차며 둘의 얼굴이 훤히 드러났다. 나는 눈을 잠시 찌푸리고 있다가 숨부터 고르고서야 겨우 입을 열 수 있었다.

"혁우야, 괜찮은 거니?"

혁우의 흰자가 유독 빛났다. 녀석은 나를 살피듯 빤히 쳐다보다 물었다. "혹시 울었어?"

대뜸 묻는 말이 뜬금없어 잠시 뜸을 들였다. 걱정해주는 건가 싶기도 했다. 잠이 덜 깨서 그런가, 아직 꿈인가, 온갖 생각이 다 들기도 했다.

녀석은 내 얼굴을 유심히 살피더니 대답 없는 나를 두고 또 혼잣말을 했다. "음, 아니네. 근데 왜 울면 안 된다는 거야? 울면 안 된다고 해도 사람들은 어차피 울잖아."

도대체 무슨 맥락일까, 산타할아버지 캐럴 얘기하는 건가. 겨울이 오려면 아직 한참 남았는데. 무엇보다, 너무 뜬금없다 보니 나도 잠깐 정신이 나갔다 온 것 같았다. 지금은 이런 얘기를 할 만한 상황이 아닌데.

무슨 말을 해야 좋을지 몰라서 가만히 있었더니 녀석이 또 말을 이었다.

"근데 도대체 뭐 하고 있었던 거야?"

"그게, 내가 안에 있는데……."

지극히 차분한 녀석의 모습에 문득 긴장이 풀리며 민망해졌다.

나는 숨을 한 번 고를 만큼 뜸을 들이고 이어서 말했다. "혹시, 무슨 이상한 소리 못 들었니? 비명 같은 거, 아니면 불빛이라든가……."

"들었어. 이상한 소리."

"그렇지? 나만 들은 거 아니지?"

"누나가 문 덜컹거리는 소리."

"아, 그거는……."

"그래 놓고 갑자기 울부짖던데."

아, 어, 그거. 속으로만 말하는데도 더듬었다. 꼬마애 앞에서 이런 꼴이라니, 내가 생각해도 듬직하지 않았다. 이런 주제에 내가 무슨 선생님일까.

"문이 안 열렸어. 막…… 열어도……."

녀석은 고개를 절레절레 젓다가 문을 잡더니 말했다. "옆으로 밀어야 열리지. 누나 바보 맞지?"

'옆으로'를 강조하는 녀석의 말투엔 한심함이 섞여 있었다. 열린 문을 다시 쳐다봤다. 당연하게도 옆으로 밀게 되어 있었다. 이쯤 되면 내가 나를 의심하게 된다. 아까 들어올 때도 문을 옆으로 밀었던가? 아니었던 것 같은데, 술을 마셔서 그런가. 그렇다기엔 그리 취한 것도 아니었는데. 방금 본 건 꿈이었을까, 그렇기엔 정신이 꽤 맑았다.

"비명도 들었어. 마치 너 같은, 어린애 목소리로……."

"그래서, 울었어?"

뜬금없지만 자꾸 울었느냐고 물어보는 건 어린애라 그렇다고 생각하기로 했다.

"아니, 운다고 해결되진 않거든."

새어 들어오는 빛으로 혁우가 고개를 끄덕이는 것이 보였다. 놈의 리액션은 도무지 속을 알 수 없었다.

"꿈 좀 곱게 꿔."

녀석은 휘릭 돌아서 가버렸다. 문밖으로 고개를 내밀어 보니 녀석은 실루엣조차 남기지 않고 사라졌다. 요 앞에서 꺾어 자기 방으로 갔을 테지만 그렇다고 이렇게 기척도 없이 가다니.

긴장이 풀리면서 요의가 다시 찾아왔다. 화장실 문을 열면서 곧바로 내가 착각했음을 알았다. 화장실 문도 미닫이였다. 내 어리석음을 알게 된 순간의 수치심은 혼자 있더라도 똑같았다. 공연히 와인 탓을 해봤지만 별 위안은 되지 않았다.

혁우 말대로 꿈을 곱게 꿨어야 하는 걸까. 문제는 그 소리였다. 그렇게까지 멀지는 않은 곳의 소리 같았는데, 정말 잠이 덜 깨서 그런 건지 이젠 나 자신이 의심스럽기까지 했다. 근처에 공사장이라도 있었으면 모를까, 나는 혼자 중얼거리며 고개를 가로저었다.

화장실 문을 닫고 바지를 내리려는 그때 똑똑 노크 소리가 났다.

"응. 잠깐만."

당연히 혁우겠거니 하고 대답했는데, 또 똑똑 두드리길래 최대한 상냥히 "네에" 하고 또 한 번 대답했다. 그런데도 또 똑똑, 연거푸 이어지는 노크 소리에 사실 성가셨지만 애가 급해서 그런 것일 수도 있겠다는 생각에 문을 열었다.

……아무도 없었다.

고개를 양껏 내밀고 둘러봐도 아무도 없었다. 근데 분명 히 들었다. 똑똑, 노크를 세 번이나 했다. 그런데 아무도 없 었다. 잠깐 멍하니 있다가 문득 요의를 자각하고 일단 급한 것부터 해치웠다.

손을 씻는 동안 문밖으로 기척이 있었다. 그럼 그렇지, 아 무래도 이 틈을 탄 혁우 녀석의 장난 같아 이때다 싶어 문 을 확 열었지만 여전히 아무도 없었다. 어둡고 조용했다. 괜 스레 내가 바보 같아 혼자 고개를 저으면서도 이대로 넘어 가기엔 뭔가 억울했다.

까치발로 혁우의 방 앞에 도달하니, 왜 내가 긴장하는지 는 모르겠지만 심장박동에 맞춰 종아리 맥박까지 느껴졌 다. 문 앞에서 모든 신경을 집중해봤지만 조용할 뿐이었다. 문에 귀를 대려고 천천히 무릎을 굽혀 몸을 기울였다. 문틈 안쪽은 어두웠다. 여전히 아무 소리도 안 나고, 어떤 기척도 없었다. 내 가슴에서 울리는 심장박동 소리뿐이었다.

작게라도 혁우야 하고 불러볼까, 아니면 그냥 아무렇지 않게 노크는 왜 했느냐고 대놓고 물어볼까. 고민하며 문에 얼굴이 거의 닿을 무렵 또 투둥, 뭔지도 모를 물건이 부딪히는 소리에 놀라 하마터면 중심을 잃고 넘어질 뻔했다. 피하려고 몸을 틀다가 허우적 뒤로 낙법처럼 한 바퀴 굴러서야 겨우 멈췄다. 그 이상한 소리는 먼 곳에서 난 것 같았는데, 어느 정도인지까지는 감이 없었다. 뭔가 무거운 주머니를 내려놓는 소리 같기도 했다. 맞다, 아까 잠에서 깼던 소리도 이것과 비슷했다.

나만 들은 건가, 그럴 리 없을 정도로 크고 거슬리는 소리였다. 누구라도 잠에서 깰 법한데 왜 나를 제외하곤 아무도 반응이 없는 건지, 내가 일찍 깊이 잠들어버린 바람에 마침 피로가 풀리면서 귀가 밝아진 건가. 아니면 근처에 공사장이라도 있는 건가. 아니 어쩌면 이들에겐 이미 익숙한 상황인 건가. 이런 생각들이 머릿속에서 뒤엉켰다.

분위기까지 깨진 김에 혁우 염탐은 이만하기로 하고, 가방은 찾아야 했기에 1층으로 내려갔다. 2층 복도의 연한 조명과 달리 1층은 어두웠다. 눈이 다시 어둠에 익숙해졌지만 그래도 형체 외엔 잘 안 보였다. 더듬더듬 벽을 짚어가는 수밖에 없었다.

가방은 주방에 있었다. 안 터지는 핸드폰이어도 시계는 되니 다행이었다. 오전 5시, 하루를 시작하기엔 이르지만 다시 자기엔 애매했다. 오랜만에 일기나 쓰기로 했다. 이례적인 날이기도 하니 뭔가를 끄적이기엔 더없이 좋은 날이기도 했다. 안 터지는 핸드폰이라도 끄적일 수 있으니 충분히 괜찮았다.

가방을 들고 다시 내가 있던 방으로 들어가려니 괜히 문이 신경 쓰였다. 무슨 이유인지는 모르겠지만 불안한 기분이 떠올랐다. 문을 열기 전에 한숨부터 깊게 들이쉬고, 만지작거리다가 열고 다시 닫고 또 열고, 그렇게 여러 번을 해도 아무 이상 없어 보였다. 그런데도 괜히 찝찝했다. 나는 정말로 와인을 그거 조금 먹고 취해버렸던 걸까. 그런다고 이 정도도 구분을 못 할까. 원래가 와인으로 취하면 사람이 환청도 듣고 이상한 꿈도 꾸고 그러는 거였나, 생각하다 보니 왼쪽 가슴께에서 심장이 요동쳤고 몸이 화끈거렸다. 여러모로 이상한 밤이었다.

다시 불을 끄고 일기용 메모 앱을 켜며 자리에 누웠다. 이곳 침대와 이불은 편하지만 역시 어색했다. 침대와 이불 사이로 몸뚱이가 자연스럽게 녹아들면서 절여지는 것만 같은 기분은 여전히 적응이 되지 않았다.

이것저것 머릿속에서 떠나지 않는 생각들을 끄적이다 보니 시간은 금방 갔다. 그리고 보니 해 뜰 때가 된 것도 같은데, 햇빛이 들어오는 기운은 전혀 없었다. 문득 고개를 돌려 창문을 올려다봤다. 그곳은 이상하리만치 어둠으로 가득했다.

방 불을 다시 켜고 창문으로 다가가 한동안 가만히, 유심히 쳐다보았다. 내 머리보다 높이 있는 창문은 암막 시트지인지 칠을 해둔 건지 뭘 덮어놨는지, 어쨌든 불친절한 어두움으로 덮여 있었다. 어떤 이유에서든 빛 한 줄기 샐 틈이 없었다. 어젯밤은 밤이었기 때문에 당연히 더 어둡다고 생각했는데, 그게 아니었다. 그러니까 지금 해가 떴더라도 여기선 볼 수 없게 되어 있었다.

나를 향한 의심의 그림자가 점점 진해지고 있었다. 내가 보았던 빛줄기는 정말로 진짜였을까, 간밤의 창문과 지금 내가 보는 창문이 같은 걸까……? 그리고 내가 들은 온갖 소리는 무엇이었을까. 어제 봤던 문은 분명히 여닫이였는데, 지금은 미닫이로 바뀌어 있다. 문의 구조가 하루 만에 변하는 것은 불가능하다. 그것도 내가 자는 동안에 자동으로 그럴 순 없다. 내가 정말로 잘못 본 걸까, 이것들 전부가 와인 때문일까? 술을 마셨다고 해서 그저 헛것을 보고 듣는다고 할 수 있을까. 설마 귀신 따위를 보는 건, 아니야. 그건 당연히 아니겠지.

나 혼자서 머릿속 곳곳에 뭉쳐 있는 생각 무더기들을 뒤집는 동안, 바깥에서 발소리가 분주하게 들렸다. 설마, 이 발소리마저도? 옷부터 단숨에 갈아입고 나와보니 부지런한 부부는 이미 출근 준비를 하고 있었다. 제시간에 내가 일어나 있어서 다행스럽게도 그들을 마중할 수 있겠다고 생각한 것도 맞지만, 그보다 제일 먼저는 방금 들린 소리가 환청 따위가 아니었다는 것에 더욱 안심했다.

뭐라도 도울 게 없나 우물쭈물하며 망설이고 있는 나를 발견한 부인은 어제보다 더 생기 넘치는 얼굴로 내게 다가와 말했다.

"아이고, 시끄러웠구나? 들어가 더 자."

나는 이 밤 동안 혼자 이상한 일을 겪고도 환청은 아닐까 마음고생하고 있다가, 이렇게 예상치 못하게 따뜻한 말을 듣게 되니 울컥 목이 메고 말았다. 들어본 지 오래된, 마치 엄마가 하는 것처럼 상냥한 말이었다. 입을 열었다간 언제든지 눈물이 쏟아질 것만 같아 대답은 하지 못하고 그저 바짓자락만 꼭 쥐고 있었다. 다행히도 그들은 바쁘게 출근 준비를 하고 있어서 이런 나를 볼 수 없었다.

아까부터 마음을 가득 메우고 있던 '것'들이, 그렇게 그녀의 한마디에 녹아 내려가는 듯했다. 혼자 지내면서 아침마다 듣던 것은 핸드폰 알람과 인공지능 비서의 냉정한 목소리뿐이었는데, 사람의 목소리로 듣는 아침의 따뜻한 한마디는 이렇게 큰 힘이 있었다.

나는 애써 목청을 가다듬고 말했다. "제가 뭐 도울 거라도 없을까요?"

사장님은 고개를 빠르게 저었다. "아이 참, 무슨 말씀이세요. 가만히 계세요."

부인은 이내 단호한 표정으로 말했다. "말했잖아. 주해 씨는 식모나 파출부가 아니야. 이런 거 할 필요 없어."

"우리한테 선생님이라니까 그러시네. 우리가 모셔야지." 옆의 사장님도 고개를 깊이 끄덕이며 거들었다.

두 분은 내게 들어가 편하게 쉬라고 했지만, 나는 그들의 동선 근처에 머물러 있었다. 그러는 게 마음이 더 편했다. 그사이 부부는 간결하고 능숙하게 아침 출근 준비를 마치고 어느새 현관으로 향했다.

"저기 혹시……."

마침 나가려는 부부를 어렵게 불러 세우고 간밤의 일에 관해 물었다. 자세하게는 묻지 않고 간추려서, 평소와 다른 이상한 소리라든가, 혹은 평소에도 그런 이상한 일들이 있었는지 정도로 물어보았다.

부인은 미간을 찌푸리며 잠깐 생각하다가 말했다. "글쎄, 단독주택이라서 그럴 수도 있지…… 있나?"

"주해 씨가 와인이 특히 잘 받는 거 아냐?"

소범수 사장님의 말에 부인도 실없다는 듯 피식 웃었다. 그렇게 현관으로 향하는 그들을 다시 붙잡았다.

묵묵히 그들을 잡긴 했지만, 어떻게 대처해야 할지 모르겠어서 머뭇거렸다. 그들의 시선 속에 물음표가 점점 굵고 짙어지는 것을 느꼈다.

"그럼 혹시, 귀신이라든가……."

이렇게 말하기까지 큰 용기가 필요했다. 그때 사장님과 부인은 서로 마주 보더니 푸하하 웃음을 터뜨렸다.

사장님은 감탄한 듯 고개를 저으며 말했다. "이야 선생님, 빌드업 좋았다. 뭔 소리 하시나 했더니, 하하. 아 좋았다, 좋았어."

그 덕에 나도 모르게 "아하하" 웃게 되었다. 일단 그냥 따라 웃었지만, 순간적으로 창피함이 밀려왔다.

"아침부터 웃게 해주다니 고마워라. 최고의 출근 준비였어. 덕분에 잘 다녀올게."

상큼한 목소리로 말한 부인과 사장님은 현관을 나섰다. 마당을 가로질러 대문으로 향하는 그들의 뒷모습은 일상을 사는 두 사람의 모습이었다. 그들이 가까이 가자 대문도 당연하다는 듯 자동으로 열려 배웅했다.

귀신이라니, 나는 고개를 가로저으며 한심해했다. 닫히는 현관문 틈으로 비집고 들어오는 봄날의 아침햇살과 함께 헛웃음을 짓고 말았다.

현관부터 또 그 사방이 막혀 답답하고 긴 통로를 지나 거실에 도착하니 뒤에서 부스럭거리는 소리가 들렸다. 돌아보니 혁우가 주방에서 움직이고 있었다. 그래, 무슨 소리가 됐든 헛것도 없고 환청도 없다. 술기운과 피곤이 겹쳐 마치 가위눌린 사람처럼 잠결에 그랬을 뿐이다. 나는 팔을 쓸어내리며 남아 있는 오싹한 기운을 애써 털어냈다.

혁우는 듣던 대로 혼자서도 잘하고 있었다. 음식을 가져오고, 전자레인지에 데우고, 음료까지 척척 세팅하며 잘 챙겨 먹고 있었다. 거실을 등지고 앉아 움직거리는 혁우의 뒷모습을 가만히 바라보고 있으니, 때때로 리암의 모습이 겹쳐 보였다. 혁우가 흙 놀이를 하던 그때처럼, 이제는 밥을 먹는 순간에도 리암이 자꾸 떠올랐다.

이쯤에서 마음을 다시 다잡기로 했다.

혼잣말이 절로 나왔다. "그래, 리암이는 어차피 내 마음속에서 영원히 함께할 거야. 정신 차려야 해. 여기까지 오게 된 결심이 있잖아, 그건 나를 위한 것이기도 했어. 이 모든 건 나의 내면의 빚을 갚기 위한 시작에 불과해."

그렇게 중얼거리며 스스로를 다독이곤 마음을 굳혔다.

지금부턴 나와 혁우, 우리 둘뿐이고, 이게 현실이다. 함께하는 동안엔 혁우에게 집중해야 한다. 집중하면 많은 걸 해낼 수 있다. 부인과 사장님이 보여준 친절을 혁우에게 그대로 돌려주면 된다. 그것으로 충분하다. 내가 집중할 건 그뿐이다. 뭔가를 특별히 잘하려 애쓸 필요도 없다. 그냥 가만히

만 있어도 된다. 아무 사건 사고 없이 무사히 지내기만 하면 된다. 그것만으로도 충분하다.

혁우를 마주 보려면 녀석을 지나 식탁 맞은편까지 가야 했다. 별것 아닌 일인데도 묘하게 큰 용기가 필요했다. 이 순간엔 식탁마저 괜히 넓어 보였다. 담담한 척, 자연스러운 척하려니까 오히려 걸음이 꼬였다.

겨우 혁우 맞은편에 서서 녀석을 바라보았다. 혁우는 음식물을 우물거리며 책에 집중하고 있었다. 한참을 지켜보고 있으니 한 번쯤 고개를 들어 쳐다볼 법도 한데, 전혀 그럴 기색이 없었다.

"뭐 좀 줄까? 물?"

녀석은 독특하게 생긴 영양소 덩어리 하나를 특이한 포크로 집어 들더니, 나를 힐끗 보곤 다시 책으로 시선을 돌렸다.

"이따가는 뭐 해? 우리 오늘은 뭘 하면서 시간을 보내면 좋을까……?"

마음으로는 '안면도 텄는데 이러기냐'고 하고 싶었지만, 정작 입 밖으로 나온 건 다른 말이었다. 이때 아니면 친해질 기회가 또 없을 것 같아, 나는 식탁에 팔꿈치까지 괴어가며 혁우 쪽으로 몸을 기울였다. 그러나 녀석은 여전히 시선을 내주지 않았다.

내 쪽이 훨씬 어른이니, 몇 번이든 먼저 다가가는 게 맞는 것 같았다.

"그 책은 무슨 책이야? 내용을 나한테……."

"아, 좀."

그때 녀석은 말을 끊더니 어제와 같은 서늘한 눈초리로 나를 쳐다봤다. 갑작스러운 반응에 나는 또 말문이 막혀 턱만 움찔거렸다.

"가서 혼자 좀 놀아."

순간, 그 말이 내가 한 말인 줄 착각할 뻔했다. 머릿속이 하얘지고 몸도 굳어버렸다. 어찌할 바를 몰라 가만히 서 있는데, 혁우가 짧게 한숨을 내쉬며 덧붙였다.

"왜, 심심해? 놀아줘?"

녀석의 조롱 섞인 말투에 잠깐 마음이 할퀴어진 듯했지만, 삐진 것처럼 보이고 싶지 않아 슬쩍 의자에 앉았다. 이런 시니컬함이라니. 리암과는 너무도 다른 모습이 신기하면서도 의아했다. 아이들이란 이렇게 다를 수 있구나, 하긴 그렇지, 인간이 이래야지, 원래 다양한 존재지. 그런 생각이 들자, 나도 모르게 피식 웃음이 났다.

나는 아예 몸을 늘어뜨리고 등받이에 머리까지 기대며 녀석을 쳐다보았다.

"아니야. 그래. 네가 맞다. 네가 맞아."

내가 그렇게 말하고 나서부터, 일어나 부엌을 나오는 동안까지도 녀석은 내게 눈길 한 번을 주지 않았다.

나는 거실로 터덜터덜 걸어나와 구석에 철퍼덕 주저앉았다. 들었던 대로 바닥이 맨바닥임에도 먼지 하나 없이 깨끗했다. 핸드폰 신호는 여전히 없고, 공기는 따스하면서 바닥은 서늘하고, 벽에 걸린 그림은 묘하게 어지럽고, 날은 밝은데도 집 안은 어두우니 이질감이 돌았다. 아무 생각 없이 멍하니 한 곳만 바라보기에 딱 알맞았다.

이럴 땐 뭘 해야 좋을까. 전파가 사라진 핸드폰은 무용지물 벽돌이나 다름없었고, 꼬맹이 녀석은 나와 어울리는 걸 별로 좋아하지 않는 눈치이니 딱히 할 것이 없었다. 이때 문득 책이 보고 싶어지기도 했다. 한때는 그렇게 좋아했던, 이제는 손에서 놓은 지 벌써 2년이 넘어버린 물건.

이래도 되나 싶을 정도로 아무것도 안 하다가, 어느 순간 까무룩 잠들었던 것 같다. 환풍 장치의 덜덜거리는 진동 소리에 화들짝 깨어나 둘러봤지만, 여전히 아무 일도 없었다. 꼬맹이는 그새 어디론가 사라지고 없었다.

큰돈을 받고 이렇게 소위 '날로 먹어도' 되나 싶을 정도로 아무것도 안 한다는 건, 막상 겪어보니 묘하게 불편했다. 그나마 익숙한 2층 화장실에 갔다가, 혹시 몰라 문은 잠그지 않고 뒀다. 간밤의 일이 또 벌어질까 하는, 걱정이라고 해야 할지 기대감이라고 해야 할지 모를 기분도 있었다. 그렇게 나는 문고리에서 손을 떼지 않은 채로 엉거주춤 불편한 자세로 잠시 있었다.

조용한 가운데 별다른 기척이 없어 막 앉으려던 찰나, 똑똑! 청명하게 울리는 노크 소리에 문을 벌컥 열어젖혔다. 바지를 막 벗으려던 참이었지만 중요치 않았다. 어차피 다시 노크가 이어질 거라 예상하기도 했고, 당연히 혁우일 거라고도 생각했다. 심지어 어제와 똑같은 타이밍, 똑같은 박자의 노크였다.

그러나 아무도 없었다. 도망가는 발소리도 없고, 누군가 다녀간 흔적이나 기척조차 없었다. 노크 소리가 들리자마자, 아니, 소리와 거의 동시에 문을 열었는데도 아무도 없었다.

이젠 장난처럼 보이지 않았다. 나는 아예 문을 열어둔 채 소변을 누었다. 노크 소리는 더는 들리지 않았다. 혹시 특정 상황에서만 생기는 현상인가 싶어, 일부러 문을 닫고 같은 자세를 반복해보았다. 이번에는 아무 소리도 나지 않았다.

문제가 공간인지, 나인지, 아니면 이 공간 속의 나인지, 무엇이 문제인지 알 수 없게 되자 노골적인 불안감이 엄습했다. 손을 씻으며 거울에 비친 내 모습을 바라보며 다시 생각했다. 혹시 내가 문제인가? 무슨 문제가 있을까? 내 눈을 뚫어져라 바라보던 그 순간, 갑자기 불이 한 번 깜빡이더니 이내 꺼지고, 화장실은 어둠에 휩싸였다.

그때, 열려 있는 문틈 너머로 빛줄기 하나가 훑고 지나갔다. 나는 튕기듯 달려나가 복도를 둘러봤지만, 이곳은 그저 통로일 뿐이었다. 복도 창문은 꺾인 길 끝, 혁우의 방 옆에만 하나 있을 뿐이었으니, 빛줄기가 이리로 들어와 여기까지 닿는 것은 불가능했다.

다급히 내가 머무는 손님방으로 달려갔다. 그때 또다시 빛줄기가 방 안을 훑고 지나갔다. 순간 방 창문을 구석구석 노려봤지만, 암막 코팅이 칠해진 구석구석은 여전히 빛 샐 틈새조차 없었다.

혁우의 장난이 아니고서는 도무지 설명이 되지 않았다. 녀석은 교묘하게 나를 골탕 먹이며 장난을 치고 있는 게 분명했다. 일부러 친근하게 굴지 않고 거리감을 유지하며 이런 식으로 재미를 느끼는, 그런 것이 아니고서야 지금의 현상은 도저히 이해할 수 없었다.

결국 나는 이 용의주도한 녀석을 만나기로 했다. 혁우의 방으로 가는 길에 옆 창문으로 마당을 살폈지만 녀석의 모습은 보이지 않았다. 화장실에 노크를 하고 사라진 동선을 생각하면, 녀석은 분명 방에 들어가 숨어 있을 터였다. 그래야만 말이 됐다.

놀자는 걸까, 아까 녀석이 "왜, 심심해? 놀아줘?"라고 했던 건 이런 걸 위한 밑밥이었을까, 다양한 생각이 들면서도 나는 결국 문을 두드리고 이름까지 불러보았다. 하지만 반응은 없었다.

이 방도 미닫이겠지, 문고리를 천천히 돌려 살짝 밀었다. 문이 조금씩 미끄러지며 틈새로 방 안이 드러났다. 방 안이 새까맣게 보이는 게 의아했는데, 벽지가 검은색이었다.

곧 녀석의 형체가 조금씩 드러났다. 장난을 쳐놓고 아닌 척하는 모습을 보면 웃음이 나올 법도 했지만, 이상하게 숨이 잦아들고 가슴팍이 더 답답해졌다. 문이 더 열릴수록 심장은 점점 빨리 뛰었다. 내가 어떻게 반응하면 좋을까 고민도 됐다. 녀석이 딱 잡아떼면 뭐라고 해야 할까? 애교스럽게 웃어넘겨야 할까? 아니면 살짝 정색하더라도 놀랐다고 표현해야 할까? 기대와 긴장이 뒤섞인 채로, 이 순간이 우리가 친해지기 시작하는 계기가 될지 모른다는 생각도 스쳤다.

1센티미터, 5센티미터, 10센티미터 정도 문이 열렸을 때, 그렇게 녀석과 눈이 마주친 순간.

으아아악!!

눈이 마주치자마자 녀석은 깨질 듯한 비명을 질렀다.

소년의 목소리는 또 다른 파괴력으로 귀를 파고들었다. 혁우는 온 얼굴이 찢어질 것처럼 구겨가며 소리를 질러댔다. 귀를 억지로 쑤시고 들어오는 비명에 정신이 아득해졌다. 나는 그만 뒤로 주저앉으며 허둥지둥 "미안해, 미안" 따위의 말을 연신 내뱉었다. 그러고는 필사적으로 발을 굴러 도망쳤다.

나는 겨우 내 방으로 도망쳐와서야 숨을 조금 쉴 수 있었다. 뭐라도 필요해서 겨우 끌어안은 건 저 기막힌 베개나 이불이 아니라 나의 가방이었다. 꼬질꼬질하고 향기도 없는 낡은 가방이야말로 내게 안정감을 주었다.

그렇게 한동안 무생물 친구를 인형처럼 끌어안고 한동안 바닥에 주저앉아 있었다. 여기까지 함께해준, 늘 나와 함께해준 오래된 친구 덕에 조금은 진정할 수 있었다.

숨이 점차 고르게 가라앉기까지 적잖은 시간이 걸렸다. 다급함에 눈으로만 느꼈던 조금 전 광경은 이제야 천천히 뇌리에 스며들기 시작하더니, 뇌에서 이해하는 것과 가슴에서 이해하는 것으로 나뉘었다. 그 말은 곧, 화가 슬슬 올라오고 있다는 것을 뜻했다.

단계별로 정리하자면 이랬다. 녀석의 눈은 정확히 나를 향하고 있었다. 손에는 은빛으로 번들거리는 생 면도날이 들려 있었다. 그 면도날은 커터 칼보다도 더 날카롭고, 빛을 받을 때마다 섬뜩한 기운을 내뿜었다. 서걱서걱, 녀석은 그 날카로운 도구로 연필을 깎고 있었다. 단순한 연필깎이가 아니라 날것 그대로의 면도날로, 공기마저 가르는 듯한 소리를 내며 연필 끝을 깎아냈다. 면도날 끝에서 새로 드러난 연필심은 마치 그 자체로 흉기가 된 것처럼 서슬 퍼렇게 뾰족했다.

그런 녀석이 비명을 질렀던 건 문이 열리자마자도 아니었다. 녀석은 손으로는 여전히 면도날을 쥐고 연필을 깎으면서도 문이 열리는 순간을, 그러니까 나를 보고 있었다. 하지만 굳이 나와 눈을 마주치는 그 순간을 기다렸다가 소리를 질렀다. 소름 돋을 정도로 정확하게 노린 타이밍이었다. 마치 내가 가장 크게 놀랄 순간을 계산해둔 것 같았다. 중첩된 충격 때문인지 녀석의 손끝에서 반사되던 면도날의 섬광은 두근거리는 심장과 함께 번뜩이며 뇌리에 깊이 박혀 떠날 생각을 하지 않았다.

와, 생각할수록 감탄이 나왔다. 놈은 놀라울 정도로 치밀하고 얄미울 정도로 못됐다. 내가 문을 두드리고 이름을 불렀을 때부터, 그리고 문이 열리기 시작했을 때도, 녀석은 충분히 다른 방식으로 반응할 수 있었다. 비명을 지르는 대신할 수 있는 게 얼마나 많았는데, 나 골탕 먹이겠다고 그렇게까지 했다고 생각하니 괘씸함이 치밀었다. 그래 뭐, 아주 대단한 비밀이라도 있었으면 모를까, 방 안에는 고작해야 뾰족하게 깎은 연필 몇 자루, 암흑 같은 벽지에 끼적인 낙서들, 곤충이나 동물 그림 액자들뿐이었다. 녀석은 나한테 꼭 그랬어야만 속이 후련했을까.

눈알 뒤쪽이 저릿할 정도로 놀라 정신없이 도망치느라 아무 말도 하지 못한 게 못내 아쉬웠다. 심지어 화장실 노크에 대해선 아예 잊고 있었다. 이쯤 되니 그건 중요하게 느껴지지도 않았다. 이야기를 꺼낸다 해도, 저 녀석은 보란 듯이 천연덕스럽게 발뺌할 게 뻔했다. 나는 아까처럼 바보 소리나 듣고 무시당할 게 뻔할 테고. 괜히 말을 꺼냈다가 나를 더 우습게 취급할 만한 빌미를 제공할지도 모른다는 생각에, 그럴 바엔 차라리 묻어두기로 했다.

애써 진정하고 방에서 나왔다. 공기는 평온했다. 혁우의 방을 지나 넓은 창문 앞에 서서 밖을 보니, 녀석은 어느새 정원 흙바닥에 쪼그리고 앉아 처음 봤을 때처럼 꼬물대고 있었다. 그런 아이의 모습을 가만히 보고 있었더니 명치 귀퉁이 어딘가가 스르르 녹아내리는 기분이 들었다.

"아흐." 한숨이 절로 나왔다.

그래, 쟤가 얼마나 심한 짓을 했다고. 그 짧은 시간 동안 나는 저 어린 녀석에게 혼자 삐쳤다가 괘씸해하다가, 다시 미안해하더니, 이제는 창피함에 얼굴까지 달아올랐다. 결국 이 모든 게 내 안에서만 일어난 소동이었다.

밖은 구름도 바람도 없이 조용하고 평화롭고 맑았다. 이렇게 먼발치에서 혁우가 무사하기만 바라고 있으면 되는데, 아무것도 안 해도 된다는 게 곧 아무 걱정이 없다는 뜻은 아니었다. 그렇다. 설명할 수 없는 간밤의 소리와 빛의 존재도 걱정으로 남아 내 머릿속을 떠나지 않고 있었다.

소다 맛 아이스크림 같은 하늘을 멍하니 올려다보며 그렇게 생각을 이어갈 무렵, 나는 문득 참을 수 없는 전율로 뒷머리가 갈라지는 느낌과 함께 온몸이 굳어버리고 말았다.

급기야 내가 미쳐버리고 만 건 아닐까?

정말로 환청이었다면……?

나는 다시 정신없이 방으로 달려와 가방부터 꺼안고 불도 켜지 않은 채로 맨바닥에 주저앉았다. 손가락 하나 펼 수 없을 정도로 온몸에 소름이 돋았다. 내가 정말로 이상한 건가. 이상하지 않은 건가. 이상하지 않은 게 아닌 건가. 나는 과연 뭘 느끼고 판단하는 걸까. 나는 뭘 알고 있는 걸까. 내가 아는 게 맞는 걸까.

어둠 속에서 눈도 감지 못한 채 우두커니, 나는 보이지도 않는 천장 구석에 시선을 고정하고 있었다. 그러자 환영 같은 것들이 허공에 희미하게 재생됐다. 계절마다 색색으로 변하는 하늘과, 바람결에 파도 타는 이파리들과, 그 뒤에 숨어 있던 나비들과, 나를 올려다보며 웃던 리암이.

내 지난날이, 내가 이겨냈다고 믿었던 기억들이, 나를 다시 붙들고 흔들어 깨우고 있었다. 그것들을 아직 이겨내지 못한 걸 확인하게 된 것만 같았다. 자꾸만 지난날들이 떠올랐다. 팔다리가 저려오면서 주위가 점점 더 어두워지고, 시간이 거꾸로 돌아가는 듯했다. 머리로는 그러지 말라고 외치고 있었지만, 그렇게 의지와 상관없이 나는 제멋대로 언제인지 모를 옛날까지 돌아가고 말았다.

리암에게

오랜만이야. 아니, 처음인 것 같아.

뒤늦게 처음이라 미안해. 그동안엔 차마 쓰지 못했어.

이제는 극복해보려 해. 그래서 지금에야 용기를 낼 수 있었던 거야.

내가 늘 처져 있고 우울감에 젖어 있고 자책하고 불특정 존재를 향한 분

노와 증오를 안고 사는 건, 누구보다도 리암이 원하지 않는다는 걸 알

아. 누구보다도 내가 잘 살길 원한다는 걸 알아.

알지만, 그렇지만... 그동안 잘 안 됐어. 쉽게 용서되지 않았고, 쉽게 포기

할 수 없었고, 쉽게 잊고 놓아줄 수 없었어.

오늘은 어떤 집에 와 있어. 세상에 한 획을 그은, 존경할 만한 사람들이

사는 집이야. 집 자체도 굉장히 특이하지만, 무엇보다 사람들이 특별해.

삶을 바라보는 방식, 삶을 대하는 태도, 모든 게 존경스러워. 나도 나중

에 꼭 이들처럼 되고 싶단 생각을 했어. 그러면서 '나중'을 생각하는 내

모습에서, 리암이 네게 편지를 쓰기로 한 거야. 이들 덕분에 너한테 편

지를 써. 고마운 사람들이야.

여기서 혁우라는 친구를 봤어. 네 또래의 친구야. 너도 봤으면 좋았을...

아니야. 너는 별로 안 좋아했을 거야. 사실 우리 타입은 아냐.

그런데, 그 친구의 뒷모습에서도 너를 많이 추억했어. 정말 많이 떠오르

더라. 처음에 떠올랐을 때 잊으려고 해서 미안해. 혁우한테만 집중해야

한다고 생각했어.

지금은 알아. 너는 항상 나와 함께한다는 걸. 그걸 느끼고, 이제는 머리로도 알아.

그래서 더는 울지 않고 잘해보려고.

오늘이 지나면 곧바로 학교에 복학할 거야. 두둑한 후원금이 생겼거든. 이렇게 관대한 처사가 또 있을까. 어떻게 다 갚을지 모르겠어.

앞으로는 학교도 다니면서, 전공을 옮길 수도 있을 것 같지만, 복수는... 아직 잘 모르겠어, 아직은. 포기하지 못할 수도 있을 것 같아. 하지만 너의 바람처럼, 민서 아줌마와 아론 아저씨의 바람처럼, 날려 보내기로 마음먹었다는 것만으로도 시작이지 않을까 생각해.

슬펐던 그 부분만큼은 이제 떠나보내고, 내가 살아남는 것, 회복하는 것, 그것에 집중할 힘을 모으는 것. 그게 네가 내게 준 목소리 같아.

이 이상한 집에서 하루가 채 지나지 않은 새벽이지만, 벌써 리암이 너는 내게 이렇게 목소리를 주는구나.

더는 집착하지 않으려고 해.

망각을 못 하고 있던 지난 시간들을, 잊으려 애쓰진 않을 거야.

너처럼, 너희 엄마와 아빠처럼, 나의 엄마와 아빠처럼, 이 집의 주인들처럼, 나중엔 나두 꼭 어려운 사람을 도울 거야.

이제 누나도 행복하게 살아볼게! 행복이 뭔지 잊어버리고 잃어버린 것

같은데, 다시 천천히 찾아볼게.

그리고 나눠줄게. 나랑 나눠 갖자.

언젠가 내가 그곳에 가서, 우리가 마주치면... 그땐 너도 웃기로 하자.

편하지만 불편한 침대에서

핸드폰이 터지지 않는 도심 한복판에서

잠이 오지 않는 아침에

리암을 떠올리며, 누나가

2부 비구름 뒤에 숨은 해님

1

어릴 적 나는 그야말로 사고뭉치였다. 그네에서 점프했다가 모래밭에 얼굴로 떨어지기도 하고, 까불거리며 계단 손잡이를 타고 내려오다 미끄러져 구르기도 하고, 놀이터 뱅뱅이에서 튕겨 나가기도 하고, 커다란 개한테 덤벼들기도 하고, 덩치 큰 동네 오빠와 싸움이 붙기도 하고, 그렇게 연달아 사고를 쳐댔으면서 용케도 크게 다친 곳 없이 자랐다.

몸이 튼튼하니 활동력도 좋았다. 밖에서 어떻게 잡았는지도 모를 곤충이나 동물들, 예를 들어 다람쥐나 뻐꾸기같이 나무를 올라가야 잡을 수 있는 것들을 갖고 오기도 했다. 굳이 집에까지 가져와서 결국 놓치고 그것들을 찾느라 난리

났던 일도 종종 있었다. 그때가 겨우 여섯 살에서 일곱 살 정도였다. 기억에 없는 그 시절부터 말괄량이처럼 온 동네를 헤집고 다녔더니, 동네 사람들에게는 '겁대가리 없는 아이' 로 알려지며, 때론 '뭔 여자애가 저러느냐'는 소리까지 듣게 됐다.

"웃기는 사람들이야. 여자애가 그러면 어때서?"

아빠는 오히려 그들을 나무랐고, 엄마의 반응 또한 무덤덤했다. 늘 그런 식으로 내가 크고 작은 문제를 일으키거나, 심지어 신체 일부 어딘가를 다쳐서 오더라도, 엄마, 아빠는 그 정도는 괜찮다며 연고나 밴드를 발라주고 엉덩이 몇 번 토닥여 달래주곤 하셨다. 어느새 아빠는 팔꿈치와 무릎 보호대부터 급기야 권투글러브에 샌드백까지 마련해두고 계셨다. 지금 와 돌이켜 생각하면, 무덤덤했다기보다는 걱정의 표현을 애써 참으셨던 것 같다.

언젠가 차에 치였을 땐 나도 많이 당황했다. 차에 치여서가 아니라, 사뭇 다른 엄마의 반응 때문이었다. 유치원 끝나고 집에 오는 길, 집 앞의 왕복 2차선 건널목 앞에서 벌어진 일이었다. 당시 선생님은 "가, 아니 아직, 가지 마, 아니, 가" 따위로 이도 저도 아닌 신호를 보냈고, 여섯 살짜리인 나는 당연하게도 신나게 달렸다. 택시가 조금 더 빨랐고, 가벼운 몸은 허공에 떴다.

뜨끈한 아스팔트에 벌러덩 이불 위처럼 누워 있다가 부스스 일어났을 때, 하늘은 투명했고 세상은 고요했으며 사람들은 말이 없었다. 친구들도 선생님도 택시 기사 아저씨도 모두 굳어버린 채로, 현장에 있는 사람들 전부 고장 난 것 같았고 나만 멀쩡해 보였다.

사실 그렇게 아프진 않았는데도 선생님은 일단 나를 안아 들더니 건널목에서 30미터 거리인 우리 집으로 달렸다. 친구 분들과 있던 엄마는 나를 보자마자 어떻게 알았는지 대뜸 끌어안더니 무릎에 올리고 엉엉 울었다. 나를 아플 정도로 끌어안고 우는 엄마의 모습에 나도 눈물이 났다. 그때 종교가 없던 우리 엄마 입에서 나온 말은 "하느님 감사합니다"였다.

엄마를 비롯한 선생님과 동네 아줌마, 택시 기사 아저씨까지도 후유증을 걱정했고, 멀쩡하다고 부르짖는 나를 억지로 병원까지 끌고 갔다. 그때 몇 가지 검사 후에 의사 선생님이 했던 말을 아직도 기억한다.

"타고났네요. 맷집도, 반사 신경도."

의사는 내가 본능적으로 '낙법'을 쳤다며, 그 덕에 팔꿈치 조금 까진 것 외엔 별 이상이 없다고 했다. 걱정하지 않아도 된다는 말은 의사가 했을 때 비로소 통했다.

"그럴 줄 알았어. 우리 딸은 부서지지 않아."

아빠는 불과 몇 시간 전에 교통사고가 났고 방금 병원에 다녀온 나를 번쩍 들어 올리곤 빙글빙글 돌다가 결국 엄마한테 등짝을 맞았다. 그 와중에도 아빠는 자기 닮아서 그렇다면서 우쭐댔다. 나랑 비슷한 사람이 미국에도 있었다며, 그 사람 이름을 따서 아빠는 한동안 나를 '버스터'라고 불렀다. 그 별명은 엄마가 무슨 강아지 이름이냐고 하기 전까지 이어졌다.

이날 문득 아빠는, 그게 무슨 상관인진 모르겠지만, 때가 됐다더니 제대로 된 불놀이를 가르쳐주겠다며 해가 완전히 떨어진 어느 저녁에 나를 데리고 밖으로 나갔다. 어쨌든 아빠는 그날 아파트 공용 잔디에 쥐불놀이를 시도한 최초의 주민이 되었다.

2

그러고 보면 나는 꽤나 지각 대장이었다. 5분 거리인 학교를 30분에 걸쳐 가곤 했다. 가는 길이 날마다 다르게 보여서 구경하느라 오래도 걸렸다. 나무들을 만져보고 꽃도 들여다보고, 어느 날은 마른 나뭇잎, 어느 날은 나뭇잎에 맺힌 물방울, 풀잎에 앉아 있는 곤충, 풀잎 뒤에 붙어 있는 곤충, 새, 개, 고양이들을 구경하면서 앉아 있다 가곤 했다.

학교가 끝났을 때도 바로 집에 가진 않았다. 아이들이 모두 사라질 때까지 친구들을, 그리고 친구들을 데리러 온 엄마나 아빠들을 구경했다. 이유는 아직도 잘 모르겠지만 보고 있으면 기분이 좋았다. 그렇다고 그런 친구들이 부럽다거나, 혹은 우리 엄마, 아빠가 나를 데리러 오지 않는다는 게 언짢다거나 섭섭하다거나 그런 건 전혀 없었다. 그 전에 이미 내가 데리러 오지 말라고도 했었다. 그냥 보고 있으면 좋았다. 그뿐이었다.

철봉에 거꾸로 매달려서 그렇게 한참 구경하다 내려오면 머리에 쏠렸던 피가 팔다리로 다시 퍼지면서 간질간질 시원해지는 느낌도 좋았다. 학교 앞에서 바로 노란색 봉고차를 타는 오빠 언니들도 있었는데 그건 조금 안타까워 보였다.

집에 오는 길도 그랬다. 같은 길인데도 매일 달랐다. 날씨에 따라, 계절에 따라, 작은 시간의 차이에 따라, 지나치는 사람에 따라 다 달랐다. 심심할 겨를이 없었다. 그렇게 매 순간 신기해하다 보면 어느새 집이었다.

집에 와서는 엄마, 아빠가 있건 없건 책 보다가 간식 꺼내 먹고 또 책 보고 그렇게 혼자서도 잘 놀았다. 집에 있는 아무 책이나 읽었다. 이해 안 되는 건 이해 안 되는 대로, 어려운 건 어려운 대로 책이라는 건 재미있는 구석이 있었다. 같은 글자를 읽어도 매번 달랐고, 뒤의 내용을 알고 다시 앞을 보면 처음 읽을 때와는 또 다른 기분을 줬다. 마치 학교 가는 길이나 집에 오는 길 같았다.

비가 쏟아져도 다를 건 없었다. 학교 앞에서 많은 엄마, 아빠들이 저마다 우산을 들고 각자의 아이들을 기다리고 있을 때, 나는 그들 틈을 뚫고 나와 빗줄기도 뚫을 것처럼 뛰곤 했다. 그렇게 돌아다니면서 개구리 구경도 하고, 이파리 뒤에 숨어 비를 피하는 나비도 보고, 길거리 가운데까지 나온 지렁이를 흙길에 되돌려주기도 했다. 비에 쫄딱 젖어 집에 들어가다가도 물웅덩이가 보이면 철퍼덕 엉덩이를 깔고 앉아 한참을 놀다 가곤 했다.

우리 엄마, 아빠도 처음 두어 번은 다른 집들과 마찬가지로 우산을 들고 오긴 했었다. 하지만 나는 그들이 발견하기 전에 이미 어디론가 사라진 후였고, 번번이 허탕을 쳤다고 한다. 그 뒤로 비 오는 날이 되면 엄마는 우산을 들고 학교에 오는 대신 집에서 젖은 교과서들을 다림질해가며 말려주었고, 아빠는 방수가 되는 가방을 사주었다.

어느 비 오던 날, 무릎까지 오는 물웅덩이를 발견해 여느 때처럼 신나게 놀고 있을 때였다. 뒤에서 알 수 없는 볼멘소리가 들려 쳐다보니 할머니와 아줌마의 중간쯤 되는 사람이 표정을 구기고 서 있었다.

"쟤는 왜 비 올 때마다 맨날 혼자 저러고 있어?"

분홍 우비를 입은 그 아줌마는 같은 색 우비를 입힌 작은 강아지에게 말하는 것처럼 행동했지만, 그건 분명 나더러 들으라고 하는 소리였다.

내리는 비 때문에 눈을 치켜뜨기 어렵기도 했지만 무엇보다 그런 식으로 말하는 사람과는 눈을 마주치는 것조차 하고 싶지 않았다. 나는 애써 무시하고 물웅덩이에서 첨벙대는 내 할 일만 했다.

"넌 학원도 안 가니?"

옆통수쯤으로 소리가 또 들렸지만 일부러 쳐다보지도 않고 대답은 당연히 안 하고 물장구만 더 쳤다. 정확히는 애써 무시했었다. 혀 차는 소리와 함께 그녀는 사라졌고 나도 흥이 떨어져 그냥 집에 왔었다.

그리고 그때 하나 결심했다.

학원만은 절대 안 다니기로.

3

안전 기준 미달이라며 모래 놀이터가 하나둘 사라져갈 무렵, 우리 동네도 마찬가지로 놀이터 입구부터 미끄럼틀까지

'안전제일'이라는 빨간색 글자의 테이프가 어지럽게 쳐져 있었다. 테이프로 칭칭 감긴 정글짐이나 뺑뺑이를 보면 마치 인질로 잡힌 것 같아 괜히 안타깝기도 했다.

결국 집 근처에 폐쇄되지 않은 모래 놀이터는 딱 하나 남게 되었고, 당시 5분 거리면 가장 먼 곳이나 다름없었는데, 그 거리를 열심히 달려가서 모래와 함께 신나게 놀고 다시 그만큼을 뛰어오곤 했다. 뛰어오는 동안은 몸에 붙은 모래를 털어내겠다고 오두방정을 떠느라 바빴는데, 남김없이 다 털어냈다고 확인에 확인을 했어도 집 바닥엔 항상 모래가 있었다.

물이나 흙을 더 좋아해서 그런지, 나는 레고나 인형 따위에는 별다른 매력을 느끼지 못했다. 그렇다고 다른 또래처럼 곤충이나 동물을 괴롭히며 놀지도 않았다. 왜 그랬는지는 나도 모른다. 정해진 형태가 없어서 그럴까, 정해진 범위도 경계도 없어서 그런 걸까.

어쩌다 밤에 온 가족이 산책하러 나갈 때면, 아빠는 '후레쉬'라고 부르는 손전등을 내 손에 쥐여줬다. 나는 그것도 좋았다. 어두운 밤길에 손전등 불빛은 비추는 대로 밝아졌고, 언젠가부터는 그것이 달이나 별에 닿길 바랐다. 빛의 속도라는 개념을 깨우친 뒤로는 주로 하늘을 향해 비추었으니, '후레쉬'의 기능으로서는 아무 소용 없긴 했다.

또래 친구들이 애니메이션에 열광할 때도 나는 사실 큰 흥미를 느끼지 못했다. 여전히 물이나 흙을 보는 게 더 재미있었다. 애니메이션은 물이나 흙, 심지어 책과도 다르게 형태가 너무 완벽했고, 한 번 보면 끝까지 봐야만 했다. 통제되지 않았고, 통제할 수 없을 정도로 볼 때마다 빠져들고 말았다. 내 의지대로 멈출 수 없었던 것이 큰 이유인 것 같았다.

책은 언제든 멈출 수 있었다. 물놀이도, 흙 놀이도.

4

같은 반 아이들은 다니는 학원이 늘어나면서 항상 시간에 쫓기는 듯 보였고, 학교에서조차 학원 숙제를 하는 이상한 일이 벌어졌다. 나는 여전히 학원도 다니지 않았고 영어 방송을 보지도 않았다. 나만 시간이 남아도는 것 같았다.

놀이터에 가는 일은 줄었다. 이유는 모르겠지만 그냥 혼자 돌아다니거나 책을 보는 시간이 늘었다. 책은 정말이지 장소를 가리지 않고 보곤 했다. 원래는 굳이 놀이터까지 가서 놀다가 학교 친구들보다 오히려 꼬마들이랑 친해지기도 하고, 어느새 꼬마들을 모아놓고 책을 읽어주기도 하고, 애들끼리 싸우면 말리기도 하고, 처음 본 애는 섞여서 놀게 만들기도,

잘못된 행동은 따끔하게 혼내기도 했었는데, 나도 발길이 뜸해지면서 어느새 모르는 애들이 많아졌고 금세 어색해지고 말았다. 이제 놀이터는 그냥 지나치는 곳이 되었다.

비 오는 날의 물장난도 하지 않게 됐다. 우산을 들고 다녔고, 책이 젖는 것도 썩 내키지 않았다. 물장난은 목욕탕에서 하거나 하다못해 집 욕조에서나 하고 그랬다.

학교가 끝나고 집에 가는 아이들을 보는 건 그만뒀다. 어느 순간부터 재미가 없었다. 재미를 잃었다는 표현이 더 적절했다. 초등학교 땐 엄마나 아빠를 만나서 변해가는 친구들의 표정과 풍기는 기운이 참 좋았던 건데, 중학생이 되니 집에 가는 애들은 하나같이 얼굴이 그늘져 있었다. 아이들은 어느새 가기 싫은 곳을 가야 하는 사람들이 되어가고 있었다.

어쩌다 놀이터를 지나칠 때였다. 빛을 튕겨내는 존재가 있어 저절로 눈이 갔고, 유심히 쳐다보니 사람이었다. 초등학교에 갓 들어갔으려나 싶은 그 남자아이는 눈이 부실 정도로 하얀데 머리카락마저 투명한 금빛이어서 온 얼굴이 빛났다. 그렇게까지 진정한 의미의 '백인'은 처음 봤기에, 촌스럽게도 나는 눈을 뗄 수 없었다.

그렇게 나도 모르게 한참을 쳐다보는데, 하필 그때 그 아이가 고개를 드는 바람에 눈이 마주치고 말았다. 파란색이라고만 할 수도 없는, 초록색과 회색이 섞인 오묘한 동공이 햇빛을 받아 더욱 빛났다. 그 아이는 내게 눈빛을 보냈고, 나는 신기한 나머지 아이의 눈 속으로 빠져들 것처럼 쳐다보았다.

나도 녀석도, 그렇게 서로를 잠시 쳐다보았다. 실상 10초도 안 됐겠지만 체감상 몇 분은 지난 것 같았다. 문득 정신이 들었고, 나야말로 너무 빤히 봤나 싶어 뭐라도 해야 할 것 같은 마음에 눈알은 올리고 인중을 내려 언젠가 TV에서 봤던 개그맨 표정을 따라 했다. 그러자 그 아이는 이헷헷헷하고 갈대밭의 바람 소리처럼 웃었다.

녀석의 정체는 얼마 전에 이사 온 옆집 아이였다. 어쩌다 외국인이 여기까지 왔을까, 머리는 노랗고 얼굴은 새하얀 게 귀에 반만 넣었다 뺀 면봉 같다고, 혹은 반만 튀긴 찹쌀도넛 같다고도 했더니 물 마시던 아빠가 뿜었다. 엄마는 기발한 표현이지만 상대방 앞에서 대놓고 하진 말라고 했다. 아빠는 엄마가 한때 꼭 나 같았다며 지금이라도 늦지 않았으니 모녀 듀오로 개그맨을 해보는 게 어떻겠느냐고 이제 중3이 된 내게 말했었다. 때마침 책상 위에 있던, 언젠가 야식으로 먹고 싶은 것들을 끄적여둔 포스트잇을 본 아빠는 메뉴를 찬찬히 읽더니 파안대소했다. 역시 우리 딸이라며 흡족한 표정으로 그 내용을 엄마와 공유하며 말했다.

"주해는 얼른 커서 아빠랑 와인 좀 먹자."

엄마는 고개를 끄덕이더니, 내가 다 크면 왠지 술도 맛있게 잘 먹을 것 같다고 했다.

5

아빠는 휘파람을 참 잘 불었다. 감정 표현을 휘파람으로 대신하기도 했다. '응'의 경우는 '휙!' 같은 소리로, '아니'는 '휘이이?' 같은 식으로 표현했다. 싫어, 좋아는 당연하고 시무룩할 때나 김빠졌을 때 소리도 휘파람으로 대신하곤 했다. 여기 있다고 알릴 땐 '여기'를 표현하는 음과 박자를 마치 말하는 것처럼 표현해냈다.

엄마, 아빠, 나까지 셋이 빨래를 개거나 외식을 나가거나 마트에 갈 때 아빠는 종종 노래를 흥얼거리거나 휘파람을 불었다. 나도 아주 어릴 때부터 따라 하다 보니 어느새 곧잘 따라 하게 됐다. 중학교 3학년쯤 되니까 독보적으로 잘했다. 부러워하는 친구도 있었다. 그냥 하면 되는 건데 그게 뭐라고.

그날도 나는 아빠처럼 휘파람을 활용했다. 그날, 맑은 날씨 특유의 길 냄새가 기분 좋게 풍기던 날이었고, 하얀 꼬마가 괴롭힘을 당하는 걸 본 날이다. 동네 애들이 잔뜩 모여 그 아이를 둘러싸고 조롱하듯 혀를 날름거리며 입꼬리까지 내려가며 무슨 소리를 연호했는데, 알고 보니 그건 그 아이의 이름인 '리암'이었다.

그때 또 눈이 마주쳤다. 연회색 빛에 초록과 파란색이 섞인 녀석의 눈은 그 반짝임이 저번과 달랐다. 먼지 쌓인 듯한, 풀 죽은, 흠집이 잔뜩 생긴 구슬처럼 윤기를 잃은 눈빛으로 변해 있었다. 내 표정 하나로 이헷헷 웃던 그 생기가 지워져 있었다. 하얀 아이는 둘러싸인 다른 아이들의 조롱 속에서 이내 시선을 내리깔았다. 전에 나를 볼 때와는 다르게, 모든 걸 포기해버린 것처럼.

머리가 노랗다는 이유로, 피부가 하얗다는 이유로, 눈 색깔이 다르다는 이유로, 이름이 외국어라는 이유로, 괴물 같다는 소리까지 내뱉으며 따돌리고 조롱하는 무리들은 온 얼굴에 눈빛까지 생기로 가득했다. 아이들 특유의 흠집 하나 없는 구슬 같은 눈을 굴리며 선홍빛 혀를 흔들며 열심히도 놀려댔다.

아이들에게 조용히 다가가는 동안 온갖 생각이 바람에 날린 전단처럼 덕지덕지 달라붙었다. 소리를 질러야 하나, 말없이 노려봐야 하나, 아니면 본보기로 한 놈을 대뜸 한 대 때리기라도 해서 기선 제압을 해야 하나. 그냥 지나갈 순 없었다. 아무리 봐도 불공평했다. 괴롭힘당하는 애는 저렇게 빛을 잃어가는데, 괴롭히는 애들은 하면 할수록 광채를 더해갔다.

덕지덕지 달라붙은 생각들을 하나하나 떼어내며, 수많은 선택지 속에서 내가 택한 건 결국 휘파람이었다.

휘익─ 휘익, 훠오 훠오, 휘이익─ 휘이익─

멀뚱히 서서 휘파람으로 사이렌 소리를 내는 중3짜리 여자애를 본 사람이 몇 명이나 될까? 예닐곱 명의 생기발랄하던 아이들은 얼빠진 얼굴이 되어 나를 멍하니 쳐다보기만 했다. 그 아이들에게서 교통사고 때 나를 쳐다보던 유치원 친구들이 겹쳐 보였다.

이목을 집중시키는 데는 성공했다. 처음엔 아이들도 미소 짓나 했더니, 5초, 10초, 그렇게 15초쯤 되니까 점점 표정이 굳어갔다.

"누나 왜 그래……." 개중에 나를 아는 아이가 어색하게 거리를 두며 말했다.

그때 나는 휘파람 사이렌을 멈추고 녀석들을 번갈아 쳐다봤다. 아이들은 조금씩 뒷걸음쳤다. 저들끼리 서로 눈치만 보며 두리번거렸고, 하얀 아이 리암은 나를 올려다보았다.

나는 한숨 한 번 크게 내쉬다가 "우리 동네엔 따돌림 같은 거 없어"라고 말하고 녀석들을 노려봤다. 아이들은 눈을 굴리기도, 입꼬리를 꿈지럭거리기도, 눈썹을 오르락내리락하기도 했다. 기대했던 대답이 나오지 않길래, 나는 한 번 더 강조했다.

"왕따 같은 거 없다고! 알겠어?"

아이들은 고개를 살짝 끄덕였다. 물론 '싫어'라고 얼굴에 써놓은 아이도 있었지만, 고맙게도 나한테 대들기까지 하진 않았다. 하긴, 키도 나이도 두 배쯤 되는 사람이 쟤들 앞에 가만히 서서 무표정하게 휘파람으로 사이렌 소리나 내고 있었으니, 당시로서는 생각보다 위험한 인간처럼 보였을 수도.

리암은 수그렸던 고개를 들고 땡그랗게 빛나는 눈을 이리저리 굴리느라 바빴다. 그때 나는 녀석을 잠깐 쳐다보다가 "자, 박수!" 하고 손뼉을 마구 쳤다.

"우리 동네에 오신 걸 환영합니다!"

처음엔 나뿐이던 박수 소리가 하나둘 겹쳤다. 아이들은 얼떨떨하게 따라 치기 시작했다. 점점 박수가 빠르고 소리도 커졌다. 어느새 리암도 같이 손을 맞부딪치고 있었다. 나는 아이들의 등을 떠밀었고, 아이들은 저마다 "환영해" 등의 한마디씩을 했다. 내가 휘파람을 "휘이익!" 불자, 아이들도 따라 하겠답시고 끼이익 쉬이익거리더니, 이내 저마다의 개성 있는 소리로 뒤섞였다. 그 와중에 리암의 이헷헷 갈대 같은 웃음소리는 바람을 타고 귓가에 살랑거렸다.

나는 나름 잘했다고 혼자 칭찬하면서 가다가, 다시 뒤돌아 아이들을 향해 외쳤다.

"또 그러다 걸리면 나한테 아주, 어?"

이때도 뭐라고 해야 좋을지 고민하다가 "그땐 진짜 혼나!" 정도로만 해뒀다. 착하게도 아이들은 고개를 끄덕였다. 리암도 같이 끄덕였는데, 무슨 말인지 모르는 것 같았다.

이날부터였다, 리암과 친해진 것은. 학원에 끌려가느라 바쁜 내 친구들보다 더.

6

맑은 날이 이어지다가 난데없이 비가 쏟아졌던 어느 날이었다.

아침부터 내리는 비에 싫다고 투덜댔더니 엄마가 말했다. "비 좋아했잖아……?"

어, 그랬나? 맞다, 그랬지. 나는 과연 비를 좋아했던 걸까, 아니면 물을 좋아하는 걸까. 그렇다면 그 두 개는 어떻게 다른 걸까. 그날은 등교하는 동안 그 생각만 했던 것 같다.

그날따라 등굣길은 평소와 달라 보였다. 사실 비가 와서 사람들이 우산을 썼다는 것과 빗물이 맺힌다는 것 외에 평소와 다를 건 하나도 없었지만, 결정적으로는 결국 그게 달랐다. 빗물이 맺힌 것과 그렇지 않은 것.

학교 수업은 창밖만 보다가 끝났다. 비는 집에 올 때까지 내렸다. 친구들은 우산을 쓰고 학원에 갈 때 나는 집으로 갔다. 그 시간만큼은 특히 우리 부모님께 감사하는 순간이었다. 학원에 가지 않아도 되는 시간, 결정적으로 다른 것.

대문을 열면서 평소처럼 다녀왔다고 크게 외치는데 우산은 없으면서 처음 보는 신발이 여러 개였다. 우산을 안 쓰고 온 거고, 그러면 비 오기 전에 왔거나 혹은 비 맞고 온 건데, 신발은 젖어 있지 않으니, 매우 가까운 거리이거나 같은 아파트 사람일 수 있겠다고 추측했었다. 순간의 관찰력과 추리에 나는 혼자서도 즐거워했다.

역시 손님이 있었고, 보자마자 누군지 알 수 있었다. 리암의 엄마와 아빠였다. 어떻게 알았는지는 당연히 피부색이었다. 아줌마는 그냥 한국인의 모습인데 리암과 똑 닮아서였고 아저씨는 보자마자 제일 먼저 나도 모르게 한 말이 "와 겁나 크다"였고 이어서 "진짜 새하얗다"였다. 나는 엄마한테 등짝을 세게 맞았고 아빠는 또 낄낄댔다.

미소가 부부의 얼굴을 가득 채우고 있었다. 그들이 나를 이미 좋아하고 있다는 건 내가 강아지였대도 충분히 느낄 수 있었다. 그 정도로 나를 보는 그들의 눈에서는 소위 '꿀

이 떨어졌'다. 물론 나도 처음부터 그들이 좋았다.

그들은 천천히 다가오더니 둘이 동시에 나를 껴안았다. 나는 얼어붙은 채 눈알만 굴렸다. 두 팔은 갈 곳을 몰라 어설프게 허공을 헤맸다. 그들 틈으로 눈이 마주친 엄마, 아빠는 웃고만 계셨다.

"고마워요. 우리 아들 지켜줘서."

몸을 뗀 그녀가 내 손을 붙잡고 얘기하는데, 아저씨는 "코마훠오!" 하더니 내 양 볼에 번갈아 가며 움쭈악 하는 뽀뽀 소리를 여섯 번이나 냈다. 후에 알게 된 '비주bisou'라고 하는 그건, 이만큼 여러 번 하는 건 드문 일이라고 했다.

캐나다에서 온 두 사람은 한국식 이름을 갖고 있었다. 아저씨는 이름을 도아론이라고 지었는데, 본래 이름도 물어봤지만 들어도 따라 할 수도 기억할 수도 없는 언어였다. 아줌마는 고민서, 한국인이고 이 동네가 고향이랬다.

민서 아줌마는 내 선배였다. 초등학교, 중학교는 당연하고, 높은 확률로 내가 곧 가게 될 고등학교의 선배일 예정이었다. 그녀는 내가 다녔던 길과 내가 누렸던 자연을 전부, 아니 나보다 더 날것으로 알고 있었다. 열아홉에 이곳을 떠나 20년도 훌쩍 넘어 돌아왔다고 하니, 여기서 산 것보다 훨씬 오래 이곳을 떠나 있었던 셈이다. 이 동네에서 유년 시절을 보냈고 나와 같은 길을 걸었다는 것만으로도 여러 개의 끈

이 이어진 것만 같았다.

그녀는 언제나 고향, 즉 이곳이 그리웠다고 했다. 부모님 따라 간 타지에서도 항상 이곳을 그리워하다가 이제야 자신만의 가정을 꾸려 겨우 돌아왔다. 막상 와보니 자기 아들이 따돌림당하는 모습을 눈으로 보고만 있어야 했던 그 참담함은 모든 걸 후회하게 했다고…… 남편을 설득하고, 아이를 설득해서, 기대를 한가득 품고 겨우 도달한 고향이었는데, 세월이 흐르고 세상이 변한 것도 맞지만 어쩌면 인간만은 그대로였던 나머지 촌스러움을 벗지 못한 이 동네 토박이들은 이 동네 출신인 외국인 가족을 받아들이지 못했던 것이다. 자기가 얼마나 이곳 토박이였는지를 말하는 와중에도 오랜 외국 생활로 인해 꼬여버린 그녀의 발음은 신기하기만 했다.

그녀의 생각과 너무 달랐던 귀향 생활은 결국 그녀 자신을 책망하게 했고, 그녀에게 '고향'이라는 개념은 차츰 지워져가고 있었다고 했다. 그때 내가 나타나, 그들의 표현으로는 '한 방에 짠' 해결해냈으니, 고마움을 표시하겠다고 이렇게 집까지 찾아왔다. 내게 다시 한번 고맙다고 말하는 그녀의 눈엔 여전히 하트가 떠 있었다.

엄마는 그런 아줌마가 못내 안타까웠는지 내 이께를 잡고 말했다. "이 집 아들, 앞으로 더 잘 챙겨줘야겠네. 그렇지?"

엄마가 나를 쳐다보면서 말하길래 나는 샐쭉하려는 입을 애써 부여잡고 말했다. "고놈 자식 하는 거 봐서."

엄마는 내 옆구리를 세게 찔렀고 아빠는 또 웃었다. 민서 아줌마도 덩달아 웃더니 멀뚱거리는 아론 아저씨에게 프랑스어로 통역했다. 가만히 듣던 아저씨는 갑자기 캬캬캬 하고 판타지 영화에나 나올 법한 거대한 조류 같은 웃음소리를 내더니 내 등을 팡팡 치며 "위, 위" 하며 뭐라고 말하는데, 민서 아줌마의 통역에 따르면 "그래그래, 대장이라면 그래야지!"라는 말이었다.

마침 얘기는 나왔는데 정작 당사자는 없었다. 아이는 어디 갔느냐고 물었더니 전혀 예상치 못한 답이 돌아왔다.

"학원 갔어."

그놈의 학원. 중학생도 학원. 초등학생도 학원. 이제는 일곱 살짜리 미취학 아동도 학원에 간다.

"뭔 일곱 살짜리가 벌써 학원엘 가요?"

이땐 엄마도 내 옆구리를 찌르지 않았고 아빠도 웃지 않았다. 모두가 조용해진 순간, 민서 아줌마는 맞벌이인 데다 아줌마가 꼭 하고 싶은 게 있어서 어쩔 수가 없다고 잔잔한 목소리로 설명했다.

"주해 같은 누나가 있어서 같이 놀아주고 그러면 좋을 텐데 말이야."

민서 아줌마의 중화된 미소 속엔 탄식이 섞여 있었다. 무엇을 선택해도 아쉬운 상황에서 그 선택의 몫을 고스란히 맞이한 사람의 숨결이 탄식에서 풍겼다.

"그러죠, 뭐."

그녀의 애잔한 미소 때문인지 나도 모르게 대답하고 말았다. 민서 아줌마의 얼굴에 느낌표가 떴다. 아론 아저씨는 표정을 읽으려는 듯 우리를 번갈아 봤다. 엄마, 아빠도 눈이 동그래져 나를 쳐다봤다.

나는 잠깐 뜸을 들이다가 말했다. "학원 같은 데 가는 것보다야……."

민서 아줌마는 환하게 웃었다. 그러자 아론 아저씨도 따라 웃었다. 엄마, 아빠는 "아이고야" 하며 고개를 저었다.

민서 아줌마와 아론 아저씨가 돌아가고 나서, 그들이 선물로 놓고 간 캐나다산 과자를 손으로 만지작거렸다. 플라스틱 통을 열고 개별 포장된 금박을 벗겨내니 처음 보는 모양의 과자가 드러났다. 초콜릿도 있고 반은 캐러멜이고 잼도 있는 것 같고 견과류도 붙어 있어, 과자라기보다는 쿠키가 어울리는, 아니 그걸로도 부족한 일종의 어떤 요리 같았다. 그렇게 복잡한 맛이 나는 디저트는 처음이었다. 엄마, 아빠도 그 맛에 감탄하고 있었다.

그때 아빠는 내 머리를 쓰다듬으며 차분한 눈으로 말했다. "떠오르는 걸 전부 말로 옮길 필요는 없어."

나는 정확히 뭘 뜻하는지도 모른 채로 고개만 끄덕거렸다. 그러고 보니 애들한테 말하기 전에는 꼭 한두 차례씩 고민하곤 했던 것 같은데 또 어른한테는 그렇게 하지 않고 있었다.

비는 그때쯤 그쳤다.

7

놀이터에 노란 머리의 꼬마들이 늘었다. 내심 부러웠던 모양이다. 그러고 보면 참, 부러웠으면 부럽다고 하면 될걸, 왜 어린애를 갖다가 여럿이 모이기까지 해서 괜히 괴롭히고 그랬을까? 이해하기 힘들다.

리암과 시간을 보내는 건 나도 좋았다. 놀이터에 데리고 가서 흙을 갖고 놀거나, 산책하러 가거나, 그러다 동네 개와 같이 가기도 하고, 곤충 구경도 하고, 책을 읽어주기도 했다. 너무 똘똘해서 "에이시안asian은 있는데 왜 비시안은 없어?" 같은 말로 나를 놀라게 하기도 했다.

이때쯤 쿠키의 정체를 알게 되었다. 처음 민서 아줌마와 아론 아저씨가 우리 집에 왔을 때 주고 간 쿠키는 캐나다 중에서도 그들이 살던 동네에서만 구할 수 있는 물건이었다. 그곳의 오래된 장인이 손으로 일일이 만든다고, 리암이네도 아끼는 쿠키라고 했다.

어느 비 오던 날엔 리암이 어눌한 말로 나가자고 떼쓰길래, 못 이기며 나갔다가 우산까지 집어던지고 결국 신나게 비를 맞으며 흠뻑 젖은 채 놀았던 때가 있다. 그때를 회상해 보면, 내가 놀 때도 저런 표정이었을까 싶을 정도로, 비구름 뒤로 숨은 해님이 여기 있구나 싶을 정도로, 녀석의 얼굴은 그야말로 햇살 같았다.

오랜만에 흠뻑 젖어 집에 들어왔을 때 여전히 엄마, 아빠는 아무 말씀도 안 하셨다. 엄마는 "뭐야, 여전히 비 좋아하네" 정도로 말했고 아빠는 "젖었으니까 가까이 오지 마"라고 했다. 그래서 아빠에게 휙 달려가 안겼다.

다시 비 오는 날이 기다려졌다.

리암에게 그림책을 읽어주던 날이었다. 그날의 책엔 악어가 그려진 정도가 아니라, 책 가운데에 구멍이 뚫려 있고 천으로 만들어진 악어 주둥이가 나와 있었다. 그 주둥이로 손가락을 넣어 움직이면 인형극처럼 악어의 입을 여닫을 수 있게 돼 있었다.

씨 유 레이터, 엘리게이터. 인 어 와일, 크로커다일. 운율이 살아 있어 읽기에 리듬도 살았다. 기발하다고 생각했고, 영어의 장점이라고 느꼈다.

하지만 막상 리암의 반응은 뜨뜻미지근했다. 조금 지루한 모양이었다. 그때 나는 손가락을 인형에 넣어 악어 입으로 크앙 하고 리암의 허벅지를 깨물었다. 그때야 녀석은 끼헷헷 자지러졌다. 이후부터 녀석은 책 내용은 귓등으로도 안 듣고 악어 입만 쳐다보고 있었다. 그날 나는 녀석이 만족할 때까지 악어 입으로 온몸을 백번은 깨물어줘야 했다.

리암이 태권도를 다녀온 어느 날엔 내게 호신술을 가르쳐준다며 "악어 입, 악어 입"거리는 걸 한동안 이해하지 못했다. 작은 손바닥 전체에 힘을 잔뜩 주더니 엄지랑 검지 사이의 손아귀 부분으로 상대의 목을 친다며 또 "악어 입!"이라고 외치며 손을 뻗었다. 시간이 지나니 호신술은 모르겠고 녀석이 외치던 '악어 입'만 기억에 남았다.

한글로 된 동화책을 읽어주면서부터 리암의 한국어 실력은 빠르게 늘었다. 그새 나도 영어로 된 동화책을 읽어주다 보니 어느새 영어가 늘어 있었다. 학교에서 등위접속사니 재귀대명사니 할 땐 뭔 소린지 하나도 몰랐던 것들을 이런 유아용 그림책에서 자연스레 배우곤 했다.

아동극을 보러 간 어느 날, 비로소 리암의 한국어 실력이 빛났다. 극 중간에서 악역이 도둑질을 해놓곤 뻔히 보이는 곳에 숨었는데, 뻔뻔하게 눈을 부라리며 관객인 아이들에게 조용히 하라며 겁박하는 것이었다. 말하면 아저씨가 혼내줄 거라고 으름장을 놓는 그 모습까지도 역할의 일부인 것 같았다. 그때 주인공이 나타났고, 다급한 목소리로 제 물건을 찾으며 혹시 범인을 봤느냐고 아이들에게 호소했다.

아이들이 서로 눈치만 보고 있을 때, 리암만이 벌떡 일어나더니 또박또박하게 말했다.

"나푼 놈 저기 있어효! 나푼 노옴!"

리암을 시작으로 그때야 비로소 아이들 전부가 도둑에게 손가락질했다. 그것조차 이 아동극이 노리는 흐름 중의 하나였고. 그렇게 아동극은 이어질 수 있었다. 아동극이 이렇게 재미있을 줄은 나도 미처 몰랐었다.

아동극 막바지엔 출연진 전원이 나와 노래를 부르며 무대 장치에 만개한 별똥별 속에서 소원을 빌며 춤을 췄다. 그때 나도 벌떡 일어나 리암의 두 손을 붙잡고 같이 춤췄다. 우리가 춤추는 걸 보더니 모두가 일어나 춤췄고, 같은 공간과 시간에 있는 사람들의 얼굴은 전부 활짝 피어 있었다.

그날의 일을 집에 와서 조잘댔더니, 엄마는 나 또한 제일 먼저 고발하는 아이였을 거라고 했다. 아빠는 말없이 고개를 끄덕였다.

8

별똥별을 실제로 처음 보게 된 날엔 리암도 함께했다. 뉴스에서 호들갑 떨며 안내했던 시간은 꽤 애매했으므로, 곧 고등학생이 될 나야 괜찮았지만 리암으로서는 먼저 자다가 일어나기에도 그렇다고 안 자고 기다리기에도 맞지 않는 시간이었다. 녀석은 자기도 가겠다고 떼를 부리며 안 자고 버티더니, 혹시 모를 알람까지 맞춰두는 정성을 들였다.

결국 졸린 눈을 비벼가면서까지 따라나서는 녀석을 데리고 아무도 없는 동네 뒷산에 앉아 별이 떨어지길 기다렸다. 리암은 고개를 꾸벅이면서도 어떻게든 보겠다고 버텼다. 그땐 아빠가 사준 '후레쉬'마저 고장 나버려 깜빡이고 있었다.

별똥별은 새카만 하늘의 아주 작은 부분을 잠깐 빛나게 하고 사라졌다. 휘파람 소리로 치자면 '퓌우웅'일 것만 같이, 정말 1센티미터 정도 밝게 빛나기만 했다. 정녕 이것 때문에 사람들은 그리 많은 난리를 쳤던 건가. 나는 굳이 이걸 보겠다고 괜히 이 작은 아이까지 데리고 온 건가. 미안한 마음에 리암을 쳐다보니 웬걸 녀석의 눈은 어느새 별이 되어 있었다. 하늘을 올려다보느라 반짝이는 아이의 눈이야말로 별똥별보다 아름다웠다.

리암은 한동안 하늘에서 눈을 떼지 못했다. 나는 그런 녀석에게서 눈을 떼지 못했다. 한참 그렇게 쳐다보고 있었더니 녀석도 나를 향해 눈을 돌렸다.

눈이 마주쳤다. 웬만한 건 뭐든지 "했어?"로 통하던, 이를테면 "까까 할래", "놀이터 할래"처럼 말하는 리암은 이번에도 그렇게 물었다.

"소원 했어?"

어쨌든 소원에 대해서 딱히 생각해둔 건 없었지만, 아이를 실망하게 만들고 싶진 않았기에 즉석에서 만들어냈다.

"다 같이 오래오래 건강한 걸로, 그렇게 빌었어."

흐음, 리암은 잠시 생각에 잠기는 듯하더니 이내 웃으면서 몸을 배배 꼬았다. 마치 물어봐주길 바라는 것 같길래 "리암이는?" 하고 물었더니, 그때 녀석은 힛, 훗, 하는 소리를 내더니 고개를 제 가슴팍에 파묻었다. 뭔데 그러느냐고 '악어 입'으로 옆구리를 꼬집으며 재차 묻자 녀석은 꺄륵거리며 파묻었던 고개를 번쩍 들었다.

"누나랑, 결혼!" 녀석은 맹랑하게도 내 눈을 똑바로 보며 말했다.

나는 파하하 웃고 말았다. 녀석은 여전히 이헷헷 갈대처럼 웃었다.

그땐, 20년짜리 놀림거리를 찾았다는 생각에 즐거웠었다.

그땐.

9

시간은 잘 갔고, 리암은 나무처럼 자랐다. 고개 돌려 보면 1센티미터, 며칠 지나면 또 1센티미터, 그렇게 벌써 한 뼘도 넘게 컸다. 놀이터 한가운데 기둥에 어지럽게 그어진 형형색색 키재기 선의 격차가 나날이 벌어졌다. 면봉 같았던 녀석은 대들보가 되어가고 있었다. 이때쯤에 마지막 하나 남은 '장인의 쿠키'를 리암과 나눠 먹으며, 우리가 크면 직접 캐나다에 가서 사 오자고 둘이 다짐했다.

나는 동네 고등학교에 예정대로 입학했다. 이제 초등학교, 중학교에 이어 고등학교까지 민서 아줌마의 후배가 되었다. 이전에도 충분했던 유대감은 연결고리가 하나 더 생겨서 그런지 더 진해진 것 같았다. 민서 아줌마와 아론 아저씨는 내게 입학 선물로 운동화를 사주셨다.

엄마, 아빠는 동시에 말씀하셨다.

"이런 날이 올 줄은 알았지만, 이렇게 빨리 오다니!"

그게 탄식인지 감탄인지는 알 수 없었다.

리암도 초등학생이 됐다. 키만 컸지 워낙 유순하고 순박해서, 처음 여기 이사 왔을 때처럼 또 말도 못 하고 당하기만 하는 건 아닐지 걱정됐다. 막상 뚜껑 열고 보니 웬걸, 아주 인기쟁이가 되었다. 리암도 내심 즐기는 것 같았다. 얼마 전까지만 해도 별똥별 보면서 나랑 결혼하게 해달라고 빌었던 녀석은 학교 다닌 지 얼마나 됐다고 그새 같은 반 예쁜 여자아이에게 마음을 빼앗겼다. 아주 홀라당 빠져서 정신을 못 차리는데 거기다 대고 "나랑 결혼한다며?" 하고 놀리면 "그건 그거고!" 하면서 도망친다. 이런 날이 오리라 알고는 있었지만, 이렇게 빨리 오다니.

리암과 달리 나의 고등학교 생활은 시작부터 썩 달갑지 않았다. 사뭇 달라진 학업 압박과 학급 분위기는 공기부터 숨통이 죄어오는 것 같았고, 짧은 방학 사이에 훌쩍 어른이 되어버린 학우들은 이제 꽤 진지해 무섭기까지 했다.

이때쯤 마지막 하나 남은 모래 놀이터마저 '접근금지' 테이프로 칭칭 감겼다. 이전 테이프는 '안전제일'이었던 것 같은데.

19

고등학교 2학년이 되면서 리암을 자주 보지 못하게 됐다. 놀이터도 폐쇄된 데다가, 야간자율학습이란 것까지 있었기 때문이다.

1학년 때는 야간자율학습이 말 그대로 '자율'이었다. 나는 당연히 빼먹고 집에 가서 리암이랑 놀거나 책을 보며 지냈다. 2학년부터 야자는 필수이자 강제가 되었다. 그렇다면 도대체 '야자'인 이유는 무엇인지, 야간 강제 학습인데 '야강'이 되어야지.

예체능 지망생이나 학원 등으로 특별한 이유가 있는 경우 증명서나 혹은 부모의 강력한 확인이 필요했는데, 옆집 동생을 돌본다는 사유는 씨알도 먹히지 않았다. 딱히 이렇다 할 이유가 없는 나는 결국 아침 7시에 집을 나서면서부터 밤 10시까지 집에 없었다.

문제는 그렇게 지내다 보니 어느새 성적이 오르고 있었다. 엄마, 아빠는 이것이 내가 그토록 싫어하던 '야강'의 힘인가 갸웃하셨다. 심지어 나 또한 적절한 통제가 필요한 때라고 내심 인정하고 있을 무렵이었다. 마치 어른이 되어가는 것처럼.

다만 리암을 자주 보지 못한다는 것은 퍽이나 안타까운 일이었다. 민서 아줌마와 아론 아저씨까지 부부가 둘 다 바쁜 탓에 리암은 다시 학원에 나가야 했고, 그 아이도 나를 그리워했다. 나도 리암과 놀던 때가 그리웠다.

리암과 거의 매일 함께하다 보니 목도했던 변화들, 이를테면 분명 하루 전에는 못 쓰던 단어를 말하거나 못 하던 동작을 하루 만에 한다든가. 그렇게 하나씩 할 수 있는 행동이 늘어갈 때면 신기함에 다음 날이 기다려지기도 했다.

그러다 내가 고2가 되고 '야강'을 하고 자주 못 보게 되면서, 어쩌다 만나면 어느새 훌쩍 성장해 있는 모습에 깜짝 놀라곤 했다. 새로 지어진 우레탄 놀이터의 높은 곳을 단숨에 올라간다든지, 그 높은 곳에서 당연한 듯 뛰어내릴 때는 조마조마하면서도 경이로웠다. 그런 모습을 보면 벌써 애가 이렇게 컸나, 나 없이도 혼자 알아서 잘 성장한다는 안도감과 함께 당연히 기쁘게 응원하면서도 솔직히 약간은 아쉽기도 했다. 그 와중에도 녀석은 로봇 필통 맨 위 칸에 잡아넣은 여러 마리의 공벌레를 자랑하고 있었고, 덕분에 아직은 크려면 멀었다고 생각했다.

11

경계를 정해두지 않는 우리 집은 집안일도 마찬가지였다. 설거지를 아빠가 하면 엄마가 음식물 쓰레기 처리랑 분리수거를 하기도 하고, 반대의 경우도 있었다.

천둥 번개까지 쳐가며 비가 쏟아지던 날, 그날 나는 설거지를 했다. 엄마, 아빠는 각각 음식물 쓰레기와 분리수거 박스를 챙겼다. 비가 이렇게 오는데 굳이 나가야 하느냐고 물었더니, 여름엔 날파리가 끓어서 빨리 처리해야 한다며 두 분은 사이좋게 같이 나갔다.

그렇게 나간 두 분은 오래도록 돌아오지 않았다.

나는 아직 준비되지 않았는데……

엄마, 아빠는 끝끝내 돌아오지 않았다.

태어나서 처음 가본 장례식장에 내 부모님의 장례식이 있었다. 첫째 날엔 아무것도 할 수 없었다. 멍하니 엄마와 아빠의 사진만 보고 있었다. 눈에 뭔가 보이거나 귀에 뭔가 들리긴 해도 그게 머리까지 닿진 않았다. 누가 왔다 가는지도 모른 채로 그렇게 있었다. 할 줄 아는 것도 없고 할 수 있는 것도 없었다. 아무것도 먹지 않고 마시지 않고 그렇게 있었다. 꿈이 아닌 것 정도는 느끼고 있었지만 그래도 꿈같았다.

둘째 날부터 울음이 터졌다. 울다가 그쳤다가 울다가 그치기를 반복했다. 사람들이 다가와 위로해주었다. 그제야 사람들이 하나둘 눈에 들어왔다. 와준 사람들 대부분 모르는 분들이었지만 그분들은 나를 알고 계셨다. 엄마, 아빠는 나도 모르게 내 자랑을 많이 하고 다니셨던 것 같다.

반 친구들이 많이 온 건 의외였다. 막상 친구들을 눈앞에서 보게 되자 다시 울음이 터지고 말았다. 친구들은 어쩔 줄 몰라 했다. 나는 우느라 말다운 말조차 한마디 못 했지만, 평소에 그리 친하지 않았는데도 담임과 함께 와준 친구들은 저마다 위로의 말을 건넸다.

셋째 날, 나는 내 안의 모든 눈물을 흘렸다. 엄마, 아빠를 화장하는 동안엔 나의 심장도 같이 타버리는 것 같았다. 안 그래도 까맣게 타버린 두 분인데, 더 뜨겁게 한 것 같아 미안해서 가슴이 미어졌다. 물과 흙을 좋아하던 내게 이제 번개는 미움이었고 불은 슬픔이었다. 의사가 주저하다가 조심스레 말했던, 우리 엄마, 아빠가 고통을 느끼진 않았을 거라는 진단은 아주 조금이나마 위안이 되었다.

유골함엔 온기가 있었다. 마치 엄마, 아빠의 체온인 것 같아 끌어안을 수밖에 없었다. 나는 한동안 그렇게, 주저앉은 채로 두 분의 온기만이라도 영원하길 바랐다.

어느새 다가온 어른 몇 명이 저마다 말을 걸었다. 자신을 재당숙모라고 칭하는 사람은 후견인을 자청하며 돈 관리에 힘써주겠다고 했다. 그러자 당숙이라고 주장하는 사람이 와서 촌수가 하나라도 가까운 사람이 하는 게 맞는 거라며 언성을 높였고, 사람들이 하나둘 얽히더니 급기야 싸움이 시작됐다. 소란 속에 조용히 빠져나오는 동안까지도 나 따윈 안중에도 없었고, 아무도 내가 가는 줄 몰랐다. 그들은 그들의 싸움에 열중할 뿐이었다.

나는 집에 와서도 한동안은 유골함을 끌어안은 채로 시간을 보냈다. 온기가 계속 남아 있는 것 같아, 가슴팍에 대고 있으면 아픈 가슴이 조금은 나아지는 것 같았다. 한참을 그렇게 있다가, 이렇게 잠이라도 들어서 엎어버리기라도 했다가는 견딜 수 없을 것 같다는 생각에 유골함 대신 엄마, 아빠의 베개를 택했다. 두 베개를 가슴팍에 꼭 끌어안은 채로 코까지 박고 있으면 조금은 괜찮아졌다.

잘못한 사람이 없는 죽음에 많은 사람이 희생됐다. 원망할 사람이라도 있었다면 조금은 덜 슬펐을까? 내가 설거지를 안 했더라면 엄마, 아빠는 나가지 않아도 되었을까. 누구라도 탓할 수 있었다면 슬픔이 분노로 바뀔 수 있었을까? 상관없을 수도 있지만, 다만 누구의 잘못도 아닌 걸 알아버렸고 그게 더 슬픈 것 같기도 했다.

담임은 아무것도 할 줄 모르고 할 수도 없는 나를 위해 첫날부터 줄곧 함께해주었다. 내가 해야 했을 모든 걸 조용히 해결해주었고, 덕분에 좀 더 편하게 슬퍼할 수 있었다. 장례의 모든 절차가 끝나고 내가 그녀를 꼭 끌어안았을 때, 그녀는 여느 때와 다름없는 표정으로 아무 말 없이 내 등을 도닥여주었다.

리암도 줄곧 함께였다. 집에 가자는 민서 아줌마와 아론 아저씨를 뿌리친 리암은 내 다리를 붙들고 놓지 않았다. 작은 녀석은 그렇게 계속 내 곁에 있어주었고, 내 옆에서 나와 함께 울다가 잠들었을 때에야 비로소 아론 아저씨의 등에 업혀 집에 갈 수 있었다. 후에 들은 얘기지만, 집에서 깬 리암은 나를 두고 먼저 왔다는 이유로 화를 잔뜩 냈다고 했다.

고마운 사람들을 생각하니 마음이 편해졌다. 조금은 조용하게 잠들 수 있을 것 같았다. 오랜만에.

12

나는 이제 고아였다. 부모님의 장례식을 마친 후, 조용한 집에 가만히 있다가 뒤늦게 그 사실을 깨달았다. 눈물은 예고도 없이 흘렀다.

그때부터였던 것 같다. 고개를 흔드는 버릇이 생긴 것이. 처음엔 엄마, 아빠가 떠오르려 할 때 주로 그랬다. 그렇게라도 하지 않으면 눈물이 당장이라도 넘칠 것처럼 차오르고, 가만히 있다가도 뺨을 타고 줄줄 흐르곤 했다. 그렇게 흘리기 시작한 눈물은 주체할 수 없었다.

눈물을 보이고 싶진 않았다. 하루의 대부분을 학교에서 보내는 나로서는 더욱 그랬다. 그래서 그럴 때마다 고개를 흔들곤 했다. 어느새 내 새로운 습관이 되었다.

엄마, 아빠의 유산으로 다행히 몸 뉠 곳은 남아 있었다. 문제는 생활비였다. 사람이 숨만 쉬어도 이렇게 많은 돈이

나간다는 걸 그때야 알았다. 그간 누렸던 엄마, 아빠의 그늘은 너무 편안했다. 조금만 더 빨리 알았다면 더 많은 걸 표현할 수 있었을 텐데, 고마운 건 왜 꼭 지나고 나서야 알게 되는 걸까.

사고 당시 CCTV가 공개되면서 약간의 이목이 쏠렸다. 모금액 일부가 학교를 통해 나한테까지 전달됐다. 쌀이나 라면, 휴지, 치약 등이 오기도 했다.

그게 문제였다.

구청에서 나온 공무원이라는 사람들이 찾아왔다. 인상 좋은 두 아줌마는 무턱대고 나를 데려가려 했다. 도와준다고 해놓고 자꾸 같이 가자고만 했다.

"도대체 어딜 가는 건데요?"

내가 물었을 때, 그들은 처음엔 대답하지 않고, 말을 돌리다가, 구청에 가야 한다 어쩐다 하고는 결국 최종 목적지는 보육원일 거라고 답했다.

가기 싫었다. 공무원 두 분은 신고 민원이 빗발쳐서 어쩔 수 없다며, 자기들 처지도 이해해달라면서 서류 떼는 것부터 전부 알아서 할 테니 같이 가기만 하면 된다고 했다. 나오는 것도 나중에 할 수 있으니 일단은 같이 가자고, 가기만 하면 된다고 했다. 도대체 누가 그런 민원을 넣은 거냐고 물어도 민원인에 대한 신상정보는 알려줄 수 없다는 말만 반복했다.

어른들의 세계는 치사했다. 우리 집 주소까지 알아내 찾아 왔으면서, 나는 상대를 알 수 없었다.

민원의 내용은 '미성년자 혼자 저렇게 내버려둘 거냐'였다. 내가 당사자인데, 생판 모르는 남들이 내 운명을 결정하게 놓아두고 있었다. 두 아줌마는 계속 이해해달라고만 했다. 나는 당연히 이해할 수 없었다. 뭘 이해해야 하는 건지조차 도 알 수 없었다.

"남의 집 애한테 뭐 하시는 거예요?"

그때 뒤에서 들려온 낮고 단호한 목소리는 민서 아줌마였다. 그렇게 동그래진 아줌마의 눈은 처음 봤다. 아줌마의 손을 잡고 있던 리암은 "누나!" 하며 내게 달려오더니 폭 안겼다. 그때 아줌마는 몇 번 눈을 굴려 상황을 파악하더니 바로 입을 열었다.

"그 아이, 우리 집 애예요."

공무원 아줌마들이 어리둥절해 있는 동안 민서 아줌마는 주저 없이 내 손을 잡아 옆집으로 들어갔다. 빠르지 않게, 허둥지둥하지 않고, 느리지도 않게, 그녀는 평소처럼 그렇게 아무렇지도 않게 내 손을 잡고 들어갔다.

문이 닫히자, 그녀는 크게 한숨을 내쉬더니 내 얼굴을 양손으로 붙잡고 금방이라도 울 듯한 얼굴로 괜찮으냐고 물었다. 내가 고개를 끄떡이는 동안 눈물 몇 방울이 제멋대로 굴러떨어졌다. 그런 우리 둘을 리암은 여전히 빛나는 눈으로 보고 있었다.

13

'손님'이 늘었다. 당숙, 당숙모, 재당숙, 재당숙모, 공무원 아줌마 아저씨들까지 수시로 우리 집을 방문했다. 초인종을 누르고 그것도 모자라서 문을 두드리곤 했다. 그러다 자기들끼리 마주쳐서 뭐라고 대화를 나누기도, 때로는 언성을 높이기도 했다. 밖에서 손님들이 그러는 동안 나는 집에서 유골함만 끌어안고 있었다. 그들이 전부 떠나가고 나서야 비로소 고요가 찾아오고, 그때가 내겐 제일 안전한 시간이었다.

이제 하루하루가 즐겁고 행복했던 나는 없었다. 이때부터는 시간을 되돌리고 싶다는 생각뿐이었다. 멍하니 앉아서 온종일 망상만 하고 있었다. 친구들도 점점 내게 말을 걸지 않게 되었고, 선생님들도 내가 뭘 하든 내버려두었다. 숙제를 안 해와도, 준비물을 안 가져와도 선생님들은 나를 혼내지 않았고 체육 시간에는 주번들이 알아서 바꿔줬다. 나는 종일 엎드려만 있었고, 그게 오히려 편했다.

그런데도 학교를 간 이유는 간단했다. '손님'들을 피하기

가장 좋은 곳이기 때문이었다. 그들은 학교 앞까지도 찾아오곤 했고, 그럴 때마다 경비랑 선생님들이 막아줬다. 자꾸 그러다 보니 이제 길이나 동네 주차장에서 서성이는 사람을 보면 다 '손님' 같아 보이기까지 했다.

학교가 끝나면 방법이 없었다. 그럴 때마다 번번이 구세주가 되어준 건 리암이네 집이었다. 공무원들이 찾아오는 날에도, 가깝지도 않은 친척들이 찾아올 때도, 나는 줄곧 리암이네 숨어 있었다. 숨어 있는 날이 훨씬 많았으니, 결국은 숨는 게 일상이 되었다.

나를 노리고 오는 사람들에게서 숨어 있다 보면 배가 고파오고, 그러면 리암과 함께 밥을 차려 먹곤 했다. 리암이 라면이 먹고 싶다고 칭얼대면 같이 끓여 먹기도 하고, 그러다 보면 졸기도 하고, 리암에게 책을 읽어주다가 어느새 같이 잠들기도 하고. 그렇게 하루 이틀 지나다 보니 어느새 리암이네에서 하숙이나 다름없이, 아니 거의 같이 살다시피 하게 됐다.

아이는 스펀지 같았다. 보고 듣는 걸 금방 배웠다. 리암과 공유하는 공간과 시간이 늘어날수록 리암은 점점 나를 따라 하기 시작했다. 내가 누우면 개도 눕고, 내가 멍하니 있으면 개도 멍하니 있었다. 내가 슬퍼하며 앉아 있으면 슬플 일이 없는 리암마저도 나를 따라 슬퍼하며 앉아 있었다.

14

그렇게 한 달 하고 보름째 되던 날에 엄마와 아빠를 꿈에서 만날 수 있었다. 그들은 아주 잠깐의 낮잠 속으로 찾아와 내게 그리움과 포근함을 주었다. 그리고 나는 알 수 있었다. 엄마, 아빠는 내가 슬퍼하는 것도 이해하겠지만, 어서 털고 잘 지내길 그 어떤 것보다도 바라고 있다는 것을.

촉촉해진 눈을 슬며시 떠보니 어느새 리암도 옆에 잠들어 있었다. 머리를 쓰다듬었더니 녀석도 부스스 눈을 떴다. 당분간 우리 둘은 말없이 앉아 있었다.

나를 따라 조용하던 리암은 넌지시 내게 물었다. "'남부럽지 않게'가 뭐야?"

이해시킬 방법이 없었다. 다른 나라 언어로는 그런 말이 아예 없을 테니까. 다만 나는 이렇게 대답했다.

"나 자신한테 떳떳한 걸 말하는 걸 거야."

나는 그렇게 말하면서도 부끄러웠다.

슬프다는 이유로 무기력하게 있는 건 나에게 부끄러운 일이었다. 내 시간에게, 내 자아에게 못할 짓을 하고 있었다. 무엇보다 리암이 그런 나를 따라 하고 있었다.

부끄럽지 않기로 했다. 슬픔은 이 정도로 됐고, 나는 그렇게 리암에게 모범이 되는 모습을 보이기로 했다. 내가 책을 읽으면 리암도 책을 읽었다. 내가 숙제하면 리암도 숙제를 찾아서 했다. 자꾸 영어를 까먹어가는 리암을 위해서 애니메이션을 영어로 보기도 했다.

학교의 재활용 박스를 뒤지는 게 일과 중 하나가 되었다. 버려진 참고서와 문제지엔 각자의 풀이와 답이 표기되어 있어 오히려 편했다. 나중엔 주운 문제지를 펼쳐보기만 해도 그 책의 주인이 공부를 잘하는 애였는지 못하는 애였는지, 앞으로 잘할 애인지 못할 애인지까지도 알 수 있었다.

1학년 참고서부터 시작해서 고2 중후반의 진도를 따라잡는 건 오래 걸리지 않았다. 평소에 책 읽던 습관은 큰 도움이 되었다. 흙과 모래를 만지며 문제와 정답을 만드는 놀이를 해왔던 건 하나의 주제를 끝까지 고민하는 습관으로 발전했다. 문제를 풀 땐 객관식이라 해도 보기를 가려두고 답이 무엇일지 10분이 걸려도 30분이 걸려도 고민하곤 했다. 하나를 계속 파고드는 습성은 수학에서 물리와 화학을 발견하게 했고, 국사에서 한국지리나 윤리, 사회·문화를 이해하게 했다.

집중이 풀리거나 딴짓을 하고 싶을 땐 엄마, 아빠를 떠올렸다. 엄마, 아빠가 보고 있다고 생각하면서 두 분한테 말하는 것처럼 조잘거리다 보면 어느새 다시 빠져들었다. 우리 엄마, 아빠는 세상을 떠나서까지도 이렇게 나를 도와주고 있었다.

애들의 의견은 다양했다. 친한 애들이야 나보고 반 장난 식으로 미친 거냐고 했지만, 안 친한 애들은 내가 정신적 충격으로 정말 미쳐버렸다고 했다. 그리고 애들 대부분은 이때 내가 조금 그러다가 말 것이라고 점쳤었다. 그러거나 말거나 나는 공부에 몰두했다.

담임은 장례식부터 사망신고와 작고 큰 유산 정리까지 수 많은 일을 내가 해낼 수 있게 도와줬다. 여전히 쌀쌀맞았고 잔소리도 많았지만 그렇게 그녀는 내게 기본 소양과 사회성을 가르쳤다. 그 덕에 이제 웬만한 행정 서류 처리는 나 혼자서도 할 수 있게 됐다.

내가 본격적으로 공부에 손대고 나서부터 나를 노골적으로 경계한 건 공부 잘하는 애들이 아니었다.

"뭐, 서울대 가게??"

소위 논다는 애들의 이때 말투는 흉내조차 낼 수 없을 정도로 비아냥이 가득 담겨 있었다. 최소 둘 이상이 붙어 다니는 그 무리들은 내가 별 반응이 없다는 걸 눈치챘고, 내가 공부하는 모습을 꼴 보기 싫다고 노골적으로 표현하더니, 나중엔 급기야 시비까지 걸었다. 걔네한텐 내가 공부하지 않는 애여야 했고, 그게 당연한 모습이었기에 공부해서 다른 사람이 되려면 허락이라도 받아야 할 것처럼 굴었다.

이번에도 나는 해결책이 무엇일지 오랜 시간 고민했다. 몇 권의 책에서 봤던, 간접적으로 체험했던 인간 군상이 머릿 속에 사전처럼 펼쳐졌다. 대부분의 평범한 인간은 남이 잘되는 꼴을 못 본다. 자기와 비슷한 종류라고 생각했던 인간이 그 영역을 벗어나려 하면 잡아당긴다. 흔히 그렇게 '발목잡기'를 일삼는 인간은 공범을 만들어야 속이 시원해진다. 이를테면 뭐 내가 담배를 피우면 너도 같이 피워야지, 그런 거다. 그 비싼 담배를 타인에게 쥐여주면서까지 피우게 만들어야 속이 시원한 그런 종류의 인간도 있다.

이런 문제는 참고서 내용 따위와 사뭇 달라서, 20~30분 가지고는 해결되지 않았다. 내가 마치 그들과 같은 부류이자 어쩌면 이 사회의 공범이라고까지 생각했던 건지, 거기서 소속감이라도 찾으려는 건지, 마치 내가 자기네들을 배신하고 그들의 영역에서 벗어나려는 것처럼 느낀 모양이었다. 그 애들은 그게 그렇게 싫었나 보다. 심지어 나는 걔네 무리였던 적도 없고, 친했던 적은 더더욱 없는데도 그랬다.

그런 고민이 며칠째 이어지던 때 일이 터졌다. 여느 때처럼 그 무리끼리 모여 나를 두고 마치 들으라는 듯 뭔가 비아냥거리는 얘길 하던 중, 키가 크고 날개뼈에 문신이 있으며 항상 껌을 씹는 애가 푸하핫 웃는 바람에 그 껌이 튀어나오고 말았다. 그 문제의 껌은 하필 내 교복 치마에 달라붙고 말았다. 그때 걔가 껌과 함께 뱉었던 말은 딱 한마디, "어라?"였다.

순간, 그동안 고민하던 건 모두 사라지고 머리가 새하얘졌다. 정신이 들고 보니 나는 그 애를 미친 듯이 패버린 후였다. 때리기 시작하면서부터 이성을 잃어서 급기야는 아무 기억도 나지 않았다. 정신을 차려보니 아이들이 말리고 있었다. 맞은 아이는 코와 입에서 피가 흘렀다.

어라, 라니. 그 '어라'만 아니었어도 주먹을 휘두르지는 않았을 것이다. 아무것도 모른다는 표정으로 내뱉은 그 '어라' 두 글자에 완전히 이성을 잃고 말았다. 심지어 내가 뭐라고 말까지 했다는데, 당시엔 기억에 없었다. 나중에 친구들의 말을 종합해보니, 남의 앞길 가로막는 너희 같은 녀석들은 세상에서 지워버려야 한다는 식으로 말했다고 했다.

싸움으로 인해 불려간 상담실에서 담임은 내게 말했다. "미숙하고 미성숙해서 그래. 어른들도 미성숙한 인간은 그렇게 행동해. 그렇다고 그게 나쁜 인간이라는 뜻은 아니야."

담임에게 건너 들은 이야기지만, 나한테 맞은 아이는 자기가 맞을 만도 했다며 이 일을 대수롭지 않게 넘겼다고 했다.

교실에 돌아와 나는 몇 시간 동안 커튼만 보았다. 창밖도 아니고, 창문도 아니고, 열린 교실 창문 틈으로 들어오는 바

베이비시터   139

람 때문에 오래된 커튼이 불규칙하게 나풀거리는 걸 보고 있었다.

호흡이 가라앉은 후, 내가 먼저 그 아이에게 다가가 함부로 때린 것에 대해 사과했다. 그리고 내 약점을, 이를테면 부모님을 들먹일 수 있었음에도 그러지 않은 것에 대해 고맙다고 말했다. 그러자 그 애는 할퀴어지고 멍든 얼굴로 눈을 치켜뜨고 말했다.

"내가 아무리 미친년이어도 그런 말까지는 못 하지."

걔네는 평범하게 인간다웠을 뿐이었다. 약간 미숙했을 뿐, 악한은 아니었다. 나를 상처 주기 위해 혹은 내 기분을 짓밟기 위해서라면 우리 엄마, 아빠를 언급할 수 있었고, 기회도 얼마든지 있었는데 그러지 않았다. 소위 양아치라는 말이 어울리는 애들도 그렇게까지 하진 않았다.

내가 너무 안 좋게만 생각했던 탓으로 이성을 잃었을 때 폭력이 튀어 나가고 말았다. 어쩌면 조금만 더 기다렸더라면, "어라?" 이후에 '미안'이라는 두 글자가 이어졌을는지도 모르는 일이었다. 물론 기다리지 못했기에 이제는 영영 모르는 일이 되어버리고 말았다.

분위기가 이상하게 흘러간 건 그날 이후부터였다. 공부에 관심 없던 그 친구들이 하나씩 책을 들여다보기 시작했다. 나랑 친분 있는 친구들도 그랬다. 이야깃거리도 달라졌다. 물론 그런저런 것들이 전혀 영향을 끼치지 못하는 친구도 있었지만, 개넨 또 개네 나름대로 "난 공부는 아닌 것 같아"라며 집중할 또 다른 것들을 찾아가고 있었다.

몰두할 것이 생긴 덕분에 시간은 정신없이 갔다. 엄마, 아빠를 잃은 슬픔은 이렇게 치환할 수 있었다. 그분들은 이렇게 사후에도 내 기둥이 되어 나를 지탱해주었다.

나의 공부 시간엔 리암도 함께였다. 응원의 뜻인지 민서 아론 부부는 황송할 정도로 내게 항상 맛있는 음식을 대접해주었다. 나는 매번 "황송하옵나이다" 하고 큰절을 하며 먹었다. 이런 세리머니는 아론 아저씨가 특히 좋아했다.

그들이 만들어준 음식은 식어도 따스했다.

15

민서 아줌마와 아론 아저씨는 나를 친자식처럼 대해주었다. 함께 자고 함께 먹고 함께 미래를 꿈꿨다. 그럴수록 나도 리암을 친동생처럼 대했다. 내게 잘해주는 사람들에게 조금의 걱정거리도 짊어지지 않게, 폐 끼치지 않게 몸도 마음도 관리하고 공부도 열심히 했다.

남은 고등학교 생활은 그렇게 흘러갔다. 학교에선 온종일 공부만 하고, 리암과도 주로 공부하는 걸로 시간을 보내고, 생활비는 아껴 쓰면 기부금으로 충당이 됐다. 문제집 같은 것도 애들이 봤던 거나 학교 선생님들이 주는 걸 활용했다.

고3 2학기 두 번째 모의고사에서 전교 4등이 됐다. 전교 150등짜리가 4등이 된 건 이례적인 일이긴 했다. 문제 하나에 연연하지 않던 태도는 더 도움이 됐다. 긴장을 안 하니 실수도 적었다. 모르는 문제는 과감하게 찍었다. 그랬더니 희한하게 찍은 것들도 잘 맞았다.

급상승한 점수 탓에 성적 발표만 나오면 커닝 시비가 들어오곤 했다. 주로 학부모들이었다. 전교 석차를 꿰고 학교에 적극적으로 간섭하는 몇몇 엄마들은 직접 위원회를 꾸려 내 시험지를 검사하곤 했다. 자기네 아들딸들의 등수가 밀려나는 것에 민감한 사람들은 의외로 남의 노력 과정엔 큰 관심이 없었다. 그들에겐 결과만이 중요했다. 누군지도 모를 어떤 아줌마는 대뜸 무슨 과외를 하는 거냐며 하굣길의 나를 붙들었다. 거의 30분에 걸친 실랑이 끝에 원하는 대답을 얻지 못한 그 아줌마는 결국 나더러 독한 년이라며 시험을 망치길 빈다고 저주를 내뱉고 갔다.

몇 달 뒤 우린 수능을 봤고, 이듬해 나는 대한민국 최고라는 대학교에 자유전공으로 합격해버렸다. 나는 가장 먼저 리암이네에 소식을 전했다. 아줌마는 반찬을 내면서까지 합격 축하 선물이라고 가방을 사다 주었다. 무난한 디자인의 가볍고 튼튼한 아이보리색 천 가방은 유행도 안 탈 것 같았다. 가능만 하다면 백년은 메고 싶었다.

아줌마는 이내 나를 끌어안고 울었다. 그때 우리는 나의 엄마, 아빠를 추억했다. 그들이 보셨다면 아줌마가 기쁜 거랑은 비교도 안 되게 좋아하셨을 거라며, 그들 대신 정말 대견하다고 말해주셨다. 나는 우는 대신 웃었다.

어느새 시간은 흘렀고, 대학교 입학 전 오리엔테이션을 마쳤다. 이 대학교에 다니게 될 모든 이의 얼굴에 희망이 가득했다. 나도 희망에 차 있었다.

하지만 그 희망은 오래가지 못했다.

16

건장한 남성의 이유도 없고 전조도 없는 묻지 마 폭행을 나로서는 당해낼 재간이 없었다. 그 미친 짐승은 처음부터 모든 걸 잃은 사람처럼 행동했다. 그 눈빛엔 목적도, 감정도 없었다. 동네에서 한 번도 본 적 없는 이 남자는 무언가를 찾으려는 듯 두리번거리다 나를 발견하곤 망설임 없이 다가왔다. 그리고 아무런 경고도 없이 나를 붙잡아 내팽개쳤다.

나는 도대체 왜 이러시는 거냐고, 살려달라고 울면서 애원했었다. 하도 울부짖어 목소리가 죄다 갈라질 정도였지만 미치광이를 멈출 순 없었다. 그의 주먹은 마치 짐승의 이빨 같았다. 손아귀가 살갗에 닿는 매 순간, 뼈를 파고드는 통증과 함께 피가 터져 나오는 것 같았다. 반항도 해보고, 벗어나려고도 애썼지만, 그럴수록 그의 폭행은 거칠어졌다. 나의 외침과 저항이 그의 분노를 더 자극하는 듯했다.

그때 리암이 달려들었다.

어딘가에서 달려온 리암은 그 작은 몸으로 나를 구하겠다며 거대한 남자의 옆구리로 온 힘을 다해 뛰어들었다. 하지만 남자는 오히려 리암을 쳐다보며 웃었다. 그건 조소에 가까운 웃음이었다.

놈은 리암을 한 손으로 들어 올려 벽 쪽으로 내던졌다. 리암의 몸이 벽에 부딪히며 들린 둔탁한 소리가 나의 심장을 찢어발겼다.

리암은 그렇게 쓰러진 채로도 기어오르듯 다시 그를 향해 몸을 날리더니, 다리 한쪽을 붙잡아 물어뜯기 시작했다. 그러나 리암이 아무리 또래에 비해 크다고 해도 건장한 몸뚱이의 미쳐버린 어른에겐 통하지 않았다. 이 괴물은 아프다는 기색도 보이시 않고 더욱 미쳐 널뛰며, 리암의 등을 빌로 짓밟았다. 그 와중에도 리암은 놈을 닥치는 대로 물고 늘어졌다. 나도 괴물에게 덤벼 매달렸고, 싸웠다.

나는 어느새 쓰러져 있었다. 기어가려 했지만 이미 몸이 말을 듣지 않았다. 코에서는 피가 흘러 숨을 쉴 수 없었고, 손발은 감각을 잃어갔다. 흐릿해지는 시야 너머로 리암이 또다시 괴물의 발길질에 날아가는 모습이 보였다. 이번에는 멀리까지 날아갔다. 벽에 부딪힌 뒤 축 늘어진 리암의 모습은 차마 믿을 수 없을 만큼 처참했다.

리암은 '놈'이 연거푸 휘두르는 주먹과 발을 그 작은 몸으로 받아내고 있었다. 나는 아무것도 할 수 없었다. 몸이 움직이지 않았다. 소리도 나오지 않았다. 숨이 막혀왔다. 눈물만 흘렀다.

리암의 움직임이 멈췄다. 엎드린 채로, 그렇게 리암은 동그란 인형처럼 누워 있었다.

나는 굳어버린 몸으로 리암을 불렀다. 내 목소리가 너무 작았는지, 리암은 대답이 없었다. 다시 불러보았다. 리암은 여전히 대답이 없었다. 그사이 괴물은 나에게 되돌아오고 있었다. 천천히, 느릿느릿, 놀리듯이 흐느적거리며 다가왔다.

그때 사이렌 소리와 함께 희뿌연 시야 사이로 번쩍이는 빨간색 파란색 불빛이 번졌다. 그렇게 경찰이 도착했고, '놈'은 현행범으로 체포되었다.

나는 리암에게 다가가려고 했지만, 몸이 움직여지지 않았다. 내 얼굴에서 번진 피인지 아니면 그 작은 몸에서 흘러나온 것인지, 피가 바닥을 적시는 모습을 본 것만 같았다.

그때 나는 정신을 잃었다.

그렇게 리암은 죽었다.

후두부 외상에 의한 뇌출혈이었다고 했다.

나는 죽지 않았다. 그 괴물은 나를 노렸는데 나는 살아있고 나를 구하겠다고 뛰어들었던 리암이 죽었다. 리암이 나를 살리고 대신 죽었다. 그렇게 내가 살았다. 나는 살아있었다.

이럴 순 없었다. 이래서는 안 됐다. 이 끔찍한 죽음은 단순한 의학 용어로 설명될 수 있는 일이 아니었다.

퇴원하자마자 소식을 들은 나는 다시 정신을 잃었다. 하지만 리암은 더 이상 없다. 이 말도 안 되는 사실을 받아들일 수 없었다.

장례식은 없었다. 대신 동네 사람들과 소식을 듣고 찾아온 사람들의 자발적인 추모가 이어졌다. 나는 정신을 차리면서부터 하루 종일 울다가 또 기절해버렸고, 집에서도 잠들고 일어나서 울다가 토하기를 반복했다. 문득 눈이라도 떠보면 온몸이 소변으로 젖은 채 화장실 바닥에 널브러져 있기도 했다. 그럴 때조차도 리암의 얼굴이 떠오르며 다시 오열하다 기절했다.

추모는 폐쇄된 놀이터에서 진행됐다. 접근금지 테이프가 쳐진 놀이터의 가장 가운데 기둥 앞에, 사람들은 편지나 인형, 촛불, 꽃다발 등을 놓았다. 아이들이 저마다 키를 재던 그 기둥이고, 가장 높은 표시선이 내가 쟀던 리암의 마지막 키였다.

기다시피 해서 그곳에 이르렀을 때, 나를 향한 눈초리는 예상했다. 서른 명 정도 되는 사람들은 당연하게도 수군거렸다. 나는 사람들이 질책하면 곱게 받을 거였고, 몰매라도 때리거나 돌팔매를 던진다 해도 가만히 맞을 생각이었다. 그렇게 이곳에서 죽는대도 괜찮을 것 같았다.

그때 사람들 사이에서 한 명이 나왔다. 서른 살 정도 되어 보이는 언니는 굳은 눈초리로 다가와 주저앉아 있는 내 앞에 섰다. 나는 차마 고개도 들지 못했다.

그때 그녀는 내게 꽃을 건넸다. "학생도 잘못 없어요."

예상치 못한 말에 나는 천천히 고개를 들었다. 사람들은 나를 바라보고 있었다. 내가 주변을 둘러보자, 사람들은 나와 눈을 마주치며 고개를 끄덕였다. 그들의 눈빛엔 노을 같은 온기가 있었다.

이내 그들은 한 걸음씩 다가오더니, 너의 잘못이 아니란다, 잘못은 그 새끼가 한 거야, 자책하지 마라, 네가 자책하고 있을 거 안다 등의 말을 해주었다. 나는 또 울고 말았지만, 이번엔 기절하지 않았다.

민서 아줌마와 아론 아저씨는 며칠간 보이지 않았다. 수습되지 않는 슬픔 속에서 시간을 보냈을 그들을 위해 나도 견디며 기다렸다. 적지 않은 시간이 지나 우리가 다시 만났을 때, 나를 대하는 그들의 모습은 이전과 같았다. 나를 싫어할 수도 있고, 그래도 되는데, 그들은 나를 여전히 따뜻한 미소로 대해주었다.

오히려 그들이야말로 아무 일도 없었던 것처럼 나를 대했다. 사건은 언급조차 하지 않았다. 가해자에 대한 것도 전혀 말해주지 않았다. 이름도 모르고 뉴스에는 A 씨 따위로 나와서 성씨조차도 알 수 없었는데, 두 분마저 모른 척했다.

나는 답답함에 그들을 부여잡고 울면서 물었다. 그들은 오히려 나를 달래며, 영원히 모르고 살라고, 다 잊고 지내라고 했다. 그걸 기억하는 건 나의 몫이 아니라고 했다. 자꾸 되새기지 말고, 되뇌지 말고, 그렇게 각인시키지 말라고 했다. 그렇게 잊어가라고 했다.

부모를 여의면 그 자녀를 '고아'라고 한다. 나는 고아다. 그런데 자식을 잃은 부모를 칭하는 말은 전 세계 어디에도 없다. 그들은 여전히 부모다.

나는 부모를 잃은 자식의 마음은 안다. 그건 누구보다도 잘 안다. 하지만 자식을 잃은 부모의 마음은 모른다.

내 슬픔은 그들에 비할 바가 아니라는 거, 그거 하나 정도만 어렴풋이 알 것 같았다.

17

민서 아줌마와 아론 아저씨는 결국 여길 떠나기로 했다.

"제가 밉지 않아요……?"

그들은 답하지 않았다. 내 탓을 해도 괜찮다고 말해봤지만, 그들은 아무런 대답을 하지 않았다. 다만, 나를 계속 보고 있기가 쉽지만은 않다고 하셨다. 나를 볼 때마다 그들은 슬픔을 참고 있었던 거다. 순전히 나를 위해서.

아론 아저씨는 내게도 벗어나라고, 그만 떠올리라고 했다. 자꾸 떠올리면 그 기억에 잠식당할 거라면서. 되새길수록 힘든 건 나 자신이니까, 당장은 힘들겠지만 빠져나오라고 했다.

나는 아직 아니었다. 나는 벗어날 수 없었다. 해결하지 못해서일까, 아쉬워서일까, 불안해서, 억울해서? 아니면, 특별해서. 그런 기억을 가진, 그런 일을 겪은 사람은 세상에 몇 없다 보니 내가 특별해 보여서? 그럴 바엔 차라리 집착이라고 부르는 게 나았다. 집착하는 것에 이유 따윈 없어도 되기 때문이다. 그래, 나는 집착하고 있었다. 그 이유를 알고 모르고는 중요하지 않았다.

그들은 이삿짐조차 제대로 챙기지 않은 채로 떠나며, 우리는 다 잊고 살아야 한다는 말을 남겼다. 내 또 다른 부모이자 천사들은 그렇게 끝까지 나를 위해주었다.

나는 그들이 떠난 자리에 그대로 주저앉아 한참을 멍하니 보냈다. 그렇게 길 한복판의 도롯가에 앉아 손가락 하나 까딱 안 하고 있었지만 머릿속은 아우성쳤다. 나와 가까운 사람은 다들 죽거나 떠났고, 내가 저주받은 존재라는 상념은 마치 사실처럼 머릿속에서 커져만 갔다.

나를 둘러싼 불행의 기운은 보호막처럼 단단해져만 갔다. 며칠째 물도 못 먹었더니 입술에 가뭄이 왔다. 머리를 댔던 자리엔 빠진 머리카락이 수북했다. 이렇게 죽는대도 괜찮을 것 같았다. 자아는 고독과 증오를 친구로 삼았다. 절망의 문을 열고 세상에 나올 만한 의지가 더는 없었다. 그렇게 해 뜰 때부터 앉아서 햇빛을 오롯이 온몸으로 받고 있다보니 어느새 해는 저물어갔다.

나는 척추병 환자처럼 구부정하게 앉아 있었다. 주황빛 겨울 석양이 기울어 동네를 조금씩 침범하면서, 간판이 하나씩 켜졌다. 가장 먼저 불이 들어온 건 검은 테두리의 체육관 간판과 흰 테두리의 교회 십자가였다.

18

발이 멋대로 움직였다. 걷고 걸어 체육관에 도착했을 때, 관장으로 보이는 남자는 놀란 눈으로 나를 쳐다봤다. 말을 하려는데 목소리가 나오지 않아 입만 뻥긋거리고 있었더니, 관장님은 손에 들고 있던 물을 내밀었다. 나는 물을 두어 모금쯤 마신 다음에야 겨우 말할 수 있었다.

"힘이 있으면…… 사람을 지킬 수 있나요?"

관장님은 나를 한참 쳐다보다가 대답했다. "어서 와."

조용히 교회에 들어갔을 땐 예배가 한창이었다.

수많은 말들이 있었다. 그동안 나는 앉지도 못하고 입구에 서 있었다. 사람들은 노래를 부르고, 기도했다. 곧 조용한 음악이 흐르면서 목사님의 설교가 이어졌다.

"당신을 용서하십니다. 이 어린 양의 상처를 어루만지고 치유해주소서. 우리를 구원해주소서."

나는 다리가 풀렸고, 주저앉고 말았다. 그러곤 맨바닥에 앉아서 혼잣말로 중얼거렸다. "죽은 사람도 편하게 해줄 수 있나요?"

들은 건지 어떤지, 목사님은 이렇게 말씀하셨다. "아멘."

어느 날 문득 관장님이 나를 불러세웠다.

"처음에 네 눈빛 때문에 널 받긴 했는데."

창밖으로 눈이 내리고 있었다.

관장님은 이어 말했다. "아 참, 그땐 진짜 좀비가 들어오는 줄 알았다."

학교에 다니는 게 낫지 않겠느냐는 등의 얘기였다. 학교도 안 나가고 체육관에만 오니까 그렇게 말씀하셨던 것 같지만, 그때 오히려 나는 휴학을 생각했다.

어느 날 목사님은 말씀하셨다.

"우리도 부활합니다. 무덤을 막아둔 돌을 치우고 나옵니다. 우리는 예수님의 자녀들이기 때문입니다. 누군가를 망각의 강에 띄워 보내지 않으려는 노력 때문에 자기 자신을 망각하지 마십시오. 좌절한 이들, 설 자리를 잃은 이들, 감히 나사렛 예수의 이름을 간절히 빌어 그들을 일으켜 세우려 합니다. 생명의 세계를 함께 만들어갑시다. 저희를 회복시켜 주십시오. 회복시키는 은혜를 허락하여주십시오. 부활에 대한 고백은 부활의 삶으로 나타납니다. 넘어진 이들을 일으켜 세우는 일이야말로 우리의 소명입니다. 희망을 만드는 우리가 되기를 기원합니다."

이때 나는 휴학을 결심했다.

대학교에 가는 길은 어색했다. 학교라는 곳까지 지하철과 버스를 이용하며 많은 사람을 마주쳐야 하는 건, 내겐 이제 더는 일상적이지 않았다. 나는 제대로 다녀보지도 못한 대학교에 휴학계를 내러 온 어색한 사람이었다.

연이은 환승에서 많은 인파를 지나며 어깨를 부딪쳐도 미안하단 사람은 없었다. 문이 열리자마자 밀고 들어와도 애써 화내거나 욕하는 사람은 없었다. 노인에게 자리를 양보하거나 짐을 들어주는 것도 심심찮게 보였다. 세상은 이렇게 안전하게 돌아가고 있었다. 지하철에서 내려 마을버스로 갈아타고 학교로 들어가는 데까지도, 우리 학교 로고가 박힌 겉옷을 입은 사람들은 심심하다, 재미있는 거 없느냐는 등의 대화를 주고받았다.

세상이 이렇게 안전하게, 심심하게, 지루하게 돌아가는 건 다행이다. 심심하단 건 행복하다는 뜻이다. 지루하다는 건 풍요롭다는 뜻이다. 그런데 나는 심심할 틈도, 지루할 틈도 없었다. 마주치는 사람들 전부를 경계하고 피해 다녀야 했다. 누군가 손을 올리면 내 머리채를 잡을 것만 같았고, 어깨라도 스치면 몸을 돌려 덤빌 것만 같았다.

사람들은 밤 10시가 지나서도 혼자 돌아다닌다. 심지어 만취해서도, 걸어 다니기만 하면 다행인데 싸우기도 하면서 길바닥에서 잠들기까지 한다. 얼마나 심심하면, 얼마나 지루하면 그럴 수 있는 걸까. 나는 언제쯤 그들처럼 심심할 수 있을까. 언제쯤 지루할 수 있을까.

학교로 들어가는 길에, 스쳐 지나가던 친구가 말을 걸었다. 학기 시작 전 오리엔테이션에서 짧은 인사를 나눴던 학교 동기였다. 나는 그 친구를 지나치게 경계했고, 그 친구는 불편하게 했다면 미안하다며 돌아섰다.

짧막한 대화를 통해 이들 틈에서 내가 얼마나 냉소적인 사람으로 비쳤는지 알 수 있었다. 그게 얼마나 틀렸는지는 나만 안다는 사실 또한 아무렇지도 않았다. 그들이 나를 어떻게 알고 이해하는지는 이제 아무런 상관이 없었다. 물론 굳이 해명할 생각도 그럴 기회도 없겠지만, 그럴 의욕부터가 없었다. 어느새 나는 이렇게 되어 있었다.

이 장난 같은 학교 놀이는 휴학으로 멈추게 된다. 다시 돌아올지, 이것이 끝이 될진 모르겠지만 일단은 저질렀다.

〜〜〜

○○○○년 ○○월 ○요일

중학생이 된 지금 시점으로부터 나는 일기에 날짜를 쓰지 않기로 했다.

왜냐면 일기에 날짜를 쓰지 않기로 했기 때문이다. 으흐흐, 그래 이젠 내 멋대로 쓸 거다!

억지로 쓰던 초등학교 일기, 이젠 꺼져 안녕!!

미래의 내가 일기를 다시 볼 일도 없겠거니와 본다고 한들 그 날짜 그대로를 추억할 건 아니잖아. 그리고 일기라는 게 뭐, 며칠 치를 모았다 쓸 수도 있는 거잖아. 난 그럴 거니까 뭐. 일주일에 한 번을 쓰든, 한 달에 한 번을 쓰든, 1년에 한 번을 쓰든, 날짜에 구애받지 않고 싶어. 괜히 무슨 6개월 만에 쓰네 어쩌네 하면서 나도 모르는 사이에 얽매이고 싶지 않아. 쓰는 것 자체가 좋은 거잖아.

아름다운 걸 기록하는 게 문제가 아니야.

기록 자체가 아름다운 거야.

흥.

〜〜〜

○○○○년 ○○월 ○요일

이젠 비가 싫다.

책이 너무 많다. 가방이 무겁다.

○○○○년 ○○월 ○요일

우설구이	과메기
고추장불고기(엄마표)	양평해장국
장어	하모샤브

언젠가 포스트잇에 써둔 '여중생의 밤 11시에 먹고 싶은 음식' 리스트.

아빠가 신기해하셨당. 왜지?

○○○○년 ○○월 ○요일

우아! 희한한 아이를 봤다. 쌔하얀 금발 녀석. '저 빛을 보라!'라고 외치

고 싶었는데 참았다.

눈빛도 신기했는데, 어떻게 표현하지... 음...

녹차에 비친 햇빛?

○○○○년 ○○월 ○요일

리암은 어느새 다른 아이들과 섞여 잘 놀고 있다. 한국말도 늘었다. 조

사를 제대로 못 쓰다 보니 이를테면 '이것가'라거나 '네시 세십두분'이라

고 하곤 했다. 그러면 애들이 다 같이 웃으며 가르쳐주곤 했다. 아이들은 착하다.

⁂

○○○○년 ○○월 ○요일

리암이랑 놀이터에서 노는데 2학년 때 같은 반 최여사랑 은장초이가 지나가다가 우릴 보더니 대박대박 꺅꺅거리면서 다가왔다. 이 기지배들이 왜 이러나 했더니 동생이 너무 예쁘다면서 어쩜 이리 하얗냐, 눈 색깔은 어떻게 이렇게 신비롭냐 등등 리암을 붙잡고 한참 정신없이 굴다가, 거기서 한다는 소리가...

"너도 늦둥이인데 또 슈퍼 늦늦둥이를 낳으셨어? 대단하시네."

음... 인종 좀 구분하라고 했더니 그때야 "오" 러더니 학원 간다면서 표표히 사라졌다. 편견이 없어도 어쩜 이렇게 없을까? 이런 아름다운 인간들 같으니.

아주 적절한 "오"가 너무 웃겼기에 일깃감으로 등극.

⁂

○○○○년 ○○월 ○요일

리암은 벌써 오버 스펙이다. 알아서 양치 세수까지 다 한다. 나조차도 양치만 하고 세수는 건너뛸 때도 있는데.

○○○○년 ○○월 ○요일

엄마 아빠 돌아가신 날.

날씨가 맑았다.

밥도 먹었다.

잠도 잤다.

아직도 엄마, 아빠가 같이 있는 것 같다.

○○○○년 ○○월 ○요일

꿈에 엄마, 아빠가 나왔다.

밖에서 신나게 놀다가 머리부터 발끝까지 밀가루 뒤집어쓴 것처럼 흙투
성이가 돼서 들어왔는데 엄마, 아빠가 그런 날 보더니 웃고 계셨다.

뉘 집 자식이냐며 모른 체하던 두 분은,

— 맨날 그렇게 뛰어놀았으면 좋겠다.

그러곤 나를 지나쳐서, 문 열고 나가다가 한 번 돌아보며 씨익 미소를
짓더니,

— 계속 그렇게 건강하게 즐겁게 살아야 해. 뭐든지 열심히 즐겨. 세상
재미있게 보고.

그리고,

― 우린 최대한 늦게 만나자.

하곤 나가셨다.

그때야 꿈인 걸 알고 허겁지겁 엄마, 아빠 외치면서 붙잡으려고 달려 나
갔는데 발은커녕 입조차 움직일 수 없었다. 그새 두 분은 싱긋 웃으며
멀리 가셨다.

자주 와.

엄마, 아빠 보고 싶다.

영원히 사랑한당.

꽃

○○○○년 ○○월 ○요일

도대체 얼마 만인지, 참으로 오랜만의 일기다.

고등학교 와서는 나랑 뛰어놀면 토한다고 인토해, 혹은 지옥이라고 인
투헬 이런 것까지 오더니 이제는 '인간'이랜다. 이제야 인간 됐다고. 그
래서 인간이라고. 참나... 성이 '인' 씨인 내가 잘못이지. 버스정류장 같은
데서 애들이 나 발견하면 "인간!!" 하면서 달려온다. 아, 쪽팔려. 전엔 어
떤 아저씨가 "학생 이름이 인간이에요?" 하길래 그냥 "에휴 그래요, 나
는 인간입니다" 했다. 이제는 선생님들까지 나 보고 인간이라고 부른다.
공부는 나름대로 재미도 있다.

○○○○년 ○○월 ○요일

엄마, 아빠!

나 합격!!

엄마, 아빠가 봤으면 기절초풍할 텐데! 정말로! 정말로 엄마, 아빠는 상상도 못 하셨을 거야. 근데 했어요. 엄마, 아빠, 나 해냈어요. 그러니까 부디 자랑스러워하셔도 됩니다. 마음껏 기특해하세요!

정신 나간 학교가 나를 합격시켰어!

그래, 맞아. 나 열심히 했어. 정말 열심히 했어. 나 열심히 하라고 방해 안 하려고 일부러 그동안 안 찾아온 거지?

이제 딸 걱정은 안 해도 돼요. 엄마, 아빠 말대로 즐겁게 재미있게 할 수 있는 거 다 해보고 살게.

고마워요. 사랑해요. 그래도 가끔은 놀러 와줘. 보고 싶으니까.

○○○○년 ○○월 ○요일

리암. 후두부 외상에 의한 뇌출혈.

어른들의 그 마음 하나하나가 고마웠지만 위안이 될 순 없었다. 내가 그렇게 생각하지 않는다. 내 잘못이다. 내가 그 미친놈에게서 도망칠 수 있었다면, 그 전에 내가 그 새끼한테 이유 없는 폭행을 당하지 않았다면, 아니 애당초 내가 그때 그 길을 지나가지 않았다면, 그랬다면 리암이 나를 도와준다고 덤벼들지 않아도 됐을 거고 그랬으면, 그랬으면...

리암은 지금도 살아 있을 텐데, 나랑 놀고 있을 텐데.

정신과에선 충격으로 인한 심적 외상으로 당시 상황을 정확히 기억하지 못하고 있으며 기억이 왜곡됐을 가능성도 높다고 했다. 그리고 그게 자연스러운 것이라며, 내 무의식이 노력한 결과라고 했다.

하지만 나는 기억하고 싶다. 기억해내고 싶다. 그 괴물 같은 놈을 각인시켜놓고 언제 있을지 모를 복수까지도 할 수 있으면 좋을 것 같았다.

잊고 싶지 않음에 이렇게 기록을 남긴다.

〇〇〇〇년 〇〇월 〇요일

다시 이렇게 일기를 쓰는 것도 얼마 만인지 모르겠다.

무료함을 모르고 항상 바빠서 즐거웠던 소녀는 흉측한 존재의 치 떨리는 짓으로 무엇보다도 소중한 존재를 잃은 채 일상이 파괴되고 과거는 찢어진 채 분열될 혹은 소멸할 듯한 자아를 애써 붙들고 있었다.

이러다간 고통 중독자가 되어버릴 것만 같다. 평화는 내게서 도망치고 있다. 이런 지금이 당연한 것이 될까 봐 두렵다.

행복해서 지루하고 지루한 게 행복이어야 하는 사람이 되고 싶다. 그것이 인류의 기본값이어야 한다. 심심하고 지루해서 멀쩡하게 사는 사람이 되어야 한다. 나도 그걸 안다. 그런데 아직은 그럴 수가 없다.

⁂

○○○○년 ○○월 ○요일

어느 날 관장님한테 일하겠다고 말했다. 더 정확히는, "일하게 해주십시오"라고 했다.

"사연 있는 놈들 안 쓴다. 사고 친다."

한 분야에 일정 수준을 이룬 사람은 무엇이든지 웬만큼 파악하는 혜안이 있었다. 관장님은 학교나 열심히 다니라고 했지만 나는 휴학했다고 답했다. 관장님은 "이 자식은 사연이 제곱으로 있네"라면서 한숨을 깊게 내쉬었다.

⁂

○○○○년 ○○월 ○요일

예배가 끝나면 코를 자극하는 밥 냄새가 발을 잡았다. 보통 멀리서 쳐다만 보다가 집에 가곤 했다. 처음 한 달 정도는 배고픔을 못 느낄 상태였기에 그랬고, 다음 두어 달 정도는 살기 위해 먹다가 점점 허기를 조금씩 알게 될 때쯤이라 그랬고, 시간이 지나 배고프고 식욕이 돋을 땐 괜히 눈치 보이고 염치없어서 못 먹었다. 곳간이 비고 배까지 텅텅 비었어도 알량한 체면은 살아 있었다.

그때 기척 없이 다가온 목사님이 뒤에서 말씀하셨다. "그분께서는 밥그릇에도, 숟가락에도 있습니다. 오히려 그런 데서 찾는 경우가 많아요."

놀라 자빠질 뻔했지만 애써 아닌 척했다. 그때 목사님이 손짓으로 나를 안내했다.

"한술 뜨고 가요. 여기서 숟가락 하나 더 얹는다고 티도 안 납니다."

덕분에 오늘 나는 참 맛있게 밥을 먹었다.

〰〰〰

○○○○년 ○○월 ○요일

한참 운동 중에 스파링 상대분께서 말을 걸어오셨다. 시합 준비한다는 준프로 남자분인데 나더러 시합 준비하는 거냐고 물으셨다. 딱히 시합 준비는 아니라고 대답했는데, 일반부가 이렇게 훈련하는 건 처음 봤단다. 게다가 스파링하는데 눈빛이 너무 살벌했다고. 나야 내 표정을 모르니까... 상대를 때리겠다는 생각은 아니었다. 하나라도 놓치기 싫었고 그래서 빠짐없이 보고 배우고 싶었다.

관장님은 그것 보라는 듯, 운동 좀 살살 하라고 하지 않았느냐고 핀잔을 줬다. "이래서 사연 있는 애들은 운동시키면 안 된다니까. 너무 필사적이야. 수명을 갈아 넣잖아."

제대로 살고 있는 것 같았다.

○○○○년 ○○월 ○요일

관장님은 돈을 많이 줄 수 없다며 일하는 시간을 조금만 잡았다. 다만 그 시간 동안 일은 안 시키고 운동만 시켰다. 나는 일은 안 하고 공짜로 운동하고 용돈까지 받아가는 셈이었다. 미안해서 내가 뭐라도 찾아서 하려고 하면 관장님은 쓸데없는 짓 하지 말라며 대신 운동을 더 시켰다. 교회에 들렀다 체육관에서 일하고 교회에서 마무리하는 것이 지난 1년 간의 일상이 됐다. 교회에서는 기도만 했다. 다른 건 아무것도 안 했다. 감히 친목을 다질 자격은 없다고 생각했다.

어느 날 불 꺼진 예배당 안에 혼자 앉아 있는데 목사님이 다가와서는 말씀하셨다.

"그분께서는 어린양이 교회에 열심히 나오는 것도 좋아하시겠지만, 벌판에서 신나게 뛰놀고 풀 먹고 물 먹고 하늘 구경하고 노는 것도 보고 싶으실 겁니다."

언젠가 그런 날이 올 수도 있겠다고 오랜만에 생각했다. 아직은 아닌 것 같았다.

마감 시간에 맞춰 체육관에 가서 청소라도 하려고 하면 관장님은 나를 발로 차며 쫓아냈다. 그의 미들킥은 일품이다.

※

○○○○년 ○○월 ○요일

시합 준비한다는 그 준프로 분이랑 관장님은 항상 티격태격이다.

"관장님은 뭔 막걸리를 와인 잔에 마셔요?"

"막걸리도 라이스 와인이야, 왜 이래 새꺄."

"보세요, 관장님은 셰이커에 잭다니엘 넣어 다녀요."

프로틴 파우더나 다른 보충제 이름인 줄 알았던 '잭다니엘'은 나중에 알고 보니 위스키였다. 준프로 분은 내게 그 셰이커를 내밀었다. 관장님은 그걸 냉큼 빼앗더니 품에 소중하게 끌어안았다.

"보충제 통에 보충제 넣어 다니는데 그게 뭐가 어때서."

관장님은 그렇게 와인 잔에 막걸리를 즐길 줄 알고, 위스키를 보충제라고 여기는 멋이 있었다.

그 준프로 분은 관장님이 "박스나 치워"랬더니 '박수를 쳤'다. 둘은 환상의 콤비다.

하루는 관장님이 '명문대 학생이 휴학까지 하고 알바하는 곳'이라는 전단을 만들까 심각하게 고민하길래 이번엔 내가 로우 킥을 차버렸다.

조금씩 웃을 일이 생긴다. 몇 달 만인지 모르겠다.

꧁꧂

○○○○년 ○○월 ○요일

하루는 목사님 설교 중에 정전이 됐다.

모든 전등이 꺼지고 어두운 가운데에도 사람들은 침착하고 조용했다.

그때 목사님이 해맑은 목소리로, 사람 좋게 웃으며 말씀하셨다. "저는 평소에 '어두운 세상에 빛이 될 수 있게 도와주소서'라고 기도해왔습니다. 제 머리를 보십시오, 그 기도가 드디어 먹힙니다."

참고로 목사님은 대머리다. 하나둘 웃을 일이 생긴다.

꧁꧂

관장님 어록

· 이성을 잃으면 질 확률이 높다. 주먹싸움도 말싸움도.

· 나는 나를 믿는다.

· 어디에나 나보다 센 사람은 있다.

· 옳은 일을 할 때는 옳으니까 하는 거지 다른 이유 따위는 없다. — (준 프로) 그래서 그렇게 술을 드시는 거예요?

· 운동으로 피지컬에 자신이 생기면 새로운 길이 보인다.

· 나를 죽이지 못하는 시련은 나를 더 강하게 만든다. — (준프로) 그래서 그렇게 술을 드시는 거예요? — 시끄러, 인마.

· 제일 중요한 건 집중이다. 진정으로 집중하면 된다.

166

· 사과를 잘해라. 적재적소에 하되, 다만 잘못하지도 않은 걸 사과하진
  마라.

· 싸움은 최대한 피해라. 그냥 피해. 싸움은 피하는 게 최고야. 단, 피할
  수 없으면 즐겨라.

· 무기를 잡은 사람한테서는 무조건 도망쳐라.

· 목숨은 소중하다. 급소를 공격하고 튀어라. 길거리에선 급소뿐이야.

목사님 어록

· 예수님을 위해 울고 웃지 마시고 자신들을 위해 울고 웃으세요. 그분
  은 그런 거 필요 없으십니다.

· 가장 상식적인 사람으로 일상을 사십시오. 그것이 예수님의 길입니다.

· 육신을 고치고자 한다면 병원에 가십시오. 여긴 마음을 고치는 곳입
  니다.

· 오래 살고 싶으면 역시 운동장에 가시고 병원에 가십시오. 여긴 예배
  당입니다.

· 돈을 많이 벌고 싶으면... 그건 저도 모르겠습니다. 어딜 가야 그럴 수
  있습니까? 여기가 아니라는 것 하나 정도는 제가 잘 압니다.

· 용서하지 않을 때, 대부분은 본인이 더 힘들 겁니다.

· (전략) 용서에서 그치지 말고 원수를 사랑하라고 하셨습니다. (후략)

(이건 내가 아직 알 수 없어서 일단 메모)

· 깊이 잘 생각해보고 잘 따져보면, 대부분의 경우는 내 탓입니다.

꽃무늬

○○○○년 ○○월 ○요일

체육관과 교회는 공통점이 있었다. 더 정확히는 운동과 기도의 비슷한

점이었다.

혼잣말이다.

듣는 사람이 없거나 들어도 소용없는 걸 알면서도 혼잣말도 하고 그러

는 게 사람의 모습이라고 생각했다. 그게 염원이 되고 기도가 되기도 하

고 그러는 거니까.

나도 혼잣말이 늘었다. 그만큼 많이 나아졌다.

엄마, 아빠, 나 이렇게 웃어도 될까?

벌써...?

꽃무늬

○○○○년 ○○월 ○요일

어느새 휴학한 지 2년이 다 되어간다.

시간이 꽤 흘렀다.

'그 일' 이후로 나는 한동안 세상의 대부분을 적으로 돌리고 살았다. 마주치는 사람들 누구라도 나를 습격할 것 같았고, 전부 싸워야 할 상대로 보였다. 늘 뾰족한 시선으로 주변을 노려보았고, 항상 눈에 힘을 주고 다니니 잠자리에 들 때면 눈에 불이 붙은 것처럼 아려오기도 했다. 머리는 펌프질하듯 죄어왔고, 머리카락은 한 주먹씩 빠졌고, 토할 때까지 폭식하거나 이틀을 넘게 굶기도 하고, 때때로 이유 없는 식은땀에 온몸이 젖어 있곤 했다. 낯선 사람들과 끊임없이 벌어지는 혼자만의 갈등은 해로웠고, 나를 갉아먹는 일이었다. 나는 병들어 있었다.

　그것이 지금에 와 환청까지 듣게 하는 건 아닌지, 혼자만의 생각은 꼬리에 꼬리를 물고 점점 발전해 무럭무럭 자라

났다. 극도의 스트레스에 의한 뇌 손상이라든가, 다중인격이라든가, 조현병이라든가, 어디선가 봤던 것들이 뇌리에 떠다녔다. 이내 그럴 리 없다며 고개를 휘휘 저으며 생각을 날려버리려 했지만, 한 번 생긴 불안함은 좀처럼 잘 떨어지지 않았다. 나는 아냐, 아냐, 하며 혼잣말까지 했다.

그때쯤 고등학교 때 마음 치료 강사라며 특강으로 왔던 유명한 아저씨의 말이 떠올랐다. 혼자서 절대 하지 말아야 할 것으로, 해결도 안 되는 것을 끊임없이 생각하지 말고, 과거를 되새기지 말고, 기억을 끄집어내지 말라고도 했었다. 이렇게 보면 나는 전문가가 하지 말라는 것만 골라서 꾸준하게 규칙적으로 해왔던 셈이었다.

밤낮을 바꾸지 말고 햇빛을 충분히 보면 건강한 마음을 유지할 수 있다고 했다. 그래, 햇빛을 보자. 나가기로 결심하고 창밖을 다시 봤을 때, 생각에 얼마나 깊이 빠져 있었는지 어느새 혁우가 보이지 않는다는 걸 뒤늦게야 눈치챘다.

혁우가 나를 필요로 하지 않는 건 천만다행이었다. 나는 환청이나 듣는 지금의 상태로는 이곳에 존재하는 자체가 그리 값어치 있지 않다는 결론에 이르렀다. 시간이 가길 바라는 수밖에 없었다. 내가 할 수 있는 거라곤, 부부가 얼른 퇴근하고 오기를, 그래서 내가 조금이라도 빨리 이 집에서 조용히 나갈 수 있기를 바랄 뿐이었다.

햇살이 달갑지 않았다. 긴팔에 긴바지인데도 공기가 그 틈을 비집고 들어와 살갗에 닿는 느낌은 어제와는 달리 꺼끌꺼끌했다. 발가락은 있는지 없는지도 모르겠고 종아리는 금방 쥐라도 날 것처럼 팽팽했다. 과연 햇빛이 도움이 되긴 하는 걸까.

현관 밖에 나와서야 가방을 들고 있다는 걸 알았다. 여기선 훔쳐갈 사람도 도둑맞을 일도 없는데 무의식중에 챙겨온 모양이었다. 어쩌면 가방보다 돈 봉투가 소중했을 수도 있을까, 지금의 나로선 구분할 지혜가 없었다.

대문 입구에서는 보이지 않는 건물 뒤쪽이자, 집 안에서는 보이는 거실 쪽 정원을 가보기로 했다. 딱히 궁금하다거나 그런 건 아니었다. 그냥 이럴 때 아니면 언제 구경하나 싶어 담벼락 따라 정원이나 한 바퀴 돌기로 했다. 여전히 달갑지 않지만, 그쪽이 양지바른 곳이기도 했다.

집 건물 뒤쪽은 폭 2미터 정도 되는 잔디밭이었고 그것으로 끝이었다. 이나마도 사실 이 비싼 땅의 낭비겠지만, 이미 앞쪽 마당 정원과 건물 내부를 본 상황에서 이제 이 정도는 아무렇지도 않게 느껴졌다. 마당 안에서도 내 키만 한 담벼락 때문에 밖이 보이진 않아 그게 조금 아쉬웠다.

가장 구석으로 가서 담벼락의 모서리를 만지작거리는 그때, 진동이 울려 가방에 닿아 있는 다리를 타고 팔까지 올라왔다. 마침 환풍 시설이 가동되는 것 같았다. 일제히 열린 바닥을 밖에서 보니 또 신기해, 아니, 오히려 기괴해 동화책이나 게임에 나올 법한 마법사의 집 같았다. 건물 내부를 쓸고 바닥으로 흘러나온 먼지는 낮 동안 이렇게 따뜻해진 땅의 기류를 타고 공기 중으로 흩어져 사라지는 모양이었다. 먼지가 눈에 보이지는 않았다. 환풍 작동이 끝나고 문이 천천히 닫혀가는데도 마치 가방에서 울리는 듯한 진동은 연이어 있었다.

그때 닫혀가는 발밑 작은 문 틈새로 혁우의 목소리가 들리는 것 같았다. 처음엔 잘못 들은 줄 알았다. 뭐라고 하는 것 같긴 한데 뭔지 알아듣진 못했다. 나를 부르는 건지 아닌지도 확실치 않아 긴가민가하면서 쳐다보았지만 짙은 선팅 때문에 보이진 않았다.

"어어? 나 불렀어??"

지금까지 쌓여왔던 어색함을 날리고 싶은 마음에 나는 일부러 크게 소리쳤다.

"들어오라고!"

"왜?"

"그냥!"

그때 발밑의 틈새가 완전히 닫히기 전에 녀석이 외쳤다.

"들어와 있는 게 안정감 있으니까!"

환풍 시설이 완전히 닫히자 다시 조용해졌다. 완전한 방음인 것 같았다. 밖에선 안이 보이지 않았고, 물론 안에서도 밖이 잘 보이진 않겠지만, 어째서인지 혁우는 나를 찾아서 불렀다.

"……그래?"

기분이 내심 좋았다. 녀석, 시니컬한 척은 했어도 내가 있는 게 낫긴 한가 보구나. 어쩌면 혁우는 나랑 한 공간에 있는 것만으로도 충분히 안정적이었던 모양이다. 그나저나 안정감이라니, 내 친구들도 그런 말은 잘 안 쓴다. 말투만은 무슨 한참 어른 같긴 했지만 그래도 내가 있는 게 낫다는 걸 보면 애는 애가 맞는 모양이었다.

하지만 이젠 내가 나를 못 믿는 지경이 되었다. 정신 똑바로 차려야 해, 정신. 연거푸 되뇌며 반가우면서도 걱정을 가득 안고 들어갔더니 녀석은 또 나를 보는 둥 마는 둥 했다. 여전히 싸늘한 반응으로 나를 방치했지만 뭐, 그래. 네 속마음을 알았으니 됐다. 다만 엄습하는 나의 불안감을 잠재울 방법을 찾아야 했다.

일단은 거리 두기부터 시작했다. 되도록 멀리서 바라만 보기. 사장님이랑 부인이 말했던 대로, '보기만' 하기.

거실에 들어오니 혁우는 제 그림을 쳐다보고 있었다. 나는 결심대로 혁우에게서 멀리, 통로 쪽에 자리 잡고 서 있었다.

녀석은 돌아보지도 않고 말했다. "어디 가?"

내가 가방까지 들고 있어서 그러는 것 같았다.

나는 가방을 들어 보이며 대답했다. "아, 이거. 습관이야."

녀석은 여전히 그림에 눈을 고정한 채로 가만히 있었다. 어차피 안 볼 것 같아 나는 가방을 치켜들었던 손을 도로 내렸다.

혁우는 계속 아무 말도 없었다. 여전히 눈길 한 번 주지 않고 그대로 있었다. 나도 대화를 이어갈 재주가 좋은 편은 아니지만 떠오른 말은 있었다.

"무슨 그림인지 설명을 부탁해도 될까요? 소혁우 화백님."

녀석의 고개가 아주 약간 이리로 움직이려다 말았다. 뒤에서 보는데도 입꼬리가 올라간 것처럼 보였다.

"곧 알게 될 거야."

일관성 있게도 녀석은 자기 그림이 어떻다고 조잘조잘거리지 않았다. 보통 그 또래의 다른 아이들과는 확실히 달랐다. 물론 그림부터가 그랬다. 아이의 그림을 액자로 만들어 이 집에서 제일 잘 보이는 곳에 걸어뒀다는 것은, 부모가 자녀의 재능과 잠재력을 충분히 이해하고 있다는 증거로 보였다.

"넌 훌륭한 부모님 계셔서 좋겠다."

문득 속마음이 튀어나오고 말았다. 진심이었다. 부러움이나 시기, 질투 따위가 아니라 정말로 존경을 담은 말이었다.

"누난 없어?"

그때 놀랐다. 매번 남다른 질문. 이 경우 여덟 살로부터 예상해볼 수 있는 질문은 '우리 엄마, 아빠가 뭐가 훌륭해?' 정도가 보통일 거고, 좀 더 나아간다 해도 '누나네 부모님은 안 훌륭해?' 정도가 아닌가 싶은데.

"응. 하늘나라 가셨어."

"아."

녀석은 딱 한 번 고개를 까딱 들었다 놓더니 갑자기 우다닥 나를 향해 달려왔다. 또 한 번 나는 흠칫 놀랐는데, 그새 녀석은 나를 지나쳐 계단으로 올라갔다.

두두두 계단을 오르던 혁우의 발소리가 멈추더니 보이지도 않는 곳에서 소리가 들려왔다.

"어디 갈 생각 하지 마."

다시 두다다 발소리가 점점 멀어졌다. 뭐야, 벌써 밀당을 잘하는 거야, 아니면 오히려 서투른 거야? 참 이상한 녀석이라고 생각할 수밖에 없었다.

아무것도 안 한다는 건 생각보다 힘들었다. 유일하게 한 거라곤 약속보다 늦는 부부의 귀가에서 비롯된 걱정과 우려, 그리고 멀리서 혁우를 쳐다보기 정도였다. 가끔 눈을 잠깐 마주치기도 했는데 녀석은 시종일관 무표정이었다.

정기적으로 열렸다 닫히는 환풍 시스템이 몇 번이 됐는지도 모를 때쯤, 멀리서 사람 들어오는 소리가 들렸다. 해 떠 있을 때 퇴근한다던 부부는 석양마저 끝나갈 때쯤 도착했다.

부부는 난감한 표정으로 속닥이고 있었다. 그건 그냥 부부라기보단 마치 두 전문가가 회의하는 모습이었다. 나는 나갈 채비를 하고 현관 통로 끝에 서 있었다. 둘은 그런 나를 보더니 난색을 지우지 못한 채로 다가왔다. 특히 어두운 표정의 부인이 먼저 입을 열었다.

"하루만 더 있어줄 수 있을까……?"

그들은 출장을 가야 한다며, 회사 일 중 무언가가 복잡하게 꼬였다는 것 같았다. 일거리를 집에 안 가져오려고 회사 버스 노선까지 만든 사람들인데, 오죽하면 이런 부탁을 할까 싶긴 했다. 그들의 난처한 표정과 기울어진 눈썹을 외면하기 쉽진 않았다.

하지만 나 또한 난처한 일이었다. 고민하고 있던 찰나 이어지는 사장님의 말이 파도처럼 다가왔다.

"당연히 보답은 제대로 할 거야."

무엇보다 가방 속 두툼한 봉투 생각이 머리를 스쳤다. 잊으려 했는데도 머릿속에 웅크리고 있다가 이럴 때 떠올랐다. 하루 만에 한 학기 등록금을 해결하고도 남을 만큼이라니, 압도적인 금액은 다른 생각을 덮어버리는 힘이 있었다.

하지만 내겐 확인해야 할 것이 있었다. 물론 달콤하리만치 큰 금액이 자꾸 마음을 어지럽혔지만 애써 다잡았다. 그보다 중요한 게 있으니. 나는 솔직담백하게 지금 내가 겪은 것들과 그에 대한 솔직한 심정에 대해 털어놓기로 결심하고, 말을 하나씩 꺼내놓았다.

상관없는 이야기라고 생각할 수도 있었을 텐데 그들은 차분하게 경청해주었다. 간헐적으로 묻는 말에도 침착하게 대답해주었다. 이 집 구조와 그간 벌어진 일에 대해 이전보다 조금 더 자세히 물었을 때, 그들은 전혀 모르겠다는 투로 말하며 그럴 리 없다고 했다. 외부인의 소행이라기엔 이 집은 누구도 쉽게 접근할 수 없거니와 해당 잠금장치는 본인들이 아니면 풀 수 없다고 했다.

이쯤 되면 얘기해야 하는 게 맞았다. 나는 심호흡 한 번으로 용기를 냈고, 이들은 여전히 어리둥절한 채로 다만 집중해주었다.

"그런데, 제 상태가 좀⋯⋯."

잠깐 머뭇거리는 동안, 부인과 사장님은 여전히 내게 집중하고 있었다.

나는 솔직하게 털어놓았다. 내가 환청을 들은 것 같고, 이상한 걸 본 것 같기도 하고, 그게 겁이 난다고. 혁우한테 해라도 끼칠까 그게 걱정된다고, 내가 느낀 그대로를 숨기지 않고 말했다. 그러자 부부의 표정에 그림자가 드리웠다. 혁우를 돌볼 사람이 없다는 것에 대한 걱정도 있겠지만, 또한 나를 걱정해주는 것도 같아 내심 고마웠다.

"그래서 제가 빨리 사라지는 게 나을 것 같아요."

그때 나를 가만히 보던 부인이 말했다. "아니야."

뜻밖의 반응에 나도 조금은 놀란 게 사실이었다.

부인은 여전히 내 속을 들여다보는 듯한 눈으로 말했다. "그렇지 않아. 주해의 상태에는 전혀 이상이 없어. 눈을 보면 알 수 있어."

사장님도 아무렇지 않다는 듯이 고개를 끄덕이며 말했다. "생생한 꿈일 거야. 어릴 땐 그래. 나도 그런 적 있어. 지나치게 젊어서, 호르몬이 날뛰어서 그래."

나는 어느새 이들의 단호한 눈빛과 단단한 말투에 설득이 되었나 보다.

"정말…… 그럴까요?"

"응. 나 봐봐."

내 눈을 똑바로 보는 부인의 눈 또한 인간을 뛰어넘은 무언가 같기도 했다. 선지자라든가 최면술사라든가 예언가, 주술사 뭐 그런 존재가 떠올랐다. 말로 표현할 순 없지만, 아무래도 그녀야말로 보통 사람의 것은 아닌 눈이었다.

"주해가 혁우를 해칠 일은 없을 거야. 알아?"

나는 그녀의 눈에 빠져들었다. 내가 고개를 끄덕거리자 그녀도 같이 끄덕였다. 옆의 사장님도 같이 끄덕였다. 내 눈을 뚫어져라 보던 그녀가 눈빛을 거뒀다. 그녀는 내 어깨를 툭 툭 치더니 등을 쓰다듬었다.

"됐어. 이제 너의 무의식은 혁우를 해치지 않을 거야."

사장님도 이어서 말했다. "주해 씨는, 혁우를 해칠 수가 없어."

이제 하루만 더 있어달라는 부탁은 거절할 수 없게 됐다. 어제 받은 호의와 대접 또한 이유이며, 그 밖에도 여러 이유로 나도 잘 해내고 싶다. 맑은 정신을 집중하고 유지하는 수밖에 없다. 그래, 집중하자.

나는 말없이 고개만 끄덕거렸다. 가방끈을 잡은 손에 힘이 들어갔다.

"다행이다. 곧 좋은 일이 있을 거야."

그들도 고개를 끄덕거렸다.

어느새 밤이 되었고, 나는 다시 2층 손님방에 짐을 풀었다. 부부는 순식간에 짐을 챙겨 나갔다. 마침 내가 있기에 얼마나 다행인지 모르겠다며 몇 번이나 내 손을 잡더니 밥은커녕 옷도 갈아입지 못하고 나갔다. 그들은 그렇게 시간을 알차게 쓰고 있었다.

나는 존재 자체로 환영받는 기분이 들었다. 그건 최근 들어 가장 이상한 경험이었다. 이렇게 엉망인 나를, 게다가 하는 것도 없는 나를 조건 없이 인정해주는 저들은 또 다른 천사가 아닐까. 나를 두고 돌아서며 마주 보는 부부의 입가에는 미소가 비쳤다. 저 미소의 의미는 무엇일까.

그들이 나가고도 한동안 멍하니 서 있다가 문득 정신을 차려보니 앞에 혁우가 있었다. 이상할 것이, 녀석은 나를 보며 웃고 있었다. 내게 웃어줄 녀석이 아닌데.

그렇게 나 혼자 의아해하고 있을 무렵, 녀석이 대뜸 주먹을 휘둘렀다. 반사적으로 쳐내자 녀석은 흠칫 놀란 얼굴이 되더니 다시 웃으며 덤벼들어왔다. 주먹과 발을 마구 휘두르길래 처음엔 장난인가 싶어 샌드백이나 미트 치기처럼 받아들였다.

이 녀석이 말 한마디 없이 갑자기 왜 이러나, 설마 나랑 놀아준다고 이러는 건가, 내가 심심해 보였나? 이젠 진짜 안 그래도 되는데. 내가 체육관에서 일한 걸 알고 있었나. 물론 나야 일하는 내내 해오던 거라 익숙하긴 해서 받아주기야 한다만, 아 설마, 아니면 아까 문 잠깐 열었던 것 때문에 분풀이하려고 이러는 건 아니겠지.

팔과 정강이로 펀치와 킥을 막아내면서도 거슬리는 기분을 지울 수 없었다. 적잖은 스파링 경험으로 상대가 지나친 진심으로 휘둘러대는지 아닌지 정도는 본능적으로 안다. 애가 힘이 넘쳐서 그런 건지, 뭐가 진짜 싫어서 이러는 건지, 꼴에 사내새끼라고 여자를 얕보고 이러는 건지, 어찌 됐든 괘씸해서 틈이 보일 때마다 툭툭 반격하거나 가까이 오면 밀쳐버렸더니 약이 올랐는지 더욱 거세졌다. 사지를 내게 던지듯 발버둥 쳐대며 덤벼오니 막아 쳐내는 것만으로는 점점 버거워져 발을 움직여 피하는 수밖에 없었다.

마침 날아오는 녀석의 정강이에 내 정강이를 갖다 댔더니 세게 부딪치지도 않았는데 녀석은 아파하며 주저앉았다. 내심 통쾌했지만 짐짓 티 내지 않고 가만히 서 있었더니 녀석이 땀이 송송 밴 얼굴로 고개를 획 들었다.

"아 뭐야, 싸움 잘하잖아?"

녀석은 웃고 있었다. 결국 일종의 장난이었던 건가, 다행이다 싶어 나도 말을 얹었다.

"그렇게 됐어."

그때 녀석은 문득 우다닥 2층으로 달려 올라갔다. 따라가야 하나 싶다가, 에이 뭐, 제풀에 알아서 오겠거니 싶어 가만히 있는데 금세 다시 나타난 혁우는 손에 내 가방을 들어 흔들고 있었다.

"내놔. 그 가방은 건들지 마."

내 표정이 굳어가는 걸 내가 느낄 때쯤, 녀석은 일부러 저러나 싶을 정도로 이상한 표정으로 끼끼끽 기괴한 소리를 내며 웃더니 현관으로 우다닥 달려 나갔다. 이번엔 왠지 쫓아가야 할 것 같아 나도 뛰었다. 무엇보다 저 가방은, 누가 됐더라도 장난스럽게 볼모로 삼을 수 있는 물건은 아니었다.

좁은 통로를 벗어나 현관을 나와 집 밖으로 나오니 어느덧 해는 다 저물어 어둑어둑했다. 멀지 않은 곳의 가로등 몇 개 덕에 그나마 식별은 좀 될 정도였다.

혁우는 정원 먼발치에 서 있었다. 대문과 반지하 창고로 연결된 진회색 지그재그 돌계단의 꼭대기에서 녀석은 마치 나를 따라오라는 고양이나 강아지처럼 고개를 들고 쳐다보고 있었다.

"그 가방만은…… 갖고 와."

녀석은 또 키히힛 소리를 내더니 계단 밑으로 달려갔다. 아휴, 나는 또 한숨을 쉬었다. 하지 말라면 더 하는 게 이 또래들의 습성인 걸 깜빡했다. 이 녀석은 특히 더 그랬다. 한 번이라도 말을 듣는 법이 없었다.

쫓아가보니 반지하 쪽 계단으로 내려가고 있었다. 저절로 한숨이 나왔다. 이렇게 보면 리암은 정말 세상에 둘도 없는, 말도 잘 듣고 착한……. 비교를 안 하고 싶은데도 자꾸만 떠오르는 건 어쩔 수 없었다.

녀석은 갑자기 방향을 꺾더니 반지하 통로로 향했다. 그쪽은 보는 것만으로도 들어가기 싫은 입구였다. 성인은 허리를 굽힐 수밖에 없는 좁고 낮은 구조여서, 녀석과 같은 속도로 따라가긴 쉽지 않았다. 겨우 들어가 문을 열어젖히니 이 녀석은 위로 30센티미터 정도 돼 보이는 반지하 창문으로 다람쥐처럼 나가고 있었다. 나도 순간 몸을 날리며 손을 뻗었지만, 녀석의 발은 내 손아귀를 아슬아슬하게 비껴갔다.

반지하는 전형적인 창고의 모습이었다. 벽에 걸린 십자가와 혁우가 타고 올라간 의자 정도만 있을 뿐, 조명이 될 게 없어 창문으로 들어오는 약간의 빛 외엔 거의 보이지 않았다.

녀석은 내 소중한 가방을 의자에 내버려두었다. 들어서 먼지부터 털고, 플래시나 쓰려고 보니 가방 안에 핸드폰이 없었다. 그래도 애는 애인지 핸드폰에 관심이 많은 모양인데, 차라리 그냥 달라고 했으면 줬을걸 과연 이렇게까지 의미 없는 짓을 했어야만 하는 건지 싶으면서 한숨이 두 배로 나왔다. 무엇보다 혁우는 그런 면에서 남들과 다를 줄 알았는데, 결국 애는 애였나 하는 생각에 조금은 아쉽기도 했다.

들어온 문으로 다시 나가려 해봤지만 열리지 않았다. 혹시나 해서 미닫이로, 여닫이로 전부 시도해봤지만 잠겨 있었다. 한참 덜컹거리다가 포기하고 서 있는데 그때 문밖에서 소혁우의 아학학 웃음소리가 들렸다.

의자에 올라서 보니 창문마저 잠겨 있었다. 창문을 붙잡고 덜컹거리고 있는데 그때 유리창 밖으로 불빛이 반짝이며 셔터음이 들렸다. 까치발로 보니 소혁우 녀석은 발가벗은 채로 내 핸드폰으로 제 사진을 찍고 있었다. "미친놈"이라는 혼잣말이 나도 모르게 튀어나왔다. 어두운 와중에 혼자만 조명을 받으니 뽀얗게 아주 잘도 보였다. 다양한 각도로, 다양한 포즈로, 심지어 어디서 봤는지도 모를 자세를 올누드로 해내는데, 멀리서 두고 보기에도 힘들 정도로 역한 장면들이 내 핸드폰에 담기고 있었다

때때로 번쩍이던 불빛이 이내 고정되었다. 뭐라고 중얼거리는 녀석의 혼잣말을 잘 들어보니 심지어 동영상 모드로 아주 쇼를 하고 있었다. "누나, 왜 그래? 어딜 만지는 거야? 이것도 놀이야?" 등의 소리를 하며 일인극을 하더니 동영상을 끊고 다시 무표정이 됐다.

녀석은 옷을 주워 입는 동안 갇혀 있는 나를 똑바로 응시했다. 분노가 정수리로 치미는 걸 애써 눌렀다. 뭐라고 말이라도 할까, 뭐라고 해야 할지 고민됐다. 혁우야 착하지 문 열어야지, 혹은 문 좀 열어주라, 아니면 위협적으로 셋 셀 때까지 안 열면 어쩌고, 이것저것 머릿속으로 시뮬레이션을 돌려봐도 마음에 드는 건 하나도 없었다.

잠깐, 그래. 나는 식모나 파출부로 여기에 온 게 아니잖아. 쟤네 엄마, 아빠조차도 나를 선생님이라고 부르잖아. 괜

히 모양 빠지는 말이나 행동 따위 없이 그냥 내 모습대로 하기로 했다.

"잘 봐, 혁우야."

나는 벽에 걸려 있던 손바닥만 한 십자가를 쥐고 짧은 기도 후에 그대로 휘둘러 창문을 부숴버렸다. 십자가 모양은 창문 유리를 걷어내기에 제격이었다. 창문은 나중에 배상하면 된다. 훈육 차원에서 어쩔 수 없었다고 솔직하게 말하면 된다. 무엇보다 지금 갇힌 상황에서 열어달라고 애걸복걸하는 모습보다는 얕보일 빌미를 주지 않는 게 더 중요해 보였다.

비좁은 창틀로 머리부터 상반신까지 들이밀며 손을 밖으로 뻗었다.

그때 내 손등에 유리 조각이 꽂혀 들었다.

그 유리 조각을 붙들고 있는 건 소혁우였다.

설마, 진짜? 처음엔 내 눈을 의심했다. 너무 말도 안 되는 광경이라 눈으로 본 걸 뇌로 받아들이는 데까지 시간이 걸렸다. 피가 번지는 걸 보니 고통이 이어졌다. 온몸에 퍼진 고통에 사지가 굳었다. 너무 당황해서 그 흔한 감탄사조차 하지 못하고 덜덜 떨리는 입 틈으로 어, 어, 하는 어설픈 신음만 냈다.

놈은 눈 하나 깜짝하지 않고 나를 쳐다보았나.

"이래도 안 울어? 누나는 좀 재미있네." 녀석이 머리를 들이밀며 피식 웃더니 또 말했다. "창문을 깨버린 건 정말 신선했어! 아주 잘 봤어! 보통은 그렇게들 안 하는데 말이야."

놈은 말을 끝마치면서 동시에 반응할 틈도 주지 않고 발로 내 얼굴을 차버렸다.

나는 그대로 의자에서 미끄러져 넘어지며 창틀에 머리부터 부딪히고 이어서 손까지 부딪혀 반지하 바닥으로 떨어졌다. 손등에 박혀 있던 유리 조각은 떨어져 나갔다.

쓰러진 채로 시멘트 바닥의 냉기와 함께 아득히 멀어지는 정신 속에서 멀어지는 목소리만 들렸다.

"재미있겠다아."

눈이 감겼다.

†

정신이 들었다. 온몸이 바들바들 떨렸다. 힘들게 눈꺼풀을 들었더니 눈물이 밀려왔다. 나오려는 눈물을 막으려고 애써 심호흡하며 눈을 연거푸 깜빡였다. 희미하게 들어오는 푸르스름한 빛 속에 떠다니는 먼지가 때때로 반짝였다.

몸을 일으키기엔 머리가 안팎으로 아팠다. 부딪혀서 아픈 건 당연하고 먼지 때문인지 탁한 공기 때문인지 두통이 심했다. 코는 매캐하고 입은 바싹 말라 있었다. 몸살처럼 온몸이 뻐근하고 으슬으슬했다.

목이 말랐다. 손등엔 핏자국이 말라 있었다. 건드리니 아팠고 아픈 만큼 화가 치밀었다. 어제는 최고급 침대였는데, 오늘은 시멘트 바닥이라니. 또 눈물이 나오려고 해서 심호흡으로 짓눌렀다. 상처가 깊지 않아서 주먹 쥐는 정도는 참을 만했다.

최우선 비상사태였던 육체적 상해 정도를 파악하고 나니, 그보다 더 큰 문제가 있음을 자각했다. 정리되지 않는, 아니 정리할 수 없이 갑자기 벌어진 일의 의미를 찾아야 했다. 이 사태를 어떻게 해야 할지, 이 녀석을 도대체 어떻게 해야 할지 나로서는 도저히 알 수 없어서 고민이 되면서도 당장은 덮어놓고 패버리고 싶단 생각만 가득했다.

화났다는 말로는 부족했다. 미치기 일보 직전이었다. 나오려던 눈물은 아파서가 아니라, 솟구치는 화를 주체하기 어려운 데다가 억울하기까지 해서였다. 이 아이는 원래 이런 아이였던 건가? 사장님과 부인이 있을 때만 착한 아이인 건가? 아니, 실상 '착한 아이'의 모습을 보였던 적은 없다. 더 정확히 말하면 처음부터 '싸가지 없는 녀석'이었다. 아무리 그래도 그렇지. 엄마, 아빠가 멀리 떠나자마자 바로 이런 짓을 한다고?

창고 문은 여전히 잠겨 있었다. 창문도 깨진 그대로였다.

다시 의자를 밟고 창문으로 고개를 내밀어, 주변을 수도 없이 살피고 겨우 넘어갔다. 다행이라고 해야 할지, 녀석은 없었다.

어슴푸레 드리우는 새벽빛이 내 화를 돋웠다. 도대체 몇 시간을 기절해 있었던 건지, 장난이라기엔 심했던 데다 무엇보다 기절한 사람을, 몇 시간을! 이렇게 방치했다는 것이 나를 더 화나게 했다. 아무리 어리다지만 그러다가 정말 큰일이라도 났으면 어쩌려고.

그리고 이번 일은 확실히 해야만 했다. 단순히 어리다는 이유 따위로 치부해서 대충 넘길 만한 건 아니었다. 머리끝까지 솟구친 화가 쉽게 가라앉지 않았다. 속된 말로, 마음 같아선 녀석을 정말 묶어놓고 패고 싶을 정도였다.

그때 발 앞의 작은 봉분이 눈에 띄었다. 이따위 짓거리 하는 놈이 병아리 무덤은 얼어 죽을, 웃기고 있네. 녀석에게 보복하는 심정으로 무덤을 꽉 차버렸다. 그때 희끄무레한 무언가가 땅속에서 튀어나왔고 스치듯 봤는데도 괴상망측해 내 눈을 의심했다.

토막 난 병아리 조각이었다.

목과 날개가 거칠게 뜯겨 있어, 병아리의 형체를 찾을 수 없었다. 아무리 생각해도 이건 멀쩡한 정신의 아동이 할 수 있는 행동이 아니었다. 인형이었어도 이렇게는 찢어놓지 않을 거였다. 그 인형이 종이였다 해도 이렇게까지는 안 한다. 근데 이건 실제 병아리였다. 이미 죽은 병아리를 이렇게까지 분리해놓은 이유는 도대체 뭘까. 설마 살아 있던 병아리를 이렇게 만든 걸까? 그렇다면 쟤는 정말 미친놈이다.

잠깐, 설마.

이때쯤 또, 내가 정말 헛것을 보는 건 아닐까, 나를 향한 의심이 아주 조금 고개를 내밀었다.

나는 의심에서 벗어나기 위해 주변을 둘러보았다. 삭막한 정원, 검은 담벼락, 구석의 한 그루뿐인 나무까지 그대로였다. 여긴 이유 없이 온기가 없었다. 해가 뜨고 지는 순간까지 햇빛의 열기가 들어와 난방이 필요 없다고까지 하는 곳인데도 괜히 서늘했다. 물론 그건 온도로서의 서늘함은 아니었다.

녀석이 있을 집을 올려다보았다. 문득 지금, 이때야 건물이 이상해 보이기 시작했다. 아니, 어쩌면 이제야 제대로 보이기 시작한 것일 수도 있다. 이제야 이 집의 이질감을 알았다. 그것은, 한 번 들어갔다가 나와야만 비로소 보이는 것이었다.

겉으로 봤을 때 구조로서는 내가 있는 방에 창문이 있을 수가 없었다. 창문이 있으려면 그 부분은 움푹 패어 있거나 방이 훨씬 넓어서 외벽까지 닿아 있어야 했다. 그러니까 내가 묵었던 방에 있는 그건 결국, 창문이 아니었다. 그렇다면 방 안에서 봤던 창문조차 아닌 그것은 도대체 뭐란 말인가.

육중한 대문은 굳게 잠겨 있었다. 어떻게 여는지조차 모르는 데다가 높게 드리운 그림자 때문에 잘 보이지도 않아서 한참 여기저기 더듬거리며 살피다가 그냥 돌아설 수밖에 없었다. 근처엔 버튼 비슷하게 생긴 것조차 없었다.

집 현관은 열려 있었다. 당한 게 있어서 그런지 긴장감이 차올랐다. 저 작은 녀석이 뭐라고, 심장이 팔딱거려 손까지 떨렸다. 녀석이 아직 집 안에 있고, 마주쳤는데 또 덤벼든다면, 용서고 뭐고 그냥 패버릴 작정으로 마음을 굳혔다. 그랬더니 어느 정도는 진정됐다. 나중에 문제가 되든 말든 이젠 모르겠다. 창문까지 깼는데 좀 더 개판 친다고 달라질 것도 없어 보였다. 뒷일은 그때 생각하기로 하고 일단 발소리부터 없애기 위해 슬리퍼를 신지 않았다.

맨발이어도 행여나 소리가 날까 까치발로 조심하며 천천히 들어가서 코너마다 살폈다. 1층엔 없다. 그럼 그렇지, 기껏해야 제 방에서 문이나 잠그고 있겠지. 마음 같아서는 그 문까지 부숴버리고 싶었지만, 이 집 어른들의 인품을 되새기니 그것만은 참을 수 있었다.

2층에 올라가서 화장실도 살펴보고 별다른 게 없는 걸 확인한 후 내 방으로 갔다. 문이 닫혀 있는 걸 보니, 또 손과 심장이 같이 떨렸다. 안에 뭐가 있는지 알 수 없다는 건 꽤

나 불편한 기분이었다.

벌컥 문을 열었지만 아무것도 없었다. 왜 안도했는지는 나도 모르겠다. 가방을 놓아두고 침대 모서리에 앉으니 자동으로 한숨이 나왔다. 잠깐의 여유에 마음이 가라앉으면서 순간 머리 뒤편이 뻐근해져왔다.

이것들 전부가 내가 진짜로 겪는 일이 맞는 건지 확인이 필요했다. 난 여전히 스스로를 의심하고 있었다. 손을 쥐었다 펴봤다. 여전히 통증이 있었다. 손등의 상처를 눌렀다. 아팠다. 더 세게 눌렀다. 심하게 아팠다. 한참 더 눌렀다. 살이 움푹 팰 만큼 눌렀다. 몸이 덜덜 떨렸다. 악문 이 사이로 신음이 새어 나왔다.

손을 떼는 순간 숨이 터져 나왔다. 헐떡대는 동안 온몸으로 식은땀이 배어 나오며 찌르릇 싸늘한 기운이 몸을 둘러쌌다. 이쯤 되면 헛것이라는 의심은 거둘 수 있었다. 가슴이 턱에 닿을 정도로 부풀려 숨을 들이쉬고 내쉬었다. 약간의 현기증과 함께 정신이 맑아졌다. 가방 안을 들여다보니 역시 핸드폰도 없었다. 즉, 녀석이 핸드폰을 훔쳐 달아난 것도, 내 손을 찌른 것도 맞았다.

숨을 몰아쉬며 앉아 있는 동안, 창문일 수가 없는 저 작고 네모난 무언가가 눈에 들어오며 이 집 구조에 대한 본질적인 의문이 생겼다. 그렇다면 도대체 저것의 용도는 무엇일지,

이 찝찝한 방에 있는 대신 나가서 직접 확인하기로 했다.

방에서 나와 2층 복도를 두리번거리며 벽을 더듬었다. 복도 창문으로 빛이 엷게 들어온대도 이곳 통로는 어두웠다. 벽에 별다른 건 없었다. 무엇보다 어색한 점을 하나 깨달았는데, 2층에서 3층으로 가는 계단이 없다는 것이었다. 고민하면서 벽을 만지고 두드려보기도 하면서 깊게 들어가다 보니, 어느새 혁우 방 앞이었다.

할 건 해야지.

나는 문 앞에 서서 말했다. "지금이라도 잘못했다고 그래."

아무 대답이 없었다. 무응답은 사람을 더 열받게 했다. 나는 노크 대신에 주먹을 말아쥐고 분풀이하듯, 이 문이 혁우 녀석의 뒤통수라도 되는 것처럼 힘을 주고 쾅 쳤다.

그러자 잠시 후, 문이 돌돌돌 옆으로 밀렸다. 천천히, 겁먹은 듯한 문이 5센티미터가량 열리고, 혁우는 빼꼼 눈만 내밀었다.

나는 애써 분노를 찍어 누르고 말했다. "문 열어, 빨리. 너, 잘못했지?"

"누나 왜 그래……?"

"문 열어, 인마!"

나는 문을 확 옆으로 밀었다. 문은 더 밀리지 않았다. 무릎쯤 되는 낮은 곳에 방문 안전 고리가 걸려 있었다. 나는 문에 왼손 손가락을 걸어둔 채로 숨만 몰아쉬는데, 그때 혁우는 떨리는 목소리로 말했다.

"누나, 무섭게 왜 그래? 손은 왜 그래…… 피 났어……?"

겁먹어 덜덜 떨리는 녀석의 눈엔 눈물과 호소가 고여 있었다. 울먹일 듯한 그 청량한 목소리는 '나는 정말 아무것도 몰라요'라고 말하고 있었다.

이때 나는 다시 내 머릿속에 빠지고 말았다. 내가 제정신이 아닐 수도 있을 거라는 가능성 속에서, 나는 나에 대한 확신을 자꾸만 잃어가고 있었다. 겨우 지웠던 의심을 또 해야만 했다.

내 손의 상처는 그대로고, 아릿한 통증도 여전했다. 멍하게 문에 기대어 서 있는 동안, 그사이 환풍이 시작됐는지 엷은 진동이 생겼다. 자잘하게 몸이 흔들리는 그때, 문이 쾅! 닫히며 손가락이 찍히고 말았다.

나는 비명도 못 지른 채로 손가락을 부여잡고 주저앉았다. 문에 찧어 아픈 왼손가락을 피맺힌 오른손으로 부여잡고 달랬다. 찍힌 손가락엔 어느새 피멍이 퍼렇게 차오르고 있었다. 그렇게 고개도 못 들고 있는 사이, 문 너머로 녀석의 목소리가 카랑카랑하게 울렸다.

"푸하하! 바보야 또 속냐?! 끼야하! 재미있어!"

순간 명치에서 불꽃이 화륵 타오르는 듯했다. 나는 생각할 겨를도 없이 문을 있는 힘껏 발로 차버렸다. 어금니를 악물고, 연거푸 문을 찼다. 악문 이 사이로 불이 뿜어나오는 것 같았다. 나는 잠시 멈추고 호흡을 정리한 후에, 온 힘을 다해 체중까지 실어 문을 발로 찼다.

동시에 꽈당, 문이 열렸다. 문을 차고 나서야 나 또한 놀랐다. 문은 부서져 열린 게 아니라, 원래 열려 있던 것처럼 벽에 부딪힌 후 덜덜 떨리며 서서히 닫혀왔다. 분명 미닫이였던 문이 안으로 열린 것이었다. 급격히 놀란 심장은 계속 뛰었다. 꽉 쥔 주먹이 덜덜 떨렸다.

무엇보다, 방이 텅 비어 있었다. 벽지 색깔마저 완전히 다른 방에서 나 혼자 씩씩대고 있었다. 어지럼증이 미간부터 솟았다. 미쳐버릴, 아니 이미 미쳐버린 것만 같은 기분에 방을 나와서 2층 복도 끝으로 달렸다. 난간에 기대서 뻥 뚫린 거실을 봐도 답답함은 가시지 않았다.

혼란이 극에 달하자 뇌가 멈춰버린 듯했다. 나는 아무 생각도 하지 못하는 채로 서 있었다. 그때 손등을 만졌다. 꾹꾹 눌러 애써 고통을 찾았다. 아픔에 따라 미간이 구겨졌다. 아픈 감각이라도 있는 게 차라리 나았다.

내가 본 게 맞는다면, 방에는 아무것도 없었다. 저번에 봤던 온갖 장식품이나 그림들, 연필, 그 어떤 것도 없었다. 도저히 상황이 정리되지 않아 어지러웠다.

아무리 둘러보아도 변한 건 없었다. 그렇게 얼빠진 채로 머리도 몸도 멎은 채로 가만히 서 있었다.

그때, 머리털이 바짝 서며 위험을 외쳤다.

살아오면서 딱 한 번 느낀 적 있는, 본능이 외치는 기분 나쁜 전율. 나에게 덤벼들었던 그 미친 새끼의 기운이다.

누군가 머리채를 잡고 죄는 듯한 느낌이었다. 머리가 따가웠다. 나를 찌르는 듯한 시선을 느낄 수 있었다.

그렇게 뒤돌며 위를 봤을 때, 그곳에 혁우가 있었다.

녀석은 웃는 낯짝으로 손에 쥐고 있던 검은 덩어리를 흘리는 듯 놓아주었다. 5킬로그램짜리 덤벨은 빠른 속도로 떨어졌고, 언제부터 저 얼굴로 보고 있었는지 모를 녀석은 잔뜩 기대에 찬 표정으로 3층 난간에 있었다.

자유낙하 하는 쇳덩이가 느리게 보일 무렵 나는 겨우 몸을 돌렸다. 가까스로 머리는 피했지만 왼발에 닿는 것까진 어쩌지 못했다. 왼쪽 넷째 발가락을 짓이긴 아령이 둔탁한 소리를 냈다.

고통이 머리를 때리며 모든 고민이 사라졌다. 손등과 또 다른 종류의 고통은 내 생각을 분명하게 해줬다. 이 쇳덩이가 머리에 맞았으면 기절하거나 어쩌면 죽었을 것이다. 놈은 극도로 위험한 짓을 하고 있었다.

아픈 소리는 내지 않았다. 물론 더럽게 아팠다. 하지만 아프다고 앓는 소리라도 냈다간 왠지 저 녀석이 좋아할 것만 같았다. 그게 싫어서라도 이를 더욱 악물고 참았다.

겨우 깽깽이 발로 한 바퀴 굴러 통로 안으로 들어가, 주저앉은 채로 양말부터 벗어 확인했다. 나의 넷째 발가락은 마치 별일 아닌 것처럼 꺾여 솟아 있었다. 이때쯤엔 오히려 통증이 없었다.

나는 방으로 들어가 먼저 부러진 발가락을 다시 꺾어 대충 맞추고, 머리 고무줄로 고정했다. 죽을 뻔했던 상황을 겹쳐 겪은 탓인지 발가락 정도는 오히려 견딜 만했다.

진짜 문제는 저 녀석이었다. 저 작은 놈은 나를 지하실로 유인까지 해서 내 손에 유리 조각을 찔러 넣고 문틈으로 손가락을 찧게 하더니 이제는 머리 위에서 아령을 떨어뜨리기까지 했다. 제 부모가 이 집을 벗어나자마자 놈이 벌인 짓들은 자칫하면 나를 크게 다치게, 어쩌면 심지어 죽일 수도 있었다. 이게 장난이라면 녀석은 내가 어떻게 되든 말든 상관조차 안 하는 악독한 새끼였고, 만약 나를 진짜 해치려고 하는 거라면 녀석은 제대로 하고 있었다.

다만, 내가 쉽게 당해주리라고 생각했다면, 그야말로 오산이었다.

녀석은 이미 도망가고 없었다. 언제 어디서 튀어나와 또 해코지할지 모르는 일이었다. 나는 사방을 경계하며 3층으로 올라가기로 했다. 녀석을 잡아서 결박을 하든 방에 가두든 어떻게든 일단 무력화해놔야 안심할 수 있을 것 같았다.

통로에 서서 이 난간과 통로, 그리고 3층 난간을 번갈아보며 어떻게 하면 올라갈 수 있을지 궁리했다. 층고가 보통 집보다 높아서 그냥 점프로는 닿지 않을 것 같았다. 그렇게 한참을 집중했더니 길이 보였다. 역시 집중하면 된다.

난간 위는 네모 평평하고 높이는 내 가슴께에 맞닿았다. 그 위로 올라가서 힘껏 뛰면 3층 바닥 가장자리를 잡을 수 있을 것 같았다. 튀어나온 돌바닥은 움켜잡기에 제격으로 보였다. 다친 곳들이 욱신거렸지만, 이를 악물면 매달릴 수 있을 것 같았다. 그런 다음 발부터 걸치고 올라가는 건 체육관에서 매일 하던 것이었다.

올라가는 동작 자체는 그리 어렵지 않았다. 진짜 문제는 올라가는 동안 녀석이 언제 튀어나올지 몰라 경계해야 했다는 것이다. 난간 기둥에 몸을 밀착하며 천천히, 그러나 단호하게 위로 올라갔다. 결국 난간을 넘어 3층 통로에 발을 디뎠다. 통로는 2층과 유사하게 ㄴ 자 형태로 뻗어 있었지만, 끝에는 창문이 없었다. 양 끝의 두 방은 모두 잠겨 있었다. 문제의 그놈은 어디에노 보이지 않았다.

그렇게 3층을 둘러보던 중, 갑작스럽게 하나의 생각이 뇌리를 스쳤다.

이 구조를 2층에 대입하면……?

그러면 모든 게 설명이 되었다. 방 안에서 들렸던 온갖 소리들, 화장실 문을 두드리는 그 불가사의한 현상까지. 2층과 3층의 구조는 놀랍도록 비슷했다. 튀어나온 난간의 깊이 차이만 제외하면 모든 것이 정교하게 맞아떨어졌다.

갑자기 집 자체가 하나의 거대한 장난감처럼 느껴졌다. 만약 혁우가 이 모든 것을 가지고 놀았다면, 구체적으로 어떤 방법을 썼는지는 몰라도, 내가 감각했던 모든 것은 환상이 아니라는 결론이 나왔다. 이 집의 구조와 설계는 분명 의도적인 무언가를 감추고 있었다.

남은 건 이 3층의 방마다 무엇이 들었는지 확인하는 일이었다. 특히 통로에서 오른쪽에 있는 계단은 위층, 4층으로 이어지는 듯 보였다. 그 계단을 지나 조금 더 들어가자 2층 혁우 방과 동일한 위치에 또 다른 문이 있었다. 바로 그 방이 이 집의 비밀을 밝혀줄 핵심이었다. 얼핏 복잡해 보이는 이 구조는 결국 2층을 본떠 3층을 만든 것일 뿐이었다.

무의식적으로 입술을 문지르니, 바싹 마른 데다 물어뜯은 흔적으로 까슬까슬해져 있었다. 미간과 목덜미가 뻐근했고, 신경은 극도로 예민해져 있었다. 문을 여는 데에는 고작 몇 초가 걸렸겠지만, 체감으로는 몇십 분 같았다. 심장이 터질 듯 뛰었다.

드디어 문이 열렸다.

그곳은 내가 아는 공간, 혁우의 방이었다.

온갖 동물과 곤충의 박제가 자리한 선반, 뾰족하게 갈린 채 어지럽게 놓인 연필들, 그리고 새까만 벽지까지. 모든 것이 똑같았다.

당혹감과 신기함은 순간에 불과했다. 그 자리를 곧 폭풍처럼 휩쓴 것은 희열과 환희였다.

그래, 나는 미친 게 아니었다!

기뻐하거나 좋아할 상황이 아니라는 건 알았지만, 하마터면 신이 나서 소리라도 질러버릴 뻔했다. 억눌려 있던 정신병이나 뇌 손상 같은 것이 아니라는 확신이 내 안에서 폭발하듯 솟아올랐다. 그런 것들은 처음부터 내게 존재하지 않았다. 그리고 이것이 그 증거였다. 물론 이 방증은 어이없을 만큼 위험천만한 것이었지만, 근래 최고로 기쁜 일이기도 했다.

그렇다고 좋아하고 있을 수만은 없었다. 생각을 정리하고 집중하기 위해 고개를 흔들며 정신을 다잡았다. 이성적으로 판단해보면, 분명 이 방을 바꿔치기할 수 있는 장치가 있을 것이다. 버튼이든, 숨겨둔 스위치든 찾아야 했다. 당연히 어디엔가 숨겨두었을 것이다. 집중하자. 집중하면 될 것이다.

그러나 그 순간, 뒤에서 느껴진 인기척이 내 모든 신경을 끌어당겼다. 본능적으로 돌아섰을 때, 녀석이 거꾸로 쥔 연필을 높이 쳐들고 눈을 치켜뜨며 달려들고 있었다.

몸이 먼저 반응했다. 날아드는 연필을 왼손으로 쳐내며 동시에 오른손 '악어 입'을 내밀었다.

그리고, 닿았다. 녀석의 목이 닿고 말았다.

그 감촉이 나를 다시 깨웠다. 순간 나는 본능처럼 혼잣말로 외쳤다.

"안 돼……!"

부서질 듯하게 부드러운 연약함에 정신이 번쩍 들며 나도 모르게 뒷걸음질을 치고 말았다. 목이 닿았던 손아귀를 타고 올라오는 죄책감이 뇌리를 짓누르며 온몸을 무겁게 만들었다. 조금 전까지 이를 부득부득 갈던 분노는 순식간에 사라지고 남은 건 공허함과 자책뿐이었다. 체육관에서 숱하게 스파링했던 상대들과는 전혀 다른, 이토록 작고 연약한 생명체를 향한 행동은 그저 폭행이었다.

그제야 깨달았다. 나는 태어나 처음으로 폭행이란 걸 했다. 이토록 연약한 존재에게.

멍하니 손아귀만 바라보다 고개를 들었을 때, 아이는 뒤로 나동그라져 있었다.

"어떻게 해, 미안……."

나는 저 작고 부드러운 존재에게 더는 손을 댈 수 없었다.

그렇게 미웠는데, 여전히 경계하는데, 또 덤벼들 것 같은데, 그런데도 차마 뭘 더 어떻게 할 수 없었다. 아무리 여덟 살 짜리 아이라지만 이렇게까지 연약할 줄은 미처 몰랐다. 결 박이나 감금은 생각조차 할 수 없었다.

발라당 누워 켁켁대는 아이를 보니 가슴이 찢어졌다. 아 우우 하는 아이의 가녀린 신음은 송곳처럼 뾰족하게 귀를 타고 들어와 고막부터 심장까지 파고들었다. 머릿속은 단 하나로 가득 찼다. 미안해.

"아니야, 나는 아니야. 나는 그런 괴물이 아니야."

마치 내가 '놈'이 된 것만 같은 죄책감이 온몸을 휘감았다. 미안하고 또 미안했다. 이렇게 여리고 부드러운 존재를, 이 감촉을 알고도 또 때릴 수 있다면 그건 인간이 아닌 것이다.

복도에 누운 채 숨을 몰아쉬던 혁우가 천천히 몸을 일으 켰다. 아직도 아파 보이는 모습에 다가가고 싶었지만, 몸은 발가락 하나도 움직이지 못했다. 그사이 녀석은 벌떡 일어 나더니 밖에서 문을 당겨 닫아버렸다.

따라가려던 나는 문득 방 안의 문 앞에서 얼어붙고 말았 다. 차마 문을 열 수 없었다. 문고리를 잡으려던 손이 갈 곳 을 잃고 헤맸다. 이대로 쫓아갔다간 녀석은 나를 더 무서워 할 것 같았고, 미워할 것 같았고, 여전히 아파하고 있을 것 같았다.

시간을 돌리고 싶었다. 딱 5분 전으로만 돌아가서, 모든 걸 참고, 녀석을 잡아서 잘 진정시키고, 그렇게 어른스럽게 해결하고 싶었다. 하지만 그럴 수 없다는 걸 너무도 잘 알기에, 나는 지금 내가 해야 할 것을 하기로 했다.

"많이 아팠지……? 놀랐지? 미안해. 나도, 내가 너무 놀랐어. 그래서 그랬어. 미안해."

나는 문 너머로 말을 걸었다. 문을 우리 둘 사이에 두고 있지만, 마음만은 전달되길 바랐다. 무엇보다도 우리 둘 사이가 조금은 나아지길 바랐다.

그때 문 너머에서 녀석은 지극히 아이 같은 말투로 하소연하듯 외쳤다. "누나가 나 때렸어!!"

혁우의 말은 내 심장을 망치로 내려치는 것 같았다. 나는 문틈에 붙어 미어지는 가슴을 애써 부여잡고 자꾸만 삼켜지는 말을 간신히 꺼냈다.

"그래, 미안해. 그만하자. 우리 이제 정말 그만하자. 응?"

나는 간절히 바랐다. 너도 나한테 그랬고, 나도 너한테 그랬으니, 이제 이 악순환을 끝내자. 청산하고, 아무 일 없는 사이가 되자. 혁우는 아이답지 않은, 장난이라 부를 수 없는 이런 심한 짓은 이제 그만하도록 하고, 나도 분노의 대상을 확실하게 정리하도록 하자. 그렇게 너도 나도, 우리의 그림을 새로 그리자.

내가 증오해야 할 대상은 혁우도 아니고, 나 자신도 아니다. 내가 미워해야 할 건 평범한 사람들 틈에 섞여 활보하는 극소수의 미친놈들이다. 이렇게 어린애를 붙잡고 내 해묵은 감정풀이를 할 때가 아니었다.

그 순간, 대답 대신 진동이 느껴졌다. 환풍 시스템인 것 같았다. 거실이나 정원에서 느꼈던 진동과는 이상하리만치 다를 정도로 가깝게 느껴졌지만, 지금은 그게 중요한 게 아니었다.

"혁우야, 내가 잘 가르쳐줄게. 앞으로 어떻게 하면 되는지. 우리 이거, 해결할 수 있어."

나는 문을 두드리며 아이를 불렀다. 그러나 아무런 대답도 들려오지 않았다. 진동은 조금씩 길어지다 이내 멈췄다. 이때 나는 용기를 내어 문손잡이를 잡았다.

하지만 문고리를 돌릴 용기까지는 없었다.

문고리를 잡은 채로, "혁우야, 혁우야" 하고 아무리 불러도 대답조차 없었다. 그래, 녀석에게 내가 얼마나 위협적으로 보였을지 상상조차 되지 않는다. 녀석은 아직 자신의 행동이 무엇을 의미하는지, 무슨 결과를 가져왔는지 모를 수도 있다. 홈스쿨링을 해왔다니 사회적인 규범을 제대로 배우지 못했는지도 모른다. 도덕적 범주가 무엇인지 모를 수도 있다. 그래, 맞다. 뉴스에서 봤던 사례들이 머리를 스쳤다.

아파트 위에서 자동차를 향해 또는 심지어 사람에게까지 돌을 던져 문제가 된 아이들도 심심찮게 있었다. 애도 그랬을 거다. 그게 어떤 결과를 낳는지 아직 거기까지 생각이 못 미치는 어리석은 아이일 뿐이다. 예술품 위에 올라가 작품을 훼손한 아이의 이야기도 떠올랐다. 그때 작가는 아이를 '봉황'이라고, 그 덕에 사람들이 작품에 관심을 가졌다며 봉황이 지나간 자리에 그 정도 발자국은 남아야 하지 않겠느냐고 껄껄 웃었다고 했다.

나도 마음을 넓게 썼어야 했다. 조금만 더 시야를 넓게 가졌다면, 이 아이를 때리지 않고도 해결할 수 있었을는지 모른다. 이 아이에게 알려주면 된다. 장난이나 놀이가 남의 신변을 위협한다면 그건 더 이상 장난이나 놀이가 될 수 없다고 차근차근 이해시키면 된다.

"기다릴게."

나는 다시 문고리를 놓았다. 그렇게 문 앞에 선 채로, 아이가 잠근 문을 풀어줄 때까지, 마치 잠긴 마음을 열어주는 것처럼 기다릴 것이다. 벌 받는 마음으로 기다리기로 했다. 그것이 마땅하다고 느꼈다. 아이의 여린 급소를 때린 것은 용서받을 수 없는 일이었다.

어쩌면 혁우는 이 일을 평생 기억할는지도 모른다. 맞은 것만이 상처로 남아 그 아이를 괴롭힐지도 모른다.

나는 다짐했다. 지금부터 그 애가 앞으로 기억할 이 모든 것에 대해, 또한 내가 기억하는 마지막 순간까지도 나는 속죄하며 살겠다고.

나는 그렇게 한참 동안 방 안에서 문만 바라보고 있었다. 어둠과 정적 속에 자동차 엔진 소리나 대문 열리는 소리가 어렴풋이 들리는 것 같기도 했지만, 지금 나는 문에 귀를 대어 혁우의 기척을 살피는 것 외엔 할 수 있는 건 없었다. 돌아오는 건 고요함뿐이었다. 문이 잠겨 있는 것과 열리지 않는 것은 분명 전혀 다른 것이다. 이건 단순히 잠긴 것이 아니라, 그 이상으로 단단히 봉쇄된 느낌이었다. 그래도 기다려야 했다. 언젠가 혁우가 마음을 열고 문을 열어주리라는 희망으로.

그러던 중 멀리서 현관문이 열리는 소리가 희미하게 들려왔다. 이어지는 발소리에 심장이 요동쳤다. 기대와 불안이 엇갈렸다. 점차 가까워지는 발소리는 두 명이었다. 분명 사장님과 부인의 발걸음이었다.

긴장이 온몸을 휘감았다. 그들은 이 모든 상황을 어떻게 받아들일지, 온화하고 이성적인 사람들이었지만, 지금 이 순간엔 그마저도 통하지 않을 수 있었다. 혁우가 당한 일을 알게 된다면 실망하거나 분노할 수도 있었다. 모든 것이 뒤엉켜 머릿속이 복잡했다.

갑작스러운 기척에 생각할 틈도 없이 시선이 향했다. 그때 방문이 열리며 나타난 실루엣 두 개, 사장님과 부인이 서 있었다. 반갑기보다는 미안하고 죄스러워 감정이 북받쳐 올랐다. 억눌린 울음이 터져 나올 것 같아 입을 열지 못했다. 울음을 애써 삼키느라 말까지 자꾸 먹게 됐다. 제가요, 제가, 하면서 꺽꺽거리려는데 사장님은 대뜸 음료수부터 내밀었다.

"일단 한 모금 들이켜. 숨 좀 고르고."

"좀 나아질 거야."

그들의 배려에 호흡이 가라앉으며 눈물이 날 것만 같았다. 기분을 풀어줄 음료수와, 그런 음료수를 챙겨주는 진짜 어른, 내게도 이런 것들이 필요했나 보다. 우는 모습을 보이고 싶지 않아 묵례하는 척 고개를 숙였다. 음료수병을 받아 들고 주저앉으니 눈물이 맺혀 시야가 흐려졌다.

나는 그렇게 손바닥만 한 자양강장제 뚜껑을 돌려 열다가, 문득 깨달았다.

이미 열려 있는 병이었다.

까드득 뜯어지는 소리가 나야 했지만, 그렇지 않았다. 마신 흔적은 없는데 뚜껑은 한 번 열렸다 닫힌 흔적이 있었다.

잠시 음료수병을 쳐다보고 있자니 사장님이 부드럽게 말했다. "스트레스엔 단당류가 꽤 좋아. 얼른 마셔봐."

부인도 힘차게 말했다. "한 모금 쭈욱 하고 기운 내자!"

이렇게 말하는 두 사람의 말투는 이전과 달리 기묘한 온도를 품고 있었다. 고개를 들어 바라본 두 사람의 눈은 그들의 말투만큼이나 어색했다. 나를 이미 지워버린 듯한 눈으로, 그렇게 두 사람은 방문을 막은 채로 서 있었다. 냉랭한 낌새를 눈치채면서 내 울음도 잦아들었다. 오히려 호흡이 차분해졌다.

저들의 말투, 눈초리, 음료수 뚜껑, 어제 급히 잠든 와인, 이 집 구조까지, 여러 가지가 불길한 퍼즐처럼 맞아떨어지며, 뭔가가 내 안에서 빠져나가는 기분이 들었다.

그때 내 본능은 외쳤다.

마시지 마.

"제가 잘못했습니다. 그런데……."

그들은 억지로 미소를 지으며 내 말을 끊었다.

"에이, 잘못은 무슨. 그런 거 없어. 상태가 많이 안 좋네, 그냥 얼른 마셔."

"그러게, 상태가 영 말이 아니야. 들이켜, 얼른."

이들은 방금 온 사람들인데 마치 내가 겪은 일 전부를 아는 것처럼 행동하면서, 이상하리만치 내 비위를 맞추고 나를 달랬다. 섬뜩한 감각이 뒤통수까지 관통하며, 나는 이들의 눈을 번갈아 쳐다보았다.

그렇게 이들과 눈이 정면으로 마주쳤다.

나는 이 눈을 안다. 뇌리에 뿌리 깊이 박힌 그 눈은 잊히지 않는다. 잊을 수 없다. 나는 이 눈을 안다. 그 눈 깊은 곳에 들어 있는 게 무엇인지, 나는 안다.

음료수병을 들고 있던 손을 천천히 내려놓자, 두 사람의 얼굴에 어색한 미소가 더 깊어졌다. 따뜻해 보이려 애썼지만 온기라곤 전혀 없는, 억지로 짜낸 표정이 이제야 적나라하게 보였다.

"왜 안 마셔? 마시기 싫은 거야……?"

부인이 먼저 나섰다. 천천히 다가오는 그녀를 보며 나는 본능적으로 몸을 일으켰다. 발을 움직여 무게중심을 잡고 대비하는 그때, 부인의 눈이 번뜩였다.

"마셔."

신호처럼, 말이 끝나기 무섭게 두 사람은 동시에 내게 덤벼들었다. 순간적으로 음료수병의 내용물을 소범수의 얼굴에 뿌렸다. 소범수가 외마디 비명을 지르며 주저앉는 사이, 진이경의 눈을 향해 남은 액체를 뿌리고 병까지 내던졌다. 진이경이 팔로 막는 그 틈을 타, 나는 부인을 어깨로 밀치고 그 자리에서 뛰쳐나왔다.

문을 열고 뛰쳐나오면서 머릿속이 얼어붙는 듯했다. 이곳은 2층이었다.

분명히 3층이었던 공간이, 지금은 2층으로 바뀌어 있었다. 공간과 사람과 그들의 성격까지, 모든 것이 뒤섞이고 있었다. 집은 살아 있는 미로처럼 움직이며 나를 속이고 있었다. 이상한 장치로 만들어진 이 집구석은 시종일관 나를 뒤흔들어놓았던 거다.

혼란이 휘몰아치는 가운데, 뒤에서 두 사람의 목소리가 들려왔다.

"뭐해?! 빨리 나와!"

진이경의 목소리는 내가 아는 부인의 차분한 어조가 아니었다. 소범수는 끄응 앓는 소리를 냈다.

"아, 여보 잠깐만. 눈에 제대로 맞았어."

"지랄을 한다 아주."

"아, 짜증 나. 라식한 지 얼마 안 됐는데!"

"애비나 애새끼나, 아주 세트로 엄살은 종류별로 처부려."

진이경의 천박한 핀잔에 이어 아학학 하는 소범수의 웃음소리까지, 도망가는 내 뒤로 들려오는 그들의 대화는 더 이상 내가 알던 그들의 것이 아니었다. 천박하고 칼칼한 목소리, 비웃음 가득한 말투, 이런 상황에서조차도 만담 같은 태연한 대화는 마치 미친 사람들의 모습이었다.

나는 절뚝거리며 1층으로 도망쳤다. 발이 마음대로 움직이지 않아 온몸이 비틀거렸지만 멈출 수 없었다. 몸을 끊임

없이 움직이면서 생각까지 해야 한다. 생각하고, 집중해야 한다.

잠시 후, 그들은 2층 난간으로 나타났다. 위에서 내려다보는 그들의 얼굴은 이전과 완전히 달라져 있었다. 눈빛은 차갑게 번들거렸고, 표정은 짐승처럼 일그러져 있었다. 그 모습은 더 이상 인간이라 할 수 없는 괴물들이었다.

부인의 목소리가 감정 없이 차갑게 울렸다. "왜 아직도 살아 있는 거야?"

"이래서는 우리도 어쩔 수 없게 됐잖아."

사장님의 목소리도 비슷했다.

이제야 알았다. 그래, 나는 식모나 파출부가 아니었고, 선생님은 더더욱 아니었다. 이 집에 온 이유는 단 하나, 나는 이들에게 즐거움을 제공하는 장난감이 되는 것이었다. 더 정확히는, 그야말로 소혁우의 장난감.

그런데 이상하게도, 나는 내심 안도하고 있었다.

그거면 충분했다. 몇 분 전까지만 해도 가슴을 짓눌렀던 죄책감과 미안함은 흔적도 없이 증발했다. 존경심이니 경외심이니 하던 감정도 모두 사라졌다. 하마터면 저들을 진심으로 대하며 죽도록 미안해할 뻔했다. 하지만 이제는 아무것도 남지 않았다. 죽음이 눈앞에 와 있는 이 상황에서도, 마음의 짐이 사라진 건 기묘하게 홀가분했다.

"야, 소혁우! 이게 뭐야!!" 상상할 수 없는 말투로 진이경이 소리쳤다.

그녀의 말이 끝나기가 무섭게 저 3층 난간 너머로 소혁우가 고개만 빼꼼 내밀었다.

"저 누나가 아직 안 울었단 말이야!"

아이의 말에 이번에는 나도 모르게 "미친 새끼"라는 말이 입 밖으로 새어 나왔다.

그런데 소범수는 아쉽다는 투로 말했다. "좀 전에 울었는데. 아들, 못 봤어?"

혁우 녀석은 고개를 파르르 가로젓는 것으로 못 봤다는 의사 표현을 확실히 했다. 소범수는 "아이구, 내 새끼"라며 한 번 더 아쉬워했다. 내가 바로 앞에 있는데도, 그들은 나를 아무것도 아닌 존재처럼 대했다.

진이경은 나름 냉정한 목소리로 말했다. "너 자꾸 이러면 다음엔 못 해줘!"

다음엔?

'자꾸'는 무엇이고 '다음엔'은 무엇인 걸까. 저 여자는 지금 무슨 말을 하는 걸까? 이 가족의 광기는 멈출 줄 몰랐다.

그때 진이경이 나를 향해 시선을 돌렸다.

"쟤가 원래 굉장히 똘똘한데, 가끔 멍청한 짓을 해. 네가 이해하렴."

뒤이어 소범수가 모습을 드러냈다. 어디서 꺼냈는지도 모르게 한 손에는 장도리, 다른 손에는 야구방망이를 들고 있었다.

"말했잖아. 애가 좀 유별나."

"아주 특이해. 아주 유니크해."

이 순간에도 부부는 서로의 대화를 보완하며 주고받았다. 광기에 젖은 그들만의 궁합은 이제 소름 끼치도록 거북했다.

소범수는 양손에 든 무기를 가볍게 들어 올리며 어깨를 으쓱해 보였다. 그의 태도는 마치 이 상황을 하나의 장난처럼 즐기는 듯했다.

진이경의 웃음은 이젠 너무나도 분명했다.

그녀가 지금까지 짓던 여유로운 미소는 허상이었다. 항상 유리한 위치에 서서 상대를 깔아뭉개는, 오만과 경멸로 가득 찬 얼굴이었다. 저 웃는 얼굴엔 침 뱉는 건 당연하고 스트레이트도 꽂을 수 있을 것 같았다.

그들은 함께 계단으로 내려오며 사이좋게 무기를 나눠 가졌다. 소범수가 야구방망이를, 진이경이 장도리를 들었다. 나는 황급히 주방으로 달려갔다.

아무리 살펴보고 뒤집어보고 머리를 굴려봐도 이곳엔 쓸 만한 무기가 없었다. 무엇이든 손에 쥐어야 하는데, 이 집은 이미 그마저도 계산에 넣어둔 듯했다.

뒤로는 어느새 소범수와 진이경이 따라붙어 있었다.

"뭐 찾아?" 진이경의 목소리엔 비웃음이 섞여 있었다. "애석하게도, 거기엔 흉기가 될 만한 게 없어. 우리도 조금은 조심해야 해서."

"응. 사실 우리도 저 녀석은 조금 무섭거든."

두 사람은 맞장구를 치며 웃었다. 그들의 모습에 나는 한순간 내가 이상한 건가 하는 생각이 절로 들었다. 평소에 알고 있던 것들이 부정당하는 기분이었다.

"그게 정상이에요? 정상이라고 생각해?! 당신들, 엄마, 아빠조차 애가 무서울 정도면, 제대로 방법을 찾아야지!"

내 울분 섞인 하소연에도 그들은 눈썹 한 가닥조차 움직이지 않았다. 시간이라도 조금 벌 수 있을까 했지만 그들은 망설임 없이 다가왔다. 하긴, 여기까지 왔는데, 말이 통하지 않는 것도 당연한 일이었다.

진이경은 여전히 이죽대는 미소로 말했다. "당연히 정상은 아니지. 그걸 말이라고 하니?"

"제대로 된 방법이 뭐가 있을까? 여보?"

"그러게, 뭔 방법?"

이들은 즐기는 듯했다. 겁먹은 나를, 그런 나와의 대화를.

"혁우는 위험한 아이라고요!"

그 말에 소범수와 진이경은 어이없다는 듯 서로를 마주

봤다. 그러고는 갑자기 깔깔대며 웃음을 터뜨렸다.

"쟤 봐라. 얘, 우리가 그걸 몰랐겠니?"

"그래서 다 치웠잖아. 뾰족한 것들." 소범수는 마치 대단한 일을 해냈다는 것처럼, 그리고 나를 이해한다는 듯이 말했다.

"근데 위험한 만큼 사랑스럽기도 해."

진이경의 말에 소범수는 깊이 공감하는 듯 끄덕였다. 순간 교차하는 둘의 눈빛은 소름 돋게도 따스했다.

"미쳤어! 당신들 바보야? 아니잖아. 두 분 다, 똑똑하잖아요. 머리 좋잖아요!"

내 연이은 외침에도 소범수는 코웃음을 쳤다. "그래서 뭐, 내 새낀데 감옥에라도 처넣을까? 정신병원 같은 곳에 평생 가둬놔? 이 대단한 애를?"

"국가적 낭비지."

나는 숨을 몰아쉬면서 계속 외쳤다. "대단?! 이게 대단한 거야?!"

하아, 한숨을 내뱉은 진이경이 장도리를 제 손에 툭툭 치며 고개를 저었다.

"애를 학교에 보내봤어, 혹시 몰라서. 근데 학교에서 다른 애들이랑 교류하더라고? 그러면서 참나, 점점 왕따를 하나씩 만들더니, 나중엔 이간질해서 싸움을 붙이더라고! 차마 선생을 못 속여서 들켰다는 게 아쉬웠지만."

"그래서, 잘렸다고요? 그러면 더더욱, 도움을 받았어야지요! 상담이라든가, 전문가들 많잖아요! 당신들 돈도 많잖아!! 더 정성을 들일 수 있잖아! 당신네들 그거 방치하는거, 결국 아동학대야!"

한껏 항변해봐도 그들의 표정은 흔들리지 않았다.

"애가 아직도 이해를 못 하네."

소범수가 이어받아서 말했고, 진이경은 피식 웃기도 하고고개를 젓기도 하며 말을 이어갔다.

"잘리긴 뭘 잘려, 고작 초등학교에서? 야. 쟤 학교, 우리가 그만두게 했어. 애가 자꾸 감정 느끼는 것들이랑 놀다가인간성 같은 거 배워올까 봐."

"천부적 재능을 망칠까 봐."

"실제로 조금 변하더라고. 아깝게. 상호작용하면서 인간관계를 하더라고."

"그래서 당장 그만두게 했지."

말이 안 통하는 게 당연했다. 나는 처음부터 이들과 말을섞을 필요도, 희망을 품을 필요도 없었다. 미친 인간들에게논리는 필요 없었다. 말이 통할 거라고 생각한 내가 문제였다.

소범수는 그런 나를 보더니 재미있다는 듯이 말했다. "쟤표정 봐."

정확히는 조롱이었다. 내가 어떤 얼굴로 어떤 표정을 지었는지는 모르겠지만, 진이경도 덩달아 나를 보더니 푸풉 웃었다.

"얼굴 뭐야? 하하, 이거 즐겁네. 혁우가 재미있어한 이유가 있구나."

나는 일부러 눈에 힘을 모으고 얼굴까지 구겼다.

그사이 진이경은 장도리를 들어 나를 향해 겨눈 채로 흔들며 말했다. "그리고 뭐? 정성? 네가 정성을 언급하니까, 그러면 하나 더 얘기해줄게. 저 영양소 덩어리들 있잖아. 저것도 다 정성이라고. 이게 다 이유가 있어요."

"응. 다양한 미각에 자꾸 노출되다 보면, 자기도 모르게 감각에 영향을 주겠지? 그러다가 감정 같은 거 생기고 그럴까 봐. 그것조차도 통제하는 삶을 통해! 타고난 기질을 강화하고자 하는! 다 이 부모의 사랑과 정성이 담긴 깊은 뜻이 있다, 이거야!"

소범수는 자신의 일장 연설에 스스로 감탄한 듯 뿌듯한 표정으로 말을 마쳤다. 덩달아 진이경도 연극의 한 장면처럼 과장되게 하아 한숨을 내쉬며 다음 말을 이어갔다.

"저거 하나 하려고 회사를 샀어."

그들의 목소리에는 자신의 행위가 대단한 업적이라도 되는 듯한 우월감이 담겨 있었다.

소범수는 한 걸음 다가와 쐐기를 박듯 말했다. "성공에 감정은 방해만 될 뿐이거든."

진이경은 남편의 말이 마치 기막힌 명언이라도 되는 것처럼 고개를 끄덕이면서 감탄의 추임새까지 덧붙였다. "크으, 알겠니? 이 정성? 더 이상 무슨 정성을 들여? 게다가, 널 여기까지 데려왔잖아."

급기야 둘은 스스로가 대견한 것처럼 말하기까지 했다. 그들의 말투에는 확신과 자부심이 가득 차 있었다.

"정신병자들……!"

나는 진심으로 탄식이 터져 나왔다. 그것 말고는 할 수 있는 것도 없었다. 무슨 말을 한들 미친 인간들한텐 아무 소용이 없을 게 뻔했다.

"근데 너 언제부터 말 깠니? 허락도 없이, 싸가지 없게."

지금 그게 문제인가? 도대체가 할 말을 잃고 말았다. 이토록 맥락 없는 대화에 완전히 말려 들어간 것 같았다.

그사이 진이경은 고개를 저으며 한숨을 뱉었다. "됐고 하여간, 네가 뭘 알겠니? 부모는 다 그래. 자식을 위해서는 다 바보 되고 정신병자 되고 미친 년놈 되고 그러는 거야."

소범수도 덧붙였다. "부모는 아이에게 최선을 다할 필요가 있지."

이때 진이경은 문득 눈을 부라리더니 표정을 굳히고 말했다. "솔직히, 너희 부모도 최선을 다했으면 네가 여기 없겠지. 안 그래?"

그때 나는 온몸에 불이 붙은 것 같았다. 정신병자 미치광이 주제에 감히 우리 엄마와 아빠를 들먹이다니, 불타오르는 화염이 뒷덜미에서 폭풍처럼 솟아오르는 것 같았다. 활활 타오르는 열기는 손가락, 발가락 끝까지 닿으며 급기야 시야까지 붉게 물들였다.

한순간 확 덤벼들려는 본능에 사로잡혔지만, 문득 관장님의 말이 떠올랐다.

'이성을 잃으면 질 확률이 높다.'

심호흡과 함께 겨우 정신을 되찾았다. 하마터면 저들의 저급한 도발에 정신을 놓을 뻔했다. 그렇게 겨우 진정했지만 그렇다고 화가 가라앉은 건 아니었다. 기회만 주어진다면 이 정신병자들을 맨주먹으로 죽을 때까지 팰 수 있을 것 같았다.

나는 이를 악물고 숨을 고르며 말했다. "우리 엄마, 아빠는 미치지 않았으니까."

진이경은 고개를 뒤로 젖히면서 한껏 비웃음을 터뜨렸다. "그래서 네가 여기 있다니까? 네 부모가 너한테 미쳤으면, 어떻게든 널……."

그때 나는 눈앞의 그릇을 냅다 집어 던져버렸다. 끊임없이 나불대는 주둥이를 잠시라도 닥치게 하고 싶어서 나도 모르게 손이 먼저 움직인 것이다. 저 인간들조차도 그건 차마 예상치 못했는지 미처 방어하지 못한 채 온갖 저급한 추임새를 넣으며 당황한 모습을 보였다.

그릇은 의외로 단단했고, 마구 던지다 보니 몇 개는 적중했다. 아악 소리를 내며 진이경이 주저앉았다. 입에 맞아 치아라도 하나 부러져 나가길 바랐지만 아쉽게도 눈에만 맞았다. 소범수가 황급히 다가와 그녀를 붙들었다.

"뭐해? 빨리 일어나!"

"아, 눈에 맞았어."

"지랄을 한다, 아주."

"뭐라고?"

진이경은 눈도 제대로 뜨지 못하는 와중에도 고개를 치켜들어 소범수를 째려봤다. 소범수는 그제야 두 손으로 그녀를 정성스레 부축하며 태도를 바꿨다.

"아니야, 여보한테 한 거 아니야, 혼잣말."

"다시 말해봐. 뭐? 지라알??"

진이경은 한쪽 눈을 감고도 여전히 위압감을 잃지 않았다. 그 모습에 소범수는 더욱 난처해했다. 나는 그 틈을 놓치지 않고 재빨리 다가가 그들을 발로 밀어 차버렸다. 둘은 뒤엉켜 넘어지면서 이상한 소리를 냈다.

둘이 나동그라진 사이 나는 다시 도망쳤다.

"아, 이게 뭐야! 지금 그게 중요한 게 아니잖아!"

"일단 알았어. 나중에 얘기해."

둘의 어처구니없는 만담은 계속됐고, 나는 이미 2층으로 뛰어오르는 중이었다. 현관으로 나갈까도 고민했었지만, 곧바로 포기했다. 그리로 나가봤자 담을 넘거나 벽을 타고 내려가야 한다. 하지만 그런 위험천만한 도주를 시도하기에는 내가 가진 선택지가 너무 적었다. 발목이라도 삐끗하면 그 자리에서 끝장이었다. 결국 남은 건 하나였다. 이 건물 안에서 방법을 찾아야 한다.

숨을 몰아쉬며 들어온 곳은 혁우의 방이었다. 하지만 이 집의 모든 것이 그들의 손에 달려 있음을 나는 알고 있었다. 문을 잠가도 그들이라면 언제든 열고 들어올 수 있을 것이다. 이제 이 집의 모든 것은 믿을 수 없게 되었다.

어디에도 답이 없을 것 같았지만, 포기할 수는 없었다. 나는 다급히 방을 뒤졌다. 손끝이 떨리고, 숨이 가빠왔다. 시간이 없다. 그들이 오기 전에 해결책을 찾아야만 했다.

부부는 일부러 그러는 건지 즐기는 건지 모를 정도로, 마치 사냥감을 몰아넣은 포식자처럼 느지막이 올라왔다. 2층으로 올라오는 발소리도 마치 일부러 크게 내는 것 같았다. 오는 내내 여전히 만담을 이어가는지 두런두런 중얼거리는 소리도 들렸다.

문이 하나씩 열리는 소리가 들려왔다. 그들은 일부러 몽둥이랑 장도리로 벽을 치는 소리를 내기도 했다. 그럴 때마다 움찔대는 내 모습이 자존심 상했다.

곧 내가 숨어 있는 방문 앞에 발소리가 멈췄다.

텅텅.

문을 똑똑 두드리는 소리가 아니라, 방망이로 때리는 소리가 울려 퍼졌다.

소범수는 여전히 장난감이라도 갖고 노는 것처럼 말했다. "저기요오, 여기 계시죠? 언제 여기까지 왔어?"

진이경의 냉소적인 목소리가 이어졌다. "젊음이 좋긴 좋네. 팔팔해."

"혁우가 더 클 때까지 당분간 젊은것들은 안 되겠어."

"그렇지? 아직은 좀 무리인 것 같지? 그것 봐, 내가 뭐라 그랬어?"

그들의 여유로운 태도와 무시하는 말투는 내 분노를 더욱 부채질했다. 마치 이쯤은 아무 일도 아니라는 걸, 나 정도는 아무것도 아니라는 걸 일부러 보여주려는 것 같았다.

"자, 대화 즐거웠고. 자알 놀았다. 이제 그만 가자."

그들의 태도는 언제나처럼 확신과 자신감으로 가득 차 있었다. 얼마나 신났으면, 나는 대화에 끼지도 않았는데 자기

들끼리 벌써 마무리를 짓고 있었다. 하지만 나는 끝나지 않았다. 끝까지 포기하지 않는다. 문을 주시하면서도 손을 바쁘게 움직여, 작동 방법을 찾기 위해 안간힘을 썼다.

"그러고 보니 이런 거 우리도 처음이지 않아?"

"이런 거? 뭐, 끝내기 전의 담화?"

"응. 마지막의 순간을 함께하는 거."

'담화'에 '마지막 순간'이라는 표현까지, 이딴 행동을 있어 보이게 말하는 꼬락서니가 역겨웠다. 자신들의 끔찍한 행동을 미화하는 모습은 단어 자체를 모독하는 듯했다.

"그러네. 이전엔 혁우가 다 알아서 했지 뭐."

"근데 이것도 나름 괜찮네. 보람이 있어. 재미도 있고."

"빨리 끝내주고 싶어도 자꾸만 도망 다니고 그러시니까. 마음처럼 잘 안 돼서, 그게 조금 미안할 뿐이지 뭐."

"육질을 좋게 한답시고 몽둥이로 패기도 하는데 뭘."

갈수록 기고만장해지는 대화가 기가 차면서도, 둘은 정말 소울메이트 천생연분이었다. 저들은 딱히 노력도 필요 없을 것 같았다. 저 모습 그대로 서로에게 반했을 것이다.

계속 방 안을 뒤지던 그때, 부채꼴로 낡아 해진 벽지가 눈에 띄었다. 장식된 수많은 그림과 박제된 곤충, 동물 액자 틈에서 이름 모를 나비의 액자가 있는 곳이었다.

다른 장식들과 다르게 삐뚤어진 그 액자를 옆으로 밀자

그곳에 버튼이 있었다. 심장이 요동쳤다. 밖에서는 미친 소울메이트 부부가 여전히 문을 두드리고 있었다. 문고리가 흔들리며 열릴 듯 움직이는 순간, 나는 버튼을 눌렀다.

방이 진동하며 움직이기 시작했다.

"뭐야, 찾았어?"

"이야아, 역시 머리가 좋다니까."

"그럼 우리도 무기를 바꿔 들까? 나는 당신의 몽둥이가 참 좋아 보이는데."

"자기가 그러자면 그래야지."

조롱 섞인 목소리와 함께, 밖에서 들리던 두 사람의 웃음소리가 점점 멀어졌다. 나는 가까스로 위험을 모면했는데, 저들은 아주 '놀고' 있었다. 화가 계속 치밀어 올랐지만, 그렇다고 이 상황에서 다음의 뾰족한 해결책이 떠오르지는 않았다.

저 살인마 부부에게서 벗어날, 당장 떠오르는 방법은 그저 단 하나뿐이었다.

혁우를 인질로 삼는다. 그 방법밖에 없었다.

방의 진동이 멈췄다. 동태를 살펴야 하나 싶었지만 그렇다고 머뭇거릴 시간은 없었다. 나는 곧바로 문을 열었다. 예상대로 3층이었다. 둘러보았지만, 이곳에서도 탈출이라든가 다른 가능성은 보이지 않았다. 곧 그들이 올라올 것은 뻔했다. 혁우는 아까 그들과 대화하며 3층 어딘가에 있었고, 그 뒤로 내려간 흔적은 없었으니 4층에 있을 것이다. 그러니까 내가 먼저 올라가서 혁우를 붙잡는 거다.

나는 망설일 틈도 없이 계단으로 향했다. 4층으로 가는 통로는 스무 칸 남짓의 좁은 계단이 한 번 꺾이며 이어져 있었다. 긴장을 늦출 수 없었다. 저 꼬맹이 녀석마저 언제 덤벼들지 모르는 상황에서 자꾸 좁은 계단을 오르려니 긴장 때문인지 등뼈가 아리고 속까지 쓰렸다. 호흡이 가빠지면서 귀 바로 옆에서 쿵쾅거리는 것 같던 심장이 정수리까지 흔들었다. 눈 뒤쪽이 뻐근해지기 시작했다.

그때 관장님 말씀이 떠올랐다. 극도로 긴장하면 시야가 좁아진다, 호흡부터 다듬어야 한다. 사방이 막힌 어두운 계단에서 간신히 숨을 가라앉히고 꺾인 계단 모퉁이를 돌았다. 계단 끝은 완전히 막혀 있었다.

손을 더듬어보아도 아무것도 없었다. 새까만 어둠만이 가득했다. 이곳에 도대체 왜 이런 계단을 만들어둔 건지 이해할 수 없었다.

정말 이상한 집이다. 보통 사람은 이해할 수도, 상상할 수도 없는 미치광이의 소굴이다.

이제는 끝이라는 생각이 머리를 가득 채웠다. 희망이 끊어지는 듯한 순간, 포기할 뻔했다. 그러나 아니다. 이보다 심한 상황에서도 포기하지 않았고, 이번에도 그러지 않을 것이다. 나는 애써 마음을 다잡았다. 집중하면 된다.

지금까지 이 집 안의 모든 것은 이유가 있었다. 기이한 방 구조, 나를 혼란에 빠뜨리는 작동 방식, 혁우만 다닐 수 있는 반지하실의 낮은 통로, 심지어 이상한 도시락조차 혁우 훈련의 일부였다. 모든 것에는 목적이 있었다. 그래, 문제를 풀 때처럼 이유에 집중하자 용도가 보이기 시작했다.

계단을 만들어둔 데도 분명 이유가 있을 것이다. 벽을 더 듬는 손끝에 차가운 금속감이 전해졌다. 문고리였다. 계단 중간에서 옆으로 열리는 문이 있으리라고는 상상하기 어려 웠다. 이들이 돈이 남아돌아서 이런 비효율적인 구조를 만 들었을 리 없다. 미치광이들의 손길이 느껴지는 이 집은 철 저히 그들의 목적에 맞춰 설계된 공간이었다.

이 문고리를 돌려 문을 여는 순간 습격당할 위험이 있다 는 생각에 망설임이 밀려왔다. 그러나 다른 선택은 없었다. 단숨에 문을 열고 대비하는 게 최선이었다.

호흡을 정리하고, 문을 힘껏 열었다. 눈부신 빛이 한꺼번 에 쏟아졌다. 눈을 찔린 듯 시야가 하얗게 멀어졌다. 본능적 으로 문을 닫고 눈을 깜빡이며 시력을 되찾으려 안간힘을 썼다. 눈을 재차 깜빡이며 발버둥을 치니 오히려 시야가 더욱 멀어지는 것 같았다. 안 돼. 속으로 중얼거리며 애써 숨을 가다듬었다.

차분하게 기다리자 시야는 천천히 돌아왔다. 나는 다시 문을 열고 문 너머로 몸을 날렸다. 눈살을 찌푸린 채로 잔뜩 경계했지만 주변엔 아무도 없었고, 다만 햇살만은 가득했다. 두리번거리는 동안 배운 대로 애써 심호흡한 덕분에 점차 호흡도 안정되었다.

먼저 문부터 잠그고 주변을 살폈다. 이곳 4층은 지금까지의 모습과 정반대로 햇빛이 가득 차 있었다. 옥상에 만들어둔 옥탑방 같은 모습인데 투명 유리로 둘러싸여 있어 마치 온실 같았다. 따뜻하고 습했다. 시간도 마침 정오쯤인 듯했다.

이곳은 다른 층과 달리 생기가 있었다. 벽을 따라 줄지어 놓인 초록빛 노란빛 화분들은 이 집에서 처음 보는 유채색이었다. 이제 막 피어나려고 하는 꽃봉오리도 종종 보였다. 기다란 분사기 같은 것도 있었고 바닥엔 방수포를 깔아둔 것이 세차장 같기도 했다. 걸을 때마다 적절한 쿠션감에 삐걱거리는 소리가 들리는 걸로 봐서 방수포 밑으로 나무 발판도 깔아둔 것 같았다. 식당 주방처럼 배수구도 양옆으로 길게 있었다.

온실 밖은 평범한 옥상이지만 냉장고처럼 생긴 알 수 없는 장치들과 피뢰침같이 생긴 것들, 태양열 집열기같이 생긴 것도 있었다. 구석엔 원판 안테나 같은 것도 있었는데, 허공이 아니라 거꾸로 뒤집힌 모양으로 이 집을 향하고 있었다.

또 다른 배수구들이 곳곳에 있었다. 이 집의 정체 모를 기계 장치나 환풍 장치들과 연계된 것 같았다. 파라펫이라고 부르는 옥상 테두리 벽은 50센티미터는 될 법한 두께의 대리석으로 사람 허리 정도로 낮게 만들어두었는데, 그 위에 따로 낙하 방지 펜스나 난간은 없었다.

나는 서둘러 구석구석을 살폈고, 혁우는 없었다. 아까부터 4층에 있었을 거라는 추측은 틀렸다. 결국 녀석을 잡으려고 여기로 온 건 잘못된 선택이었다.

도망칠 곳이 없었다. 어디 숨어 있을 곳도 없었다. 무엇보다 이렇게 옥상에 나와 있어서는 집 건물 안의 사정을 알 수가 없었다. 희망이 또 한 번 무너져 내리는 듯했지만, 도망칠 곳이 없는 이 상황에서 두려움 또한 이미 사라지고 없었다.

발길은 냉장고 같은 장치로 향했다. 손잡이처럼 생긴 걸 당겨 여는 순간 짙은 바람과 함께 섬뜩한 냄새가 밀려왔다. 음식물 처리기에서 날 법한 냄새 뒤로 옅게 따라오는, 생소하면서도 익숙한 이 냄새는 분명 피 냄새였다.

이제 확실했다. 여긴 단순히 이상한 집이 아니었다. 시체처리장이었다. 몇 명이나 죽였을지 모를 이 도살장에서 나는 살아 나갈 방법을 찾고 있는 거였다. 이제 더 놀랄 것도 없고 충격도 없고 무섭거나 떨리지도 않았다. 헛웃음만 나왔다.

문이 덜컹거렸다. 이어 단단한 물체로 문고리를 내려치는 소리가 귀를 때렸다.

그들이 왔다.

이제 시작이다.

도망칠 곳은 없다. 다만 하나 확실한 건, 옥상으로 나오는 순간, 저들의 시야는 잠깐 멀어 있을 것이다. 그 순간을 노려야만 한다.

이제 끝내자.

거칠게 문이 열리며, 예상대로 두 사람이 들이닥쳤다. 그 순간 나는 진이경의 턱을 후려치고 바로 소범수 등에 올라타면서 초크를 걸었다. 이들이 문을 열자마자 햇빛에 눈이 멀어지면, 상대적으로 맷집이 약할 것 같은 진이경을 먼저 타격하고, 그녀가 정신을 차리지 못하는 동안 소범수를 초크로 기절시킨 후에, 남은 사람을 처리하는 것이 나의 계획이었다.

이 집에서 계획대로 되는 건 하나도 없었다. 진이경의 턱은 골격만큼이나 단단했고, 그녀는 잠시 주춤했지만 곧 회복했다. 소범수 같은 보통 사람을 기절시키는 데는 길어도 10초면 충분한데, 내가 그의 목덜미에 매달려 있는 동안 진이경은 즉시 일어나 어느새 바꿔 든 방망이를 휘둘렀다. 소범수의 갸름한 턱을 먼저 쳤어야 했다.

소범수와 키가 비슷하다 보니 내가 등에 매달려 있어도 발이 땅에 닿았다. 그 덕분에 몸을 흔들며 진이경의 방망이를 피할 수 있었지만, 오래 버틸 수는 없었다. 움직이느라 목을 조르고 있는 팔에 틈이 생기니 초크의 효과도 없었다. 소범수도 들고 있는 장도리를 허우적거렸다.

"가만히 좀 있어봐!"

진이경이 소리치자 소범수가 버티고 섰다. 그녀는 이 틈에 정확히 조준하더니 손이 하�‍애지도록 방망이를 거머쥐었다. 핏대가 잔뜩 선 여자의 미친 눈을 보니 나뿐만이 아니라 소범수까지도 다치게 할 생각인 것 같았다. 이대로 맞으면 골로 간다.

나는 팔을 풀면서 소범수의 두 눈을 찌르고 튀어나왔다. 이내 그는 땅에 주저앉으며 찢어질 듯한 비명을 질렀다.

"아이 씨발, 라식 한 지 얼마 안 됐다니까!!"

주저앉아 한참을 눈도 못 뜨고 콜록대던 소범수는 어린애 떼쓰듯 팔다리를 휘저으며 온몸으로 소리를 질렀다. 지금까지의 소범수에게선 들을 수 없었던, 유리잔을 깨버릴 것 같은 톤의 목소리였다.

진이경은 그의 곁으로 다가가 부축했고, 두 사람은 순식간에 상황을 잊은 듯했다.

"젊어도 너무 젊은가. 저번에 개랑은 난이도가 확실히 다르네."

자꾸 젊음을 언급하는 진이경의 눈초리부터 입 모양까지, 순간 그녀가 마귀할멈처럼 보였다.

"목 조르는 거 봤지? 배운 년이야."

"쌍년이, 공부 안 하고 뭐 했나 했더니 어디서 싸움질이나 처배우고 말이야. 맞아야 정신 차리지."

"아니지. 죽어봐야 정신 차리지."

"그러면 정신 차려도 할 수 있는 게 없겠는데?"

진이경의 만담 같은 대답에 소범수는 눈물을 흘리면서도 킬킬 웃으며 눈을 끔뻑댔다. 그들은 죽음의 위협 속에서도 웃음기 가득한 대화를 나누고 있었고, 만담은 기이할 정도로 자연스러웠다. 어이없을 만큼 정신이 나간 커플의 모습이었다.

나는 천천히 뒤로 물러나며 위치를 고쳐 잡았다. 진이경은 방망이를 고쳐 쥐었고, 그사이 회복했는지 소범수는 눈을 찡그리듯 뜨며 나를 쏘아보았다.

"왜 다들 도망칠 땐 올라가려 할까? 아래로 갈 생각은 왜 안 하지?"

소범수는 목 졸림과 눈물 때문에 잔뜩 잠긴 목소리로도

여전히 잘만 나불거렸다.

"이왕 올라온 거, 주님 곁으로 한시라도 빨리 가는 게 어때? 꽤 가까워졌는데."

두 인간은 소울메이트답게 닥칠 줄을 몰랐다.

"우리가 보내줄게. 여긴 인간한테 맡기고, 넌 가서 영생을 누리렴."

"그래. 우리한테 고마워하라구."

저 여전한 입담도 이제는 아무 감흥이 없었다. 그들의 비웃음에 반응하지 않은 채 한시도 눈 뗄 새 없이 노려보고 있었더니 진이경이 또 말을 걸어왔다.

"근데 너는 왜 말이 없냐? 아까는 반말 찍찍 잘만 싸지르더니."

평소에 수시로 해왔던 것인지, 자연스럽게 내뱉는 천박한 표현은 지금의 말투와 목소리에 아주 잘 버무려졌다.

잠시 보고 있던 소범수도 거들었다. "죽기 직전인데, 뭐라고 좀 해봐."

말을 섞고 싶지 않았다. 대신 유리벽에 줄지어 놓인 화분으로 시선을 돌렸다. 차라리 이것들과 대화하는 게 나을 것 같았다. 뒷걸음질로 유리벽까지 가서 화분 하나를 집어 들었다. 맑은 초록빛의 화분이 나를 보는 듯했다.

부부는 그제야 불길함을 느낀 듯했다. 그들의 눈이 커질 무렵, 내 손이 더 빨랐다. 화분이 날아갔고, 무방비로 맞는 그들은 쉽게 대응하지 못했다. 팔로 막아도, 몸을 돌려 맞아도, 어디로 맞아도 이건 아플 만했다.

화분이 때때로 명중했다. 당황한 그들은 몸을 틀거나 팔로 막으며 저항했지만, 나는 멈추지 않고 잡히는 대로 연거푸 던졌다. 손바닥만 한 플라스틱 화분이라도 흙이 가득 차 있어 묵직했고, 던질수록 속도감도 더해졌다. 급소에 잘만 맞히면 치명상도 노려볼 수 있었다.

흙먼지가 난무하며 시야까지 가렸다. 난 힘든 것도 잊고 더욱 속도를 냈다. 두 손을 다 써서 함부로 던졌다. 이곳엔 널린 게 화분이었다.

"네 몸값보다 비싼 거야! 이 멍청한 년아!"

앙칼지게 소리치던 진이경이 벌린 주둥이 사이로 흙을 먹었는지 퉤퉤거리며 욕설을 내뱉었다. 잘못 던진 화분 몇 개가 유리창에 맞아 금이 가기도 하고 깨지기도 했다. 화분이 많아서 던지기 좋았다.

그때 소범수가 갑자기 괴성을 지르며 달려왔다. 그는 두 팔을 교차해 막으며 내게 돌진했고, 나는 재빨리 무릎을 겨냥해 화분을 던졌다. 첫 번째는 빗나갔지만 두 번째 화분이 그의 무릎에 정확히 맞았다. 그렇게 소범수가 고꾸라질 때, 뒤에서 진이경이 튀어나오며 방망이를 휘둘렀다.

둘의 콤비 플레이에 적잖게 놀란 나는 최대한 몸을 틀어 등으로 방망이를 받아내는 수밖에 없었다. 충격에 몸이 꺾일 정도였지만, 그대로 돌면서 팔꿈치를 휘둘렀고, 진이경의 관자놀이에 정확히 꽂혔다. 목숨이 걸린 데다가 극한의 집중력까지 끌어모으니 스스로도 예기치 못한 움직임이 나왔다. 백스핀 엘보, 연습해놓길 정말 잘했다.

진이경이 그로기에 빠져 비틀거리는 동안 나는 그녀에게서 야구방망이를 빼앗아 쥐었고, 그와 동시에 진이경의 정수리를 내려쳤다.

"여보!!"

진이경이 쓰러지자 소범수는 핏대가 오른 눈으로 벌떡 일어나 달려들었다. 나는 방망이를, 소범수는 장도리를 동시에 휘둘렀다. 둘의 무기가 맞부딪치며 서로의 손에서 놓치고 말았고, 나는 관성 때문에 몸이 돌아가버렸다. 그러자 소범수가 뒤에서 나를 껴안으며 몸을 고정시켰다.

"감히 내 마누라를 때려?" 소범수는 뿌드득 이를 갈며 어금니 틈으로 온갖 욕설을 섞어 으르렁거렸다. "나도 못 때려본 우리 마누라를 감히 네가 때려?!"

온갖 종류의 욕설을 끊임없이 내뱉으며, 소범수는 발작하듯 머리를 흔들더니 이마로 내 뒤통수를 연거푸 가격했다. 아무리 골격이 작아도 성인 남자의 힘은 무시할 수 없었다. 소범수가 두 팔로 나를 꽉 껴안아 잡으니 옴짝달싹할 수가 없었다. 골이 흔들려 현기증이 오고 정신이 점점 혼미해졌다. 소범수는 나를 붙든 채로 연신 "여보"거리며 진이경을 불렀다. 이대로라면 진이경이 다시 일어나 나를 끝장낼 것이 뻔했다.

죽는다.

살아야 한다는 본능이 손을 움직였다. 닿는 대로 소범수의 사타구니 사이를 움켜쥐었다. 하필 다친 손이어서 힘이 부족했지만, 온 힘을 다해 손아귀를 쥐어짰다. 처음엔 버티는 것 같던 소범수도 곧 어억 하는 신음과 함께 고통스러워하며 몸이 굳었고, 팔이 느슨해졌다. 이 틈에 즉시 빠져나와 그의 그곳을 발로 힘껏 찼다.

소범수의 눈이 튀어나올 듯 커지며 온 얼굴부터 목까지 핏대가 섰다. 놈은 괴로워하며 쓰러지는 와중에도 나의 두 팔을 마주 잡아 꺾으려 했다. 손등의 상처가 다시 터질 듯 아렸다.

그때 그는 나를 당기며 박치기를 날렸다. 고통이 머릿골을 통째로 울려 순간적으로 정신이 아득해졌다. 어쩌면 짧게나마 기절했던 걸지도 모른다. 나는 멀어지려는 정신을 겨우 부여잡고 온 신경을 집중해 놈을 노려봤다.

웃고 있었다.

이 와중에도 소범수는 웃고 있었다. 눈에는 핏대가 잔뜩 선 채로, 이마와 목에는 핏줄이 터질 듯 오른 채로, 아까 했던 말과 욕설을 연신 섞어서 중얼대며, 미소를 짓고 있었다.

머리끝까지 부아가 치밀었다. 나도 똑같이 돌려준다. 그래, 웃기냐, 이 씨발새끼야. 절로 튀어나오는 욕설과 기합에 맞춰 소범수의 인중을 향해 연거푸 머리를 찍어댔다. 세 번째 박치기에 놈의 코피가 터졌고 네 번째에 이 하나가 빠졌다. 나도 이마가 찢어질 것같이 아팠지만, 죽음이 등 뒤에 있으니 그 정도 고통은 충분히 견딜 수 있었다.

소범수의 이번 신음은 아까와 달리 낮았다. 괴로워하는 사람의 신음은 심장을 후볐지만 여기서 약해질 순 없었다. 놈이 주춤하는 틈에 나는 거리를 벌렸고, 다시 한번 놈의 사타구니를 찼다. 소범수는 퉁퉁 불어 벌어진 입술 틈으로 신음을 흘리며 무너지듯 주저앉았다. 바닥에 떨어져 있던 방망이를 들고 그의 머리를 향해 휘두르려던 그 순간, 어디선가 들려오는 비명 같은 기합과 함께 진이경이 온몸을 날렸다.

진이경과 나는 부딪쳐 얽히며 중심을 잃고 서로 허우적댔다. 나는 온몸으로 발악하며 안간힘을 쏟았지만 오히려 뒤로 엉켜 넘어지게 되었다. 그녀와 나는 결국 유리벽을 박살 내며 밖으로 나뒹굴었다. 동시에 그녀가 나를 깔고 앉았다.

숨통이 막혀왔지만, 체육관에서 배운 대로 몸을 틀어 벗어나고, 반 바퀴 구르며 진이경의 팔을 잡아 꺾었다. 암바로 팔을 부러뜨릴 지경까지 힘을 줘보긴 처음이었다. 진이경은 온갖 소리로 시끄럽게 굴며 발버둥을 쳤고, 예상보다 훨씬 강하게 저항했다. 타고난 골격 덕인지 여자인데도 보통 힘이 아니었다. 나도 온몸으로 힘주고 있는데 저 독한 여자는 그걸 또 버텨내고 있었다.

그때 진이경이 손톱으로 내 손등의 상처를 후볐다. 나는 온몸의 힘이 쭉 빠지고 말았다. 그 틈에 진이경은 내 위로 올라타더니 두 손으로 목을 졸랐다. 나는 바닥에 깔린 채로 주먹을 휘둘렀지만, 그녀의 긴 팔과 체중 때문에 타격을 제대로 줄 수 없었다.

"죽어! 그냥 곱게 죽어, 이년아! 그게 너의 쓸모야. 그게 네가 태어난 이유야! 이 쓸모없는 년아, 저주받은 년아!!"

진이경은 악다구니를 토하며 나를 지독하게 짓누르고 흔들어 괴롭혔다. 웃는 건지 우는 건지 울부짖는 건지 구분이 안 될 정도로, 독이 잔뜩 오른 그녀의 얼굴은 광기로 일그러져 그야말로 악귀였다.

그녀는 온몸에 힘을 주느라 목소리마저 덜덜 떨리는 이 와중에도 입을 쉬지 않았다.

"얼른 너도 소혁우 화백님의 그림이 되어야지, 응? 영광으로 생각하고, 그러니 이제 그만 곱게 죽자."

결국 그것도 마찬가지였다. 그랬다. 내가 오자마자 자랑스레 보여준 소혁우 '화백'의 그림, 거실에 보란 듯이 걸려 있는 그것은 결국 나처럼 죽어간 희생양들의 섬뜩한 기록이며 저들에겐 전리품이었다.

나는 더욱 발버둥 쳤지만, 머리를 조금이라도 들면 진이경이 바로 내리꽂았다. 뒤통수가 바닥에 찍힐 때마다 정신이 혼미해졌다. 힘이 빠져가고 있었다. 시야가 흐려지는 가운데, 온실에서 소범수가 기어서 일어나 나오는 모습이 보였다.

소범수는 입부터 상의를 지나 바지까지도 피로 물들어 있었다. 그런 모습으로 비틀거리면서도 나를 향해 다가오고 있었다. 진이경은 잠시 그런 소범수를 바라보았다. 고통스러워 보이는 그의 모습에 그녀는 사뭇 가슴 아픈 듯한 눈빛을 했다.

나는 그 찰나의 틈을 붙들었다. 그녀의 팔을 단단히 움켜쥔 채로 힘을 다해 하체를 비틀어 빼낸 다음, 두 다리에 온 힘을 실어 그녀의 복부를 밀어냈다.

진이경의 몸이 붕 떠오르면서, 그녀는 어울리지 않게도 "엄마야!" 하는 비명을 질렀다. 뒤집힌 그녀의 몸은 곧바로 파라펫에 걸쳤다. 나는 그녀를 밀쳐내려 했고, 그녀는 몸의 반만 벽에 걸친 채로 끝까지 내 옷자락을 잡고 있었다. 여차

하면 떨어지게 생긴 그 와중에도 진이경은 짜증이 잔뜩 오른 표정으로 몽니를 부렸다.

"아오! 별걸 다 하네, 이 쌍년이 진짜아!!"

짜증으로 가득 찬 그녀의 목소리엔 패배를 모르는 집념이 실려 있었다.

그사이 소범수가 절룩이면서도 다급히 달려왔다. 그때 나는 누운 채로 발을 휘둘러 소범수의 정강이를 까면서 동시에 나를 붙잡고 있던 진이경의 손을 빼냈다. 소범수는 중심을 잃고 넘어지면서도 나를 해치는 대신에 진이경의 옷자락을 잡았다.

소범수는 기겁하여 거듭 "안 돼"를 부르짖으며 고개를 마구 저었다.

"안 돼, 여보. 안 돼. 움직이지 마."

소범수의 빠진 치아 사이로 발음이 샜다. 그가 숨을 몰아쉴 때마다 퉁퉁 불어 터진 입술 틈으로 피가 튀었다. 그는 한 손으로 진이경을 붙들고, 다른 한 손으로는 작은 희망이라도 부여잡으려는 듯 허공을 움켜쥐었다. 반쯤 벽에 걸쳐 있는 진이경과 소범수는 그렇게 마주 보며 버티고 있었다.

소범수는 줄타기 곡예사처럼 위태롭게 서 있었다. 바닥에 닿을락 말락 하는 까치발이 떨리고 있었다. 이 와중에도 이어지는 두 부부의 애절한 눈빛 교환은 이 순간 마치 비련의 커플 같아 보이기까지 했다.

부들거리며 버티는 부부 사이로 바이올린 소리가 울려 퍼졌다. 이전에도 들은 적 있는 진이경의 핸드폰 벨소리, 파가니니의 라 캄파넬라. 악마에게 영혼을 팔아야 연주할 수 있다는 그 곡.

그때쯤 죽기 직전의 그들에게 할 말이 생겼다.

"지옥에나 가라."

나는 천천히 소범수의 옆에 섰고, 그의 덜덜거리는 까치발 앞에 내 발을 갖다붙였다. 소범수는 내 말과 행동에 반응했지만, 할 수 있는 것이라고는 단지 고개를 천천히 돌려 나를 바라보는 것뿐이었다. 그는 떨리는 고개를 애써 고정하더니 나를 지그시 응시했다. 잔뜩 핏대 서린 그의 눈이 끔찍했지만 나도 피하지 않고 정면으로 받아냈다. 소범수 너머에 있는 진이경의 시선도 내게로 옮겨왔다. 둘 다 무언가 하고 싶은 말이 있는 것처럼 입을 움찔거렸다.

"이런 재수 없는……."

마지막까지도 그들은 동시에 같은 말을 내뱉었다. 어쩌면 이것이 그들의 연대이자 운명이었을지도 모른다. 하지만 나는 더는 듣고 싶지 않았고 다음 내용이 궁금하지도 않았으며 무언가를 말할 기회를 주고 싶지도 않았다.

나는 주저하지 않고 소범수의 까치발을 걷어냈다. 짧은 비명조차 없었다. 그저 둔탁한 충격음과 함께 그들의 몸은 1초도 안 되어 아래로 사라졌다.

고개만 내밀어 살펴본 아래쪽은 생각만큼 끔찍하지 않았다. 두 천생연분은 마지막까지도 서로를 꼭 껴안고 있었고, 몰골은 처참하지만 표정만은 평온했다. 웃음기까지 서려 있는 것 같기도 했다.

긴장이 풀리자마자 다리도 풀려버렸다. 나는 철퍼덕 주저앉고 말았다. 난간에 등을 기대니 시원한 대리석이 온몸에 스며드는 것 같았다. 짧은 신음이 입술을 비집고 나왔다. 머리까지 뒤로 기댔다가, 아예 몸을 돌려 이마를 댔다. 이마의 상처를 타고 들어오는 시원한 통증은 내가 아직 살아 있음을 느끼게 해주었다.

온실 한쪽에 있는 호스가 눈에 들어왔다. 물로 머리부터 발끝까지 씻어내고 싶었지만 몸을 일으키는 것조차 고역이었다. 휘청거리며 간신히 일어나 허리를 곧게 펴니, 이제야 옥상 전체가 한눈에 들어왔다.

저 멀리 보이는 온갖 장치들이 불현듯 떠오른 의문에 확신을 더했다. 진이경의 몸이 난간을 넘을 때까지 울렸던 핸드폰 벨소리. 어쩌면 이 집은 처음부터 기지국 전파가 안 닿는 곳이 아니라, 이상한 장치 따위들로 일부러 차단했던 건지도 모른다. 온통 의심스러운 것들로 가득한 이 집, 겉으로도 속으로도 시커먼 그들의 본질은 이곳에 드러나 있는 듯했다.

나는 야구방망이를 붙잡고 절룩거리며 옥상 곳곳을 부수기 시작했다. 장도리까지 주위들어 거꾸로 된 안테나처럼 보이는 장치며 태양열 집열기처럼 생긴 구조물들까지 마구 때려 부쉈다. 냉장고인지, 건조기인지 모를 커다란 저장고도 있는 힘껏 내려쳤다. 금방이라도 박살 날 것 같던 것들은 단지 약간 찌그러질 뿐이었고, 오히려 장도리와 야구방망이가 먼저 부서졌다. 마음 같아선 아주 해체를 해서 가루를 내고 싶었는데.

있는 것들은 죄다 집어 던지고, 깨부수고, 밀어서 넘어뜨리고, 당겨서 자빠뜨렸다. 전선이 연결된 것들은 다 뜯거나 뽑아버렸다. 절뚝거리면서도 호스를 붙들고 닿는 데까지 죄다 물바다로 만들었다. 마치 어릴 때 하던 물장난처럼.

흙과 피가 뒤섞인 물이 배수구로 빠져나갔다. 나는 그 뒤로도 한참 동안 물을 뿌렸다. 옥상 전부를 적시면서 그 김에 나도 적셨다. 물방울 사이로 햇빛이 스며들며 무지개가 어렴풋이 떠올랐다. 시원한 물을 한바탕 뒤집어쓰며 그 빛의 파편을 바라보니 비로소 한 가지 깨달음이 찾아왔다. 이제 좀 머리가 돌아갔다. 내가 해야 할 일이 뭔지 이제야 정리가 좀 됐다.

이제는 나도 행복을 찾아서 살아가야겠다.

이제는 좀 행복해도 될 것 같았다. 지금까지도 견뎌왔고, 여기까지도 살아남았다. 겨우 여기까지 왔는데, 또 내 안에서 괴물이나 키우고 있을 순 없잖아. 나도 좀 행복할 수 있잖아.

적어도 이제는.

행복을 찾으려면 아직도 해결해야 할 것들이 많았다. 무엇보다 아래로 내려가 그들의 핸드폰을 찾아 신고부터 해야 한다. 뒷마당에서 죽은 사람의 주머니를 뒤져야 한다는 생각에 벌써부터 거북했다. 구부정하게 생각에 잠겨 있다가 고개를 좌우로 흔들었다. 머리카락에서 튀는 물방울이 분수처럼 퍼졌다. 그 틈으로 비치는 무지개는 아직도 희미했다.

엘리베이터 격인 혁우의 방은 작동 불가였다. 예상대로 옥상 장치들과 관련이 있었다. 지금의 몸 상태로는 한 번 내려가면 못 올라온다. 아니, 무사히 내려갈 수 있을는지도 모르겠다. 하지만 무모하더라도 다른 선택지가 없었다.

나는 절룩거리는 와중에도 세로로 쪼개진 방망이 반쪽을 지팡이 삼아 난간을 타고 내일이 없는 사람처럼 내려갔다. 몸 곳곳이 쑤셔대고, 몇 번이나 미끄러져 큰일이 날 뻔도 했다. 겨우 1층에 도착하자마자 나는 또 주저앉았다.

손발이 당황스러울 정도로 떨렸다. 추위 때문만은 아니었지만 몸이 젖어 있어서 더 심했다. 들숨 날숨에 집중하며 눈을 감았다. 아드레날린의 잔재가 아직도 몸을 조여오는 듯했다. 하지만 그보다도 머릿속이 더 어지러웠다. 손발만큼 뇌도 떨고 있는 것 같았다.

하나도 아니고 둘이나, 사람을 죽이기까지 했는데 아무 생각이 들지 않았다. 죄책감조차 없었다. 이쯤 되니까 나는 원래 나쁜 사람인가 싶기까지 했다. 내 잘못인가 혼란스러웠다.

나는 단지 살고 싶었다.

그래, 이전부터, 아주 오래전부터, 부모님이 돌아가셨을 때부터, 묻지 마 폭행을 당했을 때도, 리암이 죽었을 때까지도, 그리고 지금 이 순간까지도, 나는 살고자 했을 뿐이었다. 누구한테라도 해명해야 한다면 할 말은 그것뿐이었다.

갑자기 텅 빈 허기가 찾아왔다. 나는 팔다리를 끌다시피 주방으로 향했다. 먼저 쓰레기통부터 뒤져 그 여자가 버렸던 캐나다산 쿠키를 꺼냈다. 그대로 철퍼덕 바닥에 앉아 포장은 대충 뜯어버리고 우걱우걱 되는대로 입에 집어넣었다. 입에 가득 넣고 잘 씹지도 않고 삼키려니 목이 턱턱 막혔다. 냉장고에 가득한 음료를 마구잡이로 뜯어 잔뜩 입에 털어넣었다. 음료는 입에서 넘쳐 턱을 타고 줄줄 흘렀다. 나는 정신 나간 사람처럼 한동안 그렇게 먹고 마시며 앉아 있었다.

쿠키는 입에서 녹아내리며 끝까지 부드러운 맛을 혀끝에 남겼다. 기억에는 아쉬움과 안타까움과 그리움이 돋아났다. 리암과의 기억과 추억이 섞인 이 쿠키의 맛에, 나는 잠시 현실을 떠나 있을 수 있었다.

문득 소름이 돋았다. 이 쿠키의 존재는 당연히 우연의 일치겠지만, 그 여자가 나와 리암과 이 쿠키의 관계를 알고 있고 그래서 나더러 보라는 식으로 일부러 이렇게 버려둔 거였다면, 만약 그게 맞는다면······? 그렇다면 당장이라도 달려 가서 그년의 시신을 갈기갈기 찢어 전 세계에 흩뿌려도 분이 안 풀릴 것이다. 내게 저들을 향한 죄책감은 이미 지워진 지 오래였지만, 아니 이따위 존재들에게 그런 값비싼 감정은 사치였지만, 나는 왜인지 이런 식으로라도 '죄책감'이라는 것을 상쇄할 이유를 하나라도 더 찾으려고 애썼다. 저들이 얼마나 끔찍한 인간들이었는지를, 그래서 나는 나름 그에 합당하게 행동했다는 것을 스스로 증명하고 싶었던 모양이다.

왜일까? 나는 왜 이렇게까지 해야만 하는 걸까?

문득 떠올랐다.

그래, 혁우 때문일지도 몰라.

이때, 나는 고개를 파르륵 흔들었다. 생각이라는 것 자체를 쫓아내고 싶었다. 녀석의 아이다운 눈빛과 자태와 말투가 자꾸만 떠올랐다.

이대로 놔둬도 되는 걸까.

숨이 막혀왔다.

머리를 지나치게 흔들었는지 아직은 조금 어지러웠지만, 옛날엔 그렇게 아껴 먹었었던 쿠키를 리암의 몫까지 양껏 먹고 나니 이제야 힘이 조금 생기는 것 같았다. 그때 저 멀리 거실 벽의 그림과 눈이 마주쳤다.

초점 없이도 어딘가에 머물러 있는, 저 그림 속의 눈.

아찔하게 소름이 올라왔다. 아들의 '능력'이라는 말도 안 되는 이유로 소중한 생명 여럿을 놀이처럼 장난감 취급한 결과가 저 그림이었다니.

그림을 향한 분노인지, 리암의 쿠키 덕분인지, 어쩌면 둘 다의 영향일까? 나는 힘이 벌떡 솟아 단숨에 그림 앞까지 갔다.

나는 혼자였지만 '녀석'이 듣기를 바라는 마음으로 그림을 향해 말했다. "이딴 쓰레기가 무슨 그림이라고."

그 여자가 그림이 어떠냐고 물어봤을 때로 돌아가서, 눈 앞에다 대고 방금 했던 말을 다시 해주고 싶었다.

액자 세 개 전부를 바닥에 내려쳤다. 검은 목재 프레임은 맥없이 부서졌고, 전면은 유리 대신 아크릴이어서 깨지진 않았다. 시원하게 산산조각 내버리고 싶었는데 조금은 아쉬웠다. 나는 부서진 프레임 틈으로 종이를 꺼내고, 맨손으로 갈기갈기 찢어 형체를 알아볼 수 없게 만들어버렸다.

몸은 여전히 무거웠지만, 한결 가벼워진 기분으로 현관 밖으로 나갔다. 온 누리에 여전히 가득한 햇빛이 야속했다. 절룩거리며 뒷마당으로 돌아가는 내내 무정하게 내려다보는 침엽수도 언짢았다. 자연의 한 부분인 그것들은, 다 가만히 지켜보고 있었다.

건물 모퉁이를 돌아가니 핏기를 잃은 두 시체는 밝은 햇빛에 부딪혀 하얗게 빛나고 있었다. 심호흡으로 마음을 다잡고 그들의 주머니를 뒤졌지만 둘 다 핸드폰은 없었다. 대신 소범수의 찢어진 바지 틈으로 보이는 허벅지 맨살의 흉터들과 상처들, 그리고 진이경의 꺾인 어깨와 허리가 더 잘 보일 뿐이었다.

내가 잘못 들은 건 아닐 텐데, 선명하게 들었고 특히 좋아하던 곡이어서 기억하고 있다. 환청일 리는 없었다. 내게 환청 따위는 원래부터 없었다. 그러니 내가 들은 게 맞다. 저 여자 주머니에서 분명 라 캄파넬라가 울렸었다.

그때 뒤에서 바스락, 잔디를 밟는 소리가 들렸다. 고개를 돌리자 녀석이 서 있었다. 문제의 그놈, 녀석은 제 부모의 시체를 내려다보면서 양손에 핸드폰을 들고 그렇게 서 있었다.

하나는 내 거, 하나는 제 엄마 거였다. 나는 내심 놀라서 뒷걸음쳤지만, 녀석은 그저 서 있었다. 표정 하나 변하지 않는 녀석을 보고 있자니 되레 내 코끝이 아렸다.

"넌…… 슬프지도 않냐?"

녀석은 대답 대신 눈만 두어 번 깜빡이더니 나를 가만히 쳐다만 볼 뿐이었다. 하마터면 미안할 뻔했던 마음을 애써 짓누르니, 이유는 모르겠지만 그 마음은 또 눈물이 되어 눈물샘으로 삐져나오려 했다. 나를 유심히 쳐다보던 녀석의 눈이 반짝였다. 놈의 광대에 화색이 돌았다.

"그 얼굴, 그 얼굴이야! 그게 뭐지? 뭘 뜻하는 거지?"

순간 목구멍이 콱 막혔다. 녀석은 진짜 모르는 것이다. 인간의 표정이라는 걸. 그게 얼마나 많은 감정들을 품고 있는지, 너 같은 놈은 죽어도 알 수 없겠지. 사람은 원래가 그래. 슬퍼하고 기뻐하고, 울고 웃고, 화냈다가 차분해지고, 그게 인간이라고!

속으로만 외치고 있었더니 녀석은 또 고개를 갸웃했다.

"아 뭐야. 거의 된 것 같았는데. 왜 안 울지?"

이놈의 눈빛은 나를 마치 실험체나 관찰 대상으로 보는 듯했다. 그것도 아주 지독한 실험. 아랫입술마저 떨리려 하는 걸 이로 악무니 녀석은 애원하듯 말했다.

"한 번만 울어봐. 정말 보고 싶단 말이야."

진심이 가득 담긴 녀석의 말투는 간절하기까지 해서 역겨웠다. 녀석에겐 절대, 죽어도, 우는 모습만은 보이지 말아야겠다고 꾹꾹 눌러 다짐했다.

지금 말했다간 눈물이 같이 터져 나올 것 같아, 잠시 혼자만의 정적 속에서 겨우 눈물을 삼키고 나서야 입을 열 수 있었다.

"너희 엄마, 너희 아빠, 돌아가셨다. 나랑 싸우다가."

"아, 아깝다! 방금 울 뻔했는데. 맞지?"

제 부모와 똑같이 미친 녀석이다. 갱생 불가능한 정신병자. 말문이 막혀 내가 더듬거리는 사이, 녀석은 고개를 갸웃거리더니 계속 말했다.

"근데 왜 지금이지……? 이해할 수가 없네."

숨이 막혀오면서 숨통이 조여왔다. 정수리에 불이 붙은 것 같았다. 주먹에도 허리에도 발가락까지도 힘이 들어갔다. 아지랑이 같은 게 눈앞에 피어올랐다. 물에 잠긴 것처럼 숨이 막히며 눈앞이 흐릿해졌다.

이렇게 숨만 몰아쉬고 있다가는 아무것도 할 수 없을 것 같았다. 자극, 극복이 필요했다.

"너희 엄마 아빠 죽었다고!!"

소리를 빽 지르자 그제야 숨통이 트였다. 숨을 크게 들이마셨다. 하지만 뭘 어떻게 말하고 행동해야 좋을지, 정체 모를 답답함은 여전히 사라지지 않았다. 소리 지른 것 때문인진 모르겠지만 녀석은 잠깐 눈을 굴렸다.

"오."

조용히 고개만 끄덕이는 녀석을 보자니 기가 차서 이제는 화가 치밀어 올랐다.

"오? 고작, 오?? 슬프지도 않아? 엄마, 아빠가 죽었는데 슬프지도 않냐고?! 넌 도대체 어떻게 된 새끼야? 뭐가 얼마나 잘못된 거야?!"

녀석은 내가 오히려 신기한 존재인 것처럼 쳐다봤다. 탄식이 저절로 나왔다.

녀석은 어깨를 으쓱하며 말했다. "좀 아깝긴 해."

마침내 나는 털썩 주저앉고 말았다. 녀석은 가만히 나를 쳐다만 보고 있었다. 내 앞에 죽어 있는 두 사람은 오히려 걱정 없어 보였다.

"도대체 어떤 괴물을 키운 거냐고······."

작게 뱉은 말은 누워 있는 저들에게만 향한 것이 아니었다. 내게 하는 말도 아니었다. 이것은 내 탄식이자 염려, 그리고 원망이 뒤섞인 고민이며, 부디 누구라도 바로잡아주길 바라는 작지만 간절한 기도이기도 했다. 숱한 혼잣말과 기도, 그리고 절규.

나보고 어쩌라고 이렇게 두고 갔어. 내가 뭘 어떻게 해야 하는데.

이때 문득, 날카로운 예감이 뇌리를 강타했다. 이곳에 더 머물다간, 내가 한시라도 빨리 이곳을 떠나지 않으면, 어쩌면 저 녀석을 해쳐버릴지도 모른다는 생각이었다. 무엇보다 그 염려가 무섭게 다가온 이유는, 그 예감이 너무도 합리적이라는 점이었다. 나는 또 고개를 세차게 흔들었다. 머리를 맑아지게 하려는 시도였으나 오히려 더 어지러워졌다.

"들어가자."

녀석은 말하며 손바닥을 펼쳐 보였다. 작고 검은 무언가가 세 개 있었다. 작아서 잘 보이지도 않았다. 나는 찡그리며 쳐다만 봤다.

"이번에도 이기면 이거 줄게. 아, 핸드폰도 같이."

나는 그 물건이 무엇인지 묻지 않았다. 궁금하지도 않았다. 저런 걸 받아서 무엇에 쓴단 말인가. 내겐 그저 문을 열고 나가서 자진 신고를 하고, 있는 그대로 설명한 뒤 죗값을 치르는 일만 남아 있을 뿐이었다.

녀석은 답답하다는 듯 한숨을 푸욱 쉬었다. "주머니에 넣고 가면 자동으로 열린다고. 저 바깥문 말이야."

이 집 내력인지, 놈은 내 마음을 읽는 것처럼 말했고, 말투엔 노골적인 한심함이 가득했다.

"근데 없으면? 저얼대 안 열리지! 몰랐지? 이히히."

그때 나는 녀석을 들여다볼 수 있었다. 처음부터 상대를 깔아뭉개고 무시하는 말투, 매사 한심하게 취급하는 태도, 녀석은 본능적으로 상대를 낮춰 스스로 유리한 고지로 올라선다. 부모 말대로 녀석은 그 분야의 천재가 맞았다. 지금도 녀석은 분명 자기가 유리하다고 생각하고 있을 것이다. 그리고 실제로 그렇다. 녀석과 싸워봤자 나한테 좋을 건 하나도 없었다.

나는 천천히 몸을 일으켰다. 녀석은 그제야 싱긋 웃음을 지어 보였다. 나도 따라 웃었다. 같은 웃음이지만, 내 웃음 속엔 무엇이 숨겨져 있는지 녀석은 알지 못했을 것이다.

나는 지팡이처럼 짚고 있던 방망이 조각을 아래에서 위로 힘차게 던져버렸다. 보잘것없는 나뭇조각은 정확히 녀석의 손을 강타했다. 그 와중에 녀석의 "아얏!" 하는 앳된 비명은 또 영락없는 여덟 살짜리였다.

방망이 조각은 멀리 담 넘어까지 날아가버렸고, 녀석의 손에선 장치가 후두둑 떨어졌다. 나는 떨어진 것 중 하나를 주워 들고 녀석을 쳐다봤다. 녀석은 손을 부여잡은 채로 아파하며 적잖게 당황한 얼굴이었다. 나는 눈으로만 말했다. 왜, 이런 건 예상 못 했더냐.

녀석이 보고 있다는 걸 알면서도, 나는 일부러 뒤돌아섰다. 그렇게 반대편으로 천천히 걸어갔다. 이제 나가기만 하면 된다. 다리는 점점 무거워지고 머리는 더 어지러웠지만, 멈출 수는 없었다. 뒤를 돌아보고 싶었지만, 녀석이 보고 있을 것 같아서 일부러 참았다.

절룩거리며 계단을 내려오는 동안, 무거운 피로가 온몸을 짓눌렀다. 마당을 지나 계단 중간쯤에 이르렀을 때 대문이 열렸다. 이 무선 장치는 생각보다 작동 범위가 넓었다. 그제야 떠올렸다. 저 부부가 외출할 때도 이렇게 문이 열렸었다. 나는 그때도 이 장치의 존재를 눈치채지 못했다.

계단 아래까지 내려와 대문 앞에 섰을 때, 갑자기 머리가 멍해졌다. 들이쉬고 내쉬는 숨소리가 귓가에 맴돌았다. 이대로 나가면 다시는 돌아올 수 없다는 생각이 밀려왔다. 그것이 당연한 거고, 여기서 나가면 절대 다시는 돌아오지 않을 건데, 다시는 오고 싶지 않은 곳인데, 누가 붙잡은 것처럼 발이 제자리에서 멈춰버렸다.

"누나 도망가?"

내가 머뭇거리는 사이 다가온 녀석은 계단 위 마당에서 햇빛을 등지고 나를 내려다보고 있었다. 놈을 올려다봐야 하는 묘한 불쾌감과 햇빛이 겹쳐 얼굴이 자꾸 찌푸려졌다.

"벌써 가게? 아, 재미없어. 누나는 아줌마, 할머니보다 더 재미없어. 지루해."

다행이네. 지루해서. 지루한 게 얼마나 좋은 건지 모르는 네 녀석에게 갱생의 여지가 있었으면 좋으련만.

"진짜 그냥 갈 거야? 누나 핸드폰에 내가 빨가벗고 찍은 사진이 있는데?"

여덟 살짜리 입에서 저런 말이 나오는 걸 듣는 건 참 끔찍한 일이었다.

그 순간 깨달았다. 내가 이 대문 앞에서 멈췄던 이유를.

이대로 밋밋하게 떠나는 걸 나는 원하지 않는다. 마침표를 찍고 싶었다. 그래야 할 것 같았다. 녀석을 흠씬 두드려 패줄 수 있다면 좋고, 고칠 수 있다면 더 좋다. 이것들 전부, 마무리되는 모습을 보고 나가야겠다는 것이 마음속 깊은 곳에 숨어 있던 나의 목소리 같았다.

진정한 끝을, 내가 직접 봐야 할 것 같았다.

"넌 정말 나쁜 아이야."

나는 뒤돌아섰다. 녀석을 향해 아픈 다리로 지그재그 계단을 한 걸음씩 다시 올랐다. 신기하게도, 내려올 때 그렇게 아팠던 다리는 지금은 또 움직일 만했다.

"나쁜 아이는 따끔하게 혼나야지."

놈은 활짝 웃더니 휙 돌아서 우다닥 집으로 달려 들어갔다. 저 웃음의 모양새와 달려가는 뒷모습은 딱 저 또래의 영락없는 꼬마 아이 같았다. 별생각 없이 뛰어노는 모습이 딱 어울리는, 그렇게 자라났어야 하는 아이였다. 그걸 내가 마무리하러 간다.

무슨 깜짝쇼를 준비해뒀는진 모르겠지만 져줄 생각은 눈곱만큼도 없었다. 쥐어 패서라도 강한 인상을 심어줘서 다시는 사람들을 얕보지 못하도록 해줄 생각이었다.

덜 아프다고 해서 힘들지 않은 건 아니었다. 힘겹게 마당 계단을 오르고 또 힘겹게 절룩거리며 정원을 지나 현관문 앞에 섰다. 별 기척 없이 조용하긴 했지만 안에 뭐가 있을지는 모르는 일이었다. 결국 이곳은, 미취학 아동용 살인의 집이었다.

문을 열었을 때는 예상과 달리 탁 트여 있었다. 벽이 없었다. 분명 답답하게 사방이 막혀 있어야 할 텐데, 문을 열자마자 오른쪽엔 2층으로 가는 계단이 훤히 보였고, 바로 왼쪽으로 주방이 있었다. 이제는 나도 알았다. 녀석이 이 집의 또 다른 장치를 써먹은 모양이었다. 어떻게 작동하는지까진 모르겠지만.

녀석은 보이지 않았다. 2층으로 올라가도 없었다. 벽이 없어지면서 2층에서 3층으로 올라가는 계단이 드러났다. 그것은 내가 묵었던 방 뒤편에 숨어 있었다.

3층으로 올라가니 벽이 사라지며 숨겨진 방들이 드러났다. 방마다 혁우의 키 높이에 맞춘 망원경 혹은 잠망경 같은 것도 있었고, 모니터와 커다란 공 등 온갖 알 수 없는 장치들이 가득했다. 저것들은 아마 나를 비롯한 이전의 사람들까지도 괴롭히는 도구였을 것이다. 그렇게 사람들의 반응을 훔쳐보며 희열을 느꼈을 그 변태성에 치가 떨렸다.

저런 유치한 방법으로 사람을 갖고 놀았고, 나는 그것에 넘어가고 말았다. 나 자신을 의심하고 자책하며 괴로워했던 엊그제의 내가 애달프고 서글펐다. 나는 그 정도로 약해져 있었던 걸까. 내 솔직한 심정을 저 부부에게 고백했을 때, 저들은 속으로 나를 얼마나 비웃고 있었을까.

나는 무엇을 위해 그렇게 성찰하려 했던 걸까. 어떤 미치광이 부부와 그보다 더한 자식 새끼의 농간으로 겪고 느낀 것 때문에, 오히려 나는 이렇게 부활이라도 한 것처럼 깨닫게 되었다. 덕분이라고 해야 할지, 고마워해야 할지, 원망해야 할지.

3층을 지나 마침내 4층 옥상에 도달하자 녀석이 있었다. 부서진 장치를 만지작거리는 녀석의 손은 떨리고 있었고, 나를 돌아보는 녀석의 얼굴은 분노로 일그러져 있었다. 마치 저승사자나 절 입구를 지키는 사천왕의 얼굴 같았다. 여덟 살짜리가 아무리 화가 났다고 해도, 저렇게 무서운 표정을 짓다니, 지금까지 한 번도 본 적 없는 모습이었다.

녀석의 표정이 서서히 가라앉더니, 차갑게 입을 열었다.

"왜 다 부숴놨어?"

나는 잠자코 서 있었다. 아무 말도 하지 않고 표정도 일부러 뚱하게 굳혔다. 그편이 저 아이를 더 화나게, 더 자극할 것이다.

"내 거야! 내 거라고! 내 건데 왜 부숴!!"

녀석은 외치는 순간에는 얼굴에 악마가 튀어나오더니, 이내 숨을 몰아쉬며 곧바로 차분해졌다. 저 녀석에게는 부모의 죽음보다 지금의 순간이 더 중요한 듯했다. 녀석의 분노가 마치 독기처럼 내 안으로 스며드는 것 같았다.

"이제야 화가 나는 거야?" 나는 일부러 차분한 목소리로 물었다.

녀석은 입술까지 깨물며 애써 화를 억누르는 얼굴과 말투로 대답했다. "다 고장 나고 저거 하나만 작동하잖아."

이제 겨우 여덟 살이면서도 목소리의 기색 하나하나에 감정의 몸부림을 담고 있었다. 부모님이 돌아가신 것보다 장난감이 고장 난 것에 더욱 화를 내는 반응과, 손가락질 하나까지 명확한 것도, 현실이 아니라 무슨 할리우드 아역배우의 연기를 보는 것 같았다.

"나랑 상관없잖아."

내 말에 녀석은 온몸을 비틀며 외쳤다.

"아이 씨이발녀아!!"

"뭐 이 씨발새끼야."

나는 한 치의 망설임도 없이 받아쳤다. 녀석은 내 대꾸에 잠시 멍해진 듯했다. 이런 저급하고 유치한 대응은 녀석의 8년 인생에 처음일 수도 있었다. 제대로 된 어른들은 나처럼 대응하지 않았을 테니까.

녀석의 욕설은 마흔 살 넘은 중견배우처럼 능숙하게 귀에 잘 붙어서 더 거북했다. 나는 똑같이 해줄 생각이었다. 이제 놈을 조금은 알았으니까.

"네가 아무리 욕해봤자 너 따위는 하나도 안 무서워."

내가 일부러 유치하게 구는 걸 간파했는지, 녀석은 갑자기 차분해지더니 이제는 30대 엘리트의 표정으로 변했다.

"그래서 어쩔 건데? 어차피 날 죽이진 못하잖아?"

빠직, 이마에 핏대가 오르는 기분이었다. 맞는 말이었다. 그래서 더 화가 났다.

"나 어떻게 되면 가중처벌 있어."

별걸 다 아네, 나는 혼잣말하다가 갑자기 또 유치하게 받아치고 싶었다.

나는 일부러 더 비웃듯이 말했다. "누가 그러디?"

"엄마, 아빠가."

"네가 지금 엄마, 아빠가 어디 있는데?"

순간 녀석의 얼굴이 꿈틀거렸다. 유치한 도발이었는데 이번에도 먹혔을까 싶던 찰나.

"너도 없잖아!"

녀석의 반격이 이어졌다. 갑자기 '너'라고 하는 걸 보니 공격이 통하긴 했던 모양이다. 고작 여덟 살짜리를 약 올린 건데도 내심 기분이 좋았다. 나는 미소를 숨기지 않았다.

"나는 있어. 내 마음속에." 나는 녀석의 눈을 똑바로 보며 말했다. "너는 없잖아. 현실에도, 네 마음속에도."

그때 놈의 안색이 울그락불그락하더니 턱이 꿈틀거렸다.

"지금 그거…… 우리 엄마, 아빠가 아니라 나한테 도전하는 거지?"

녀석은 무너진 선반 뒤에서 무언가를 한 움큼 집어 들고 나왔다.

"놀잇감 주제에."

녀석의 손에 들린 건 뾰족하게 깎인 연필들이었다. 바닥에 좌르륵 뿌려진 연필은 마치 날을 잘 세운 흉기처럼 번뜩 빛났다.

"알아? 누나는 내 놀잇감이고 장난감이야. 여기 누나가 죄다 망가뜨린 것들처럼." 녀석은 연필을 발끝으로 굴리며 말했다.

그의 목소리는 차갑지만, 그 안에 깃든 아이 같은 짓궂음이 더 소름 끼쳤다.

"이 연필 다 쓸 때까지만 나랑 놀아주면 돼. 그러면 보내줄게."

나는 헛웃음을 지었다. 보내준다고? 누구 맘대로? 나는 발을 내디디며 지지 않고 녀석에게 맞섰다.

"너 그 잘난 엄마, 아빠 덕분에, 아직 져본 적이 없어서 무서운 게 뭔지 모르는 모양인데."

녀석이 연필들을 발로 굴리는 모습은 마치 제 놀이터에서 장난감을 고르는 모습 같았다.

나는 녀석이 듣든 말든 독백하듯 말했다. "엄마, 아빠가 너한테 얼마나 큰 빽이었는지, 얼마나 소중한 존재였는지, 이제 알게 될 거야."

나는 마음을 단단히 먹었다. 놈은 내 말엔 아랑곳하지 않고 여전히 바닥에 깔린 수십 개의 연필들만 내려다보고 있었다. 그 순간 내 머릿속에 스친 건, 제 부모가 나와 목숨을 걸고 싸우는 동안, 녀석은 도와줄 생각을 한 게 아니라 제 방에서 연필이나 갈고 있었다는 사실이었다. 게다가, 만약 부부가 이 사실을 알았다면, 왠지 오히려 더 대견해하고 칭찬했을 것만 같았다. 나는 혀를 내두르며 고개를 저었고, 마음을 단단히 먹었다.

"너도 좀 아플 거다."

녀석은 나의 허벅지와 종아리를 향해 연필을 마구 휘두르며 파고들었다. 이미 나의 어디가 약점인지 알고 있었다. 무엇보다 내가 불리했던 건, 녀석의 말대로 나는 녀석을 함부로 공격할 수 없다는 것이었다. 마음을 단단히 먹긴 했지만, 온전치 않은 몸 상태까지 겹쳐 나는 그저 받아 쳐내기에 급급할 뿐이었다.

아무리 작은 상대지만 날카롭게 갈린 연필을 들고 마구잡이로 휘둘러대니 방법이 없었다. 그렇게 연필이 허벅지와 종아리를 찔렀고, 연필심이 박히기도 했다. 심이 부러질 때마다 녀석은 잽싸게 다른 연필을 집어 들고 휘둘렀다. 내 주먹이나 발길질은 이미 힘을 잃었고, 녀석에게 치명상을 입히지 못했다. 어린놈답게 녀석은 몇 대 맞더라도 곧바로 회복해서 덤벼들었다.

몸이 무거워졌다. 나는 다리가 풀려 무릎을 꿇은 채로 막아야만 했다. 이제 팔과 손바닥은 당연하고 관자놀이에도, 턱에도, 어깨에도, 옆구리, 심지어 두피까지 연필심이 꽂혔다. 자세가 굳으니 막는 힘은 더욱 줄어들었다. 나는 점점 시야를 잃어가는데, 녀석의 눈은 갈수록 광채를 더했다.

놈이 마침내 마지막 연필까지 다 썼을 때, 나는 무릎을 바닥에 대고 두 팔까지 늘어뜨린 채로 축 처져 있었다. 피가 팔을 타고 내려왔다. 손끝까지 타고 내려온 피가 뚝, 뚝, 일정한 박자로 떨어지고 있었다.

놈도 적당한 거리에서 숨을 헐떡이고 있었다. 얼굴에는 피곤함 대신 기괴한 웃음이 걸려 있었다. 녀석의 입가가 서서히 올라가며 드러난 이가 비정상적으로 하얘 보였다.

이내 녀석은 천천히 주머니에 손을 넣었다. 그 느릿한 동작 하나하나가 나의 눈에 과장스럽게 보였다. 머릿속에서 모든 감각이 경고음을 울렸다. 도망쳐야 한다는 본능적인 신호와 함께 온몸이 떨렸다. 하지만 움직일 수 없었다. 손이 주머니에서 빠져나오며 빛을 반사한 그 순간, 나는 그것이 무엇인지 바로 알았다.

녀석이 꺼낸 것은 생 면도날이었다. 퍼렇게 날이 선 그 금속 조각은 빛을 받아 반짝였고, 표면에 남아 있던 연필심의 검은 흔적이 마치 상처처럼 얼룩져 있었다. 하지만 그보다 더 끔찍한 것은, 그것이 내 살을 가르며 피를 쏟게 할 준비가 되어 있다는 것을 녀석의 표정이 이미 말해주고 있다는 사실이었다.

녀석은 천천히 면도날을 들어 올렸다. 손끝에서 살짝 떨리는 칼날이 내 숨소리마저 찢어발길 듯 날카롭게 느껴졌다. 나는 저도 모르게 숨을 삼키며 몸을 움츠렸다. 이미 옥상은 뜨겁고 눅눅했는데도, 내 온몸은 얼음장처럼 차가워졌다.

"아, 이건 엄마 아빠노 모르는 비장의 무기인데."

더없이 가벼운 도구이지만, 지금의 내게는 그것이 나를 찢어발길 사형 도구처럼 보였다. 나는 피가 맺힌 손끝을 움켜쥐었다. 하지만 그것마저도 제대로 쥘 수 없었다. 내 몸은 이미 무너져 있었고, 발은 바닥에 붙은 듯 꼼짝도 하지 않았다.

녀석은 과시하듯 면도날을 휙휙 휘두르며 다가왔다. 번뜩, 휘두를 때마다 햇빛을 튕겨내며 섬광이 일었다. 녀석이 한 걸음 한 걸음 다가올 때마다 나의 숨이 잦아들었다. 거리를 좁히는 녀석의 움직임은 불규칙적이면서도 치밀했다. 나와 놀이라도 하는 것처럼, 갑자기 멈추었다가 다시 빠르게 달려들었다.

그러던 녀석은 갑자기 면도날을 앞세워 순간적으로 나의 얼굴을 향해 돌진해왔다. 나는 본능적으로 양손을 뻗었고, 그렇게 나는 녀석의 면도날과 손을 덥석 감싸듯 잡아버렸다. 코앞에서 멈춘 녀석과 나는 서로를 매섭게 쳐다보았다.

손바닥을 찢고 들어오는 면도날의 감촉은, 날카로운 얼음처럼 차가우면서 뾰족한 불꽃처럼 뜨거웠다. 처음 느낀 고통이었지만, 동시에 나보다 더 아파하고 고통스러워하고 무서웠을 리암을 떠올리며 참을 수 있었다. 살이 갈라지고 피가 솟구치는 감각에 정신이 아득해졌지만, 내 손은 놓을 수 없었다. 단 1초라도 힘을 풀면 녀석의 면도날이 내 눈이나 목덜미를 향해 달려들 것이 분명했다.

"이야악!" 나는 고함을 질렀다.

비명에 가까운 외침은, 나를 버티게 할 몸부림처럼 터져 나왔다. 손가락에 힘이 들어갔다. 면도날을 움켜쥔 손에서 피가 눈물 대신 쏟아졌다.

녀석도 당황했는지 짧게 비명을 질렀다. 놈은 손을 빼내려 미친 듯이 발버둥 쳤지만, 나는 고통과 상관없이 더욱 강하게 움켜쥐었다.

녀석이 안간힘을 쓰며 몸을 비틀 때마다, 면도날은 내 손바닥을 더 깊이 파고들었다. 하지만 나도 버티고 있었다. 녀석이 갑자기 방향을 틀었고, 나는 그 움직임에 휘둘려 넘어질 뻔했지만, 있는 힘을 다해 녀석의 손을 꺾어버렸다. 으악 비명을 지르던 녀석의 몸이 꺾였고, 나는 면도날과 함께 잡은 녀석의 손을 힘껏 뿌리쳤다.

면도날은 햇살을 받으며 저 멀리 날아가버렸다. 나는 피투성이가 된 손을 부여잡고 헉헉거리며 바닥에 거의 엎드리다시피 했다. 온몸이 덜덜 떨렸다. 추위가 찾아오고 있었다.

"아, 아직 못 이기네."

나는 눈만 들어 녀석을 쳐다보았다. 녀석은 역시 웃고 있었다.

"이기려면 좀 더 있어야겠네. 시간도, 무기도. 그렇지?"

나는 말할 기운도 없어 고개만 끄덕였다.

"보내준다고 한 것도 안 믿었지?"

헛웃음 섞인 한숨과 함께 내가 또 고개를 끄덕이자 녀석도 끄덕였다. 그때 녀석이 주머니에서 꺼내 드는 건 내 핸드폰이었다.

핸드폰은 진동하고 있었다. 녀석은 자랑하듯 전화기 화면을 내게 보여줬다. 저장된 번호는 아닌 것 같았는데, 눈이 침침해져서 그런지 화면을 확인하기는 어려웠다.

"나는 감옥 안 가거든. 몰랐어?"

녀석은 능숙하게 전화를 받았고, 갑자기 애교 섞인 어린애 목소리를 냈다.

"경찰 아저씨!"

이때 나는 스쳐가는 무언가를 보고 말았다.

세 가지의 결과, 혹은 미래라고도 부르는 그것.

선택은 이 안에 있었다.

나는 무엇을 택해야 할까.

리암아, 도와줘. 엄마, 아빠 도와주세요.

4부 세 가지
다른 이야기

여기서부터 결말이 다른 세 가지 이야기가 펼쳐집니다.
소혁우와 인주해의 마지막 이야기는 여러분의 선택으로 달라집니다.

선의 가능성

내 정신은 고장 난 '후레쉬' 불빛처럼 깜빡거렸다. 내가 할 수 있는 건 없었다. 하나 있다면, 끝까지 녀석을 해치지 않고 버티기로 결심하는 것 정도였다. 아니, 실은 잘 모르겠다. 해치지 못한 건지, 해치지 않은 건지.

녀석을 해치지 않기로 결심한 지금, 그렇다고 도망칠 수도 없고, 내 결백을 지키는 최선의 길로 나는 눈을 내리깔고 가만히 경찰을 기다리는 수밖에 없었다.

몸이 아파서 고통스럽긴커녕 오히려 웃음만 나왔다. 머릿속이 생전 처음 느껴보는 물질로 가득 찬 것 같았다. 시야가 후보정한 것처럼 맑고 밝았다. 뽀얗고 밝게 빛나는 햇빛, 물빛, 핏빛. 멀리서 쳐다보는 소혁우의 눈빛까지.

사람의 몸은 참 신기하게 만들어졌다. 목숨이 끝에 이르면 견디는 것 정도가 아니라 즐기도록 해둔 것이다. 나는 지금 오히려 환각을 보는 듯했다. 기분이 갈수록 좋아졌다. 왜 아직도 죽지 않는 건지 알 수 없었다.

이 상태로 시간이 꽤 지난 것 같았다. 소혁우, 놈은 왜 나를 끝장내려 애쓰지 않는 걸까. 그렇다고 죽길 원한다는 건 아니었다. 단지 녀석을 죽이지 않기로 결심했을 뿐이었다.

녀석은 내가 아무것도 아닌 것처럼 아예 나를 등지고 서서 멀리 조금씩 기울어가는 해를 쳐다보고 있었다. 어느새 태양은 노란색에서 빨간색으로 변해가고 있었다. 미치광이 부모 밑에서 미친 교육을 받으며 자란 여덟 살짜리 미친 아이는 저 태양을 보면서 지금 무슨 생각을 하고 있을까.

녀석의 모습이 점점 흐려졌다. 햇빛은 점점 더 밝아졌다. 그때 녀석은 뒤를 돌아봤다. 그 얼굴은 나를 처음 마주쳤을 때와 같은 무표정이었다. 무슨 생각을 했는지까지는 모르겠지만, 마치 일부러 이 시간을 기다려온 것 같았다.

그럼 그렇지, 녀석은 땅에 뒹구는 연필 하나를 집어 들더니 나를 향해 달려왔다. 연필을 집어 든 녀석의 손에 힘이 불끈 들어가는 것과, 단호한 눈빛과, 힘차게 구르는 발이 확대한 것처럼 눈에 들어왔다.

급기야 녀석이 내게 덤벼들었을 때, 나는 남은 힘을 다해 녀석을 쳐냈다. 어디를 어떻게 쳐냈는지도 모를 정도로 정신은 없었다. 그러고 나서 고개를 돌렸을 때, 녀석은 쓰러진 채로 가녀린 숨을 이어가고 있었다.

그 뒷모습. 리암에게서도 봤었던, 작고 부드러운 뒷모습.

이 순간 녀석이 소혁우인 건 중요치 않았다. 내겐 쓰러져 헐떡이는 작은 생명체일 뿐이었다. 그렇게 문득 리암이 거듭 겹쳐 보이더니, 조금 전까지만 해도 깜빡이면서 곧 꺼질 것만 같았던 정신이 번쩍 들었다. 회색으로 물들어가던 시야가 이 순간 날씨처럼 맑아졌다. 무슨 힘인지도 모르게 나는 몸을 움직여 혁우를 붙들어 돌렸다.

연필이 그 작은 몸통의 옆구리에 박혀 있었다. 뾰족한 연필은 어린아이의 연한 살을 너무나도 쉽게 뚫고 들어갔다.

나는 혁우를 끌어안고, "어떻게 해, 아프지, 얼마나 아플까, 아니야 아프지 마, 미안해, 아프지 마" 그렇게 혼잣말을 중얼거리며 고개를 흔들었다. 그러곤 누군지도 모르는 이를 향해 흐느끼며 빌기 시작했다. 제발 이 작은 존재를 살려만 준다면 내가 한번 감당해보겠다고, 그러니까 듣고 있으면 도와달라고. 나는 누구라도 들으라고, "옥상이요, 빨리요"라며 나오지도 않는 목청으로 힘껏 소리 질렀다.

얼마 지나지 않아 문이 거칠게 열리며 경찰이 들이닥쳤다. 나는 마지막 기운을 짜내서 "살려만 주세요"라고 말한 다음으로부터 기억이 끊겼다.

†

    갑작스럽게 습격당한 어둠 속에서, 나와 똑같이 생긴 소녀가 두리번거리며 걸어왔다. 여름 교복 차림의 소녀의 입에선 숨 쉴 때마다 한겨울처럼 허연 입김이 나왔다. 그녀의 팔다리는 상처 하나 없이 깨끗했다. 소녀는 책상에 앉아 학교에서 받은 가정 환경 조사서를 채워넣기 시작했다. 가족 칸에는 엄마와 아빠의 이름을 썼고, 동생 칸에는 자연스럽게 리암이란 이름을 쓰려다가 멈추고는 멋쩍게 미소 지었다.

    교통사고가 났던 그 어릴 적에, 아빠는 내게 천하무적 금강불괴라고 했다. 그러니까 단단한 마음을 가지면 어딜 가든 당당하게 지낼 수 있다고 했다. 그땐 금강불괴라는 말도 몰랐거니와, 왜 몸이 아니라 마음이라고 했는지 이해하지 못했다.

    소녀는 조용히 책상에 앉아 있었다. 펜을 손에 든 채로 가정 환경 조사서를 다시 훑어보고는 리암이라는 이름을 종이 대신 책상에 썼다.

    나는 그렇게 오래전 기억에서 허우적거리다가 주변을 살폈다. 어둠이 비틀거리며 사라졌다.

    내가 정신을 차린 곳은 병원이었다. 온몸에 반창고가 붙어 있고 소변줄이 꽂혀 있었다. 자꾸 부스럭거리자 옆에 앉아 꾸벅꾸벅 졸던 여자가 부스스 일어났다. 그 여자는 무전기에 대고 내가 깨어났다고 말했고, 순식간에 몇 명의 사람들이 몰려들었다. 사람들은 내게 안심해도 된다며 저마다 장난감같이 생긴 경찰 신분증을 내밀었다.

타박상, 찰과상, 열상 등등 상처의 종류는 참 다양했다. 의사와 경찰을 비롯한 여러 전문가의 조합으로, 어떤 일이 있었는지 그들도 웬만큼은 알고 있었다. 오가는 사람들이 몇 가지를 물어보긴 했지만 세세한 내용은 잘 기억나지 않는다. 질문에 조심스러움이 담겨 있었던 것만 기억에 남아 있다.

내가 깨어날 때까지 병상 옆에 있던 경찰 언니는 현장부터 여기까지 줄곧 내 옆에 있었다고 했다. 그녀가 그 집 옥상에 도착했을 때 나는 이미 겉모습부터 정신 상태까지 정상이 아니었고, 그런 나를 부축해 데려가려는데 엄마, 아빠한테 가겠다고 아이처럼 엉엉 울면서 하도 반항하고 난리를 쳐서 애를 좀 먹었다며 웃음기 섞어 핀잔하듯 말했다. 그리고 특정 이름을 자꾸 불러서 메모해놓았다는데, 확인해보니 그건 역시 리암이었다.

경찰 언니는 잠시 머뭇거리다가 '개인적인 질문'이라는 사족을 붙이며 말을 시작했다.

"근데 그 옥상에 같이 있던 꼬마애…… 좀 이상하죠?"

나는 굳이 대답하지 않고 경찰 언니를 지그시 쳐다보기만
했다. 몇 번의 눈 깜빡임이 오가고, 그녀는 말을 이었다.

"개가…… 주해 씨 우는 걸 보더니, 드디어 운다고, 손가
락질까지 해가면서…… 웃더라고요."

나는 잠시 생각에 잠겨 있다가 떠오르는 대로 물었다. "어
떻게 웃던가요?"

그녀는 잠시 그때를 떠올리는 듯 대답했다. "완전 환하게
웃었어요. 정말 해맑게. 갓난아기처럼."

담당 수사관은 처음엔 구속 수사하겠다고 잔뜩 으름장을
놓았지만, 결국 불구속으로 결정됐다. 일주일 만에 퇴원하고
나오니 입구부터 기자들로 가득 찼다. 경찰들은 이제 없고,
대신 새로운 사람들이 깡패인지 형사인지 구분이 안 되는
모습으로 내게 질문을 퍼부었다. 이때부터 사람들의 태도도
질문도 무례하고 사나웠다. 나는 집을 오가며 몇 번일지도,
얼마나 걸릴지도 모를 조사를 받았다.

똑같은 말을 백번은 했는데도 그들에겐 부족한 것 같았
다. 수사관이 그렇게 많을 줄은 몰랐다. 매번 같은 말을 다
른 사람에게 하다 보니 답답하고 성가시기 그지없었다. 여
러 차례 오가며 든 시간과 돈은 자꾸만 나를 갉아먹었다.

기사에 의하면, 경찰의 최초 소견으로는 내가 정신질환에

시달리는 모습이었다고 했다. 폭력성이 어쩌고 하면서, 어떻게 알았는지 부모님 애기에 리암이 애기까지 있었다. 관련 방송을 다 챙겨보진 못했고, 보고 싶지도 않았지만, 특집 프로그램에는 경찰, 의사, 심리 상담사, 정신분석학 교수, 동네 주민, 학교 선생님의 인터뷰까지 실려 있었다. 사람들은 소혁우 일가에 대해 다양한 방식으로 저마다의 전문성을 과시했다.

그렇게 다른 사람들의 말은 잔뜩 담았으면서 나의 말은 하나도 없었다. 학교 선생님이랍시고 나온 사람도 정작 나의 담임은 아니었고 스쳐 지나간 곁다리 사람들일 뿐이었다. 물론 나의 담임이라면, 그 성격으로 미루어볼 때 취재진에게 욕설을 내뱉고 진작에 편집까지 당했을 가능성도 있었다.

그 집 마당 흙밭은 말 그대로 무덤이었다. 병아리뿐만 아니라 사람까지도 묻혀 있었다. 경찰은 내 진술을 토대로 조사에 착수했고, 시신이 두 구 발견됐다.

두 희생자, 60대 여인 M 씨와 40대 여인 T 씨는 3개월 간격으로 살해됐다. 둘 중 한 명, 6개월 전의 피해자만 실종자 명단에 있었는데 그나마도 두 달 전에 등록되었다고 한다. 그들은 그 정도로 고립되어 사는 사람들이었다.

두 희생자의 핸드폰은 각자의 집에서 발견됐다. 이들 부부는 의도적으로 고립된 대상을 물색, 어떻게든 엮어서 살해한 후 택시를 통해 이동, 희생자의 집에 핸드폰을 넣어둠으로써 살해 행각을 마무리한 것으로 보인다고 했다.

내 핸드폰도 우리 집에 넣을 예정이었을 것이다. 그래서 중간에 유심 칩을 빼지 않았던 것으로 보인다. 신호가 의도적으로 끊긴 곳이 그들의 집이어서는 안 되었던 것이다. 대중교통을 이용하지 못하게 하고, 고용한 모범택시를 태워 대금은 현금으로 처리하고, 그래서 내게도 계좌이체 대신에 현금으로 준 것이었다. 봉투 속의 돈 따위야 어차피 내가 죽고 나면 도로 가져가면 되는 것이었으니.

경찰들이 또 의아하게 생각했던 건, 그 정도 부잣집에 온갖 장치는 다 있으면서 CCTV 하나 없었다는 것이었다. 도저히 이해할 수 없다고들 말했지만 나는 왠지 알 것 같았다. 집 자체가 소혁우의 장난감이었기 때문에, 그편이 제 아들에게 더 스릴 있고 재미있기 때문이었을 것이다. 단지 그 이유였을 것이다. 하지만 그 말은 나도 차마 하지 못했다.

핸드폰 사진첩 속 혁우의 알몸 사진 때문에 곤욕을 치르긴 했지만, 전문가에 의해 역시 자작으로 밝혀졌다. 결국 대부분의 혐의가 정당방위로 인정되었고, 그렇게 나는 집행유예로 풀려났다.

한참 동안은 뭘 해야 좋을지 몰라 멍하게만 있었다. 시간도, 마음도, 어둠 속에 떠오른 화면처럼 내겐 전부 허공에 부유하는 허상 같았다. 이 세상에 나만 혼자 붕 떠 있는 기분이었다.

사람들은 서로 옹호하는 집단에 맞춰 댓글로 싸우기도 하고 동조하기도 했다. 다행히도 내 신상은 쉽게 퍼지지 않았는데, 아마도 담임과 친구들이 많이 애써준 것 같았다. 특히 나와 싸웠던 양아치 친구들이 물밑에서 많이 도와줬다고 건너 들었다.

그사이 사회적으로 또 몇 가지 굵직한 사건이 터지면서, 내 이야기는 금세 뒷전이 되었다. 시간이 흘러 어느새 장마철이니 마침 가만히 있기 좋았다. 가방을 끌어안은 채로 쏟아지는 비를 가만히 구경만 하고 있으면 시간은 금방 갔다. 핸드폰은 당연히 초기화하고 꺼두었다. 소리도 나지 않는 헤드셋을 끼고 어두운 집에 가만히 있으면 시간은 잘 갔다. 몇 차례 누군가 현관문 두드리는 것 같긴 했지만 무시했다. 이럴 때 내가 낼 수 있는 유일한 노력은 외면이었다.

며칠째인지도 모를 때쯤, 누군가 귓속말이라도 한 것처럼 문득 머릿속을 지배한 생각이 하나 있었다.

씻어야겠다.

샤워기를 거치대에 걸고 온도 조절도 안 하고 차가운 물줄기에 머리를 대고 있다가 그대로 입을 벌려 벌컥벌컥 마셨다. 온몸을 거품으로 꼼꼼히 씻고 나왔더니 날이 더웠다. 아직 마르지 않은 머리 틈으로 땀이 나는 듯하며 갑자기 허기가 밀려왔다.

집을 나섰다가 아파트 앞의 쉼터에 우산을 쓰고 있는 두 사람을 발견했다. 한쪽은 우산을 쓰고도 쪼그려 앉아 있었는데 그 특출하게 안정적으로 불량한 자세만으로도 관장님이란 걸 알 수 있어 피식 웃음이 새어 나왔다. 반대쪽 끝에 반듯하게 서 있는 건 목사님이었다.

그들이 함께 온 것은 아니었다. 각자 몇 번 찾아왔다가 오늘은 작정하고 기다렸는데 그게 하필 오늘이었다고 하셨다.

목사님은 말씀하셨다. "우연에 우연이 겹치면 현실이 되곤 합니다."

관장님도 거의 동시에 말했다. "너무 지어낸 것 같으면 진짜더라고."

목사님은 미안하다고 말씀하셨다. 나는 목사님이 잘못한 건 전혀 없다고 말했다. 그러자 목사님도, 이 상황은 모두가 죄인이며 무죄인 사람은 나 하나뿐이라고 말씀해주셨다.

관장님은 사연 있는 녀석들은 그에 맞는 각자만의 길이 있다며, 해야 할 일을 먼저 찾으라고 했다. 그들은 그 외엔 별말 없이 돌아갔다. 그렇게 오래 나를 기다려놓고, 막상 본 건 몇 분도 채 안 되었다.

햇빛이 보고 싶어졌다. 좀 더 정확하게 말하면 태양을 보고 싶었다. 정면으로 바라보고 하고 싶은 말이 있었다. 태양을 향해 서면, 내가 하고 싶은 일과 해야 할 일에 대한 답을 찾을 수 있을 것 같았다. 그래봤자 기도나 운동과 같이 혼잣말뿐일 테지만.

하지만 장마 때문에 해는 보이지 않았다. 나는 기다리기로 했다. 잠시가 될지 며칠이 될지는 모르겠지만, 관장님과 목사님이 나를 위해 기다려준 것처럼, 여기에 서서 그렇게 기다리면 될 것 같았다.

그때 거짓말처럼 비가 그치고 구름이 흩어지면서 태양이 나타났다. 그 틈으로 햇빛이 물줄기처럼 쏟아졌다. 나는 잠시나마 맨눈으로 태양을 바라보았다. 그 순간, 햇빛이 가리키는 대상이 명확하게 드러났다.

그건 나였다.

구름이 완전히 걷히고 태양이 몸 전체를 드러내자, 햇빛이 드리우며 그동안 가려져 있던 그림자가 드러났다. 그제야 나는 바로 옆에 그늘이 있다는 걸 자각했다. 햇빛이 있기 전까지는 그런 줄도 몰랐다. 그때 나는 옥상에서 나도 모르게 흐느꼈던 순간을 떠올렸다. 나도 모르는 누군가에게 나도 모르는 무언가를 빌었던 그때, 나는 뭔가를 감당해보겠다고 했다. 다시 태양을 직시하면서 딱 하나 머릿속에 떠오른 걸

지키기로 했다.

나는 '진짜' 복수를 하기로 했다.

†

오색 빛깔 비단결 봉투에 고스란히 남아 있던 내 목숨값은 아주 유용했다. 나는 우선 복학부터 해서 제적을 피했다. 국가장학금까지 활용하면 국립대학교 등록금 정도는 충당할 수 있었고 남은 돈으로 생활비까지 해결할 수 있었다.

생존이 해결되자 내가 할 일을 조금은 앞당길 수 있었다. 수소문 끝에, 혁우가 소속된 보육원을 찾을 수 있었다. 특이한 성씨 덕분에 비교적 쉽게 찾을 수 있었다. 그 애를 마주쳐야만 한다는 생각을 억누를 수 없었다.

보육원에선 나를 거부했다. 접근 자체를 막았다. 그건 단지 혁우 때문만이 아니라 나를 위한 것이기도 하다며, 그들은 오히려 나를 설득하려고 애썼다.

그때 나는 협상을 걸었다.

"그간 겪어서 아실 텐데요. 그 녀석 통제 불능이잖아요, 제가 전담하겠습니다."

내가 이렇게 말했을 때, 보육원 사람들의 얼굴에는 화색과 난색이 동시에 돌았다. 결국 내가 다니는 대학교의 이름은 무기가 되어주었고, 보육원의 어른들을 설득하는 데 큰 도움이 되었다. 그렇게 그들은 나를 받아들였고, 혁우를 마주하게 되었다.

녀석은 여전히 무표정이었다. 나를 보자마자 녀석은 한숨을 내쉬더니, 나를 오랜만에 만난 첫 마디로 이걸 택했다.

"아, 재미없어."

녀석이 재미없어하는 이유를 나는 알 것 같았다. 나는 어이가 없어 웃고 말았다.

녀석은 눈을 치켜뜬 채로 말했다. "벌써 끝내려고?"

"아니." 나는 고개를 저으며 대답했다.

내가 녀석에게 한 발짝 더 다가가니 녀석은 흠칫하며 뒷걸음쳤다.

"오래 걸릴 거다."

나는 이렇게 말하고는 내심 결의를 다지느라 나도 모르게 표정을 굳혔다. 그때 녀석은 땡그란 눈으로 고개를 갸웃거렸다.

나는 거의 매일같이 찾아가 온종일 혁우 옆에 붙어 있었다. 녀석은 그런 나를 매우 성가셔했다. 녀석이 도대체 왜 이렇게 귀찮게 구는 거냐고 했을 때, 나는 이렇게 대답했다.

"넌 괴물이니까."

그때 놈은 "푸하", "참나" 하는 소리를 동시에 냈다.

"지금이야 내가 어리니까 참고 있지만, 몇 년 뒤에 내가 힘이 세지면 어쩌려고 그래?"

내가 대답 없이 가만히 있었더니, 녀석은 혼자 알아서 말을 이어갔다.

"지금이나 내가 누나 말 듣는 척이나 하는 거지, 괜히 나중에 가서 나한테 처맞고 후회하지 말고, 그만 찾아와. 계속 이러면, 진짜로 두고 봐." 녀석은 여전히 어지간한 어른처럼 말했다.

이때쯤 나는 상상력이 필요했다. 2년 뒤, 혹은 3년 뒤에도 녀석이 이대로 갱생 불가능한 정신병자라면 나는 어떻게 해야 좋을까. 녀석은 어떻게 성장하게 될까. 아니, 이대로 내버려두면 답은 정해져 있었다. 최소의 경우라고 해봤자 리암을 죽인 그 괴물과 같은 어른이 되어 있을 거고, 최악의 경우 녀석은 우리나라를 전범국으로 만들거나 내란을 일으킬지도 모르는 놈이 될 것이다.

그때 머릿속에, 나와 눈을 마주쳤던 태양이 떠올랐다.

"두고 보지 뭐."

나는 더 이상 녀석의 행동에서 이유를 찾으려 하거나, 어떤 해답을 기대하지 않기로 했다. 대신 믿기로 했다. 나도 노력할 테니, 언젠가는 괜찮아질 거라고. 그렇게 믿어보기로 했다.

그러나 동시에, 만약 녀석이 계속 이런 상태로 남아 있다면, 더 강해지기 전에 끝을 봐야 할지도 모른다는 다짐이 마음 한구석에 조용히 자리 잡았다.

복학 후 처음 한 학기 동안은 학교가 끝난 뒤 대부분의 시간을 보육원에서 보냈다. 보육교사들은 골칫거리 하나를 떠넘긴 터라 내심 좋아했다. 원장은 임금이 따로 들어가는 것도 아니니 마냥 환영했다. 그 시간은 봉사활동으로 처리되어 학점 관리에 아주 약간의 도움이 되기도 했다.

그렇게 휴학과 복학을 반복하면서 나는 2년 만에 겨우 1학년을 마칠 수 있었다. 슬슬 등록금과 생활비 걱정을 해야 할 때가 됐을 땐, 이 보육원에서 임금을 받기로 계획했다. 필요한 자격증은 대학교 2학년 이상이어야 딸 수 있었다. 나는 연이어 학교에 등록했고, 2학년을 마치자마자 바로 자격증을 따고 계약직이 될 수 있었다.

내겐 절대적 시간이 부족했고 학업에만 전념할 수도 없었기에 한 학기를 다니면 한 학기를 휴학해야만 했다. 그렇게까지 해가면서 내가 투자하려 한 건 역시 '교육'이었다. 소혁우 교육.

가장 먼저 음식부터 시작했다. 내가 없을 때야 어쩔 수 없지만, 내가 있는 한은 그 음식의 맛을 표현하도록 했다. 무슨 초원을 뛰노는 혹은 대서양을 가르는 어쩌고 하는 등의 추상적 표현은 당연히 할 수 없을 테니, 차라리 제대로 된 표현을 하도록 유도했다. 달다, 시다, 짜다, 쓰다, 맵다로 시작해 고소하다, 담백하다, 상큼하다, 느끼하다로 도달하는 데까지 몇 달은 걸렸다.

녀석에게 음식은 단지 에너지원일 뿐, 즐거움이나 휴식 같은 개념이 아니었다. 안 그래도 통제도 안 되고 말까지 듣지 않는 녀석이 기본 개념부터가 남들과 다르다 보니 훨씬 오래 걸렸지만, 포기하지 않고 하루하루 쌓아갔다. 운동하듯, 공부하듯, 기도하듯, 그렇게 매일, 아주 조금씩, 야금야금 녀석의 감각에 침투했다.

그러다 우연히 솜사탕을 먹은 어느 날, 혁우는 심드렁한 표정으로 말했다. "구름을 먹는 것 같다고 누가 그러던데."

녀석은 '이따위 것'이라 칭하며 구름 맛일 리 없다고, 게다가 구름은 애당초 맛이 날 수 없는 물질이라며 몇 마디 더 투덜거렸다. 이어 녀석은 사람들의 맛 표현에 대해 지극히 허무맹랑하고 비현실적인 헛소리라며 한마디 덧붙였다.

"사람들은 이런 유치한 맛을 좋아하는구나."

흐음, 녀석은 또 철학자 같은 소리를 내뱉고는 솜사탕을 한입 더 베어 물었다. 그때 녀석의 표정은 꽤 흥미로워 보였다. 솜사탕 자체의 맛보다는 다른 요소를 궁금해하는 눈초리였다.

"맛뿐만이 아니야. 생각보다 사람들은 유치한 걸 좋아해."

내가 이렇게 말했을 때, 녀석은 도저히 이해할 수 없다는 듯 눈살을 찌푸렸다.

중간중간 병행되는 사회적 교육, 범용되는 윤리나 도덕에 관한 것도 쉽지만은 않았다. 이를테면 빨간불에 길을 건너면 왜 안 되느냐는 말에는, 법을 어기기 때문에 벌금을 내야 한다, 지나치게 반복되면 감옥에 간다, 감옥에선 갇혀 지내야 한다 등의 말이 차라리 설득력 있었다. 무엇보다 사고가 나면 네가 죽을 수도 있다, 라는 말이 가장 쉽게 통했다. 그때 하필 '빨간불에 길을 건너다'라는 영화 포스터를 마주쳤고, 혁우 녀석이 "법치국가에서 이따위 제목을 지어도 되는 거야?"라고 말한 게 아홉 살 때였다.

친구를 왜 괴롭히거나 갖고 놀거나 조종하면 안 되느냐는 것엔, 녀석에겐 '네가 입장을 바꿔서 생각해봐' 따위는 당연히 통하지 않았다. '친구가 속상해하잖아' 같은 말은 오히려 부추기는 셈이었다. 애당초 그게 목적인 녀석이기 때문이다. 당연하게도 '사람 사는 사회에서' 어쩌고 하는 말은 귓등으로도 안 들었고, 사회적으로 매장을 당한다거나, 법과 규칙으로 인해 불이익을 당한다고 알려줘야 했다. 사람을 날카로운 걸로 찌르면 왜 안 되느냐는 것에도, 언젠가 처벌받게 되고, 좁은 곳에 갇혀 지내기 때문이라고 알려야 했다. 말 그대로 '사람'답게 교육하는 것, 그게 가장 어려운 부분이었다.

혁우는 초등학교에 복귀하면서 종종 천재성을 드러냈다. 그림은 당연히 또래를 압도했고, 기억력도 대단했다. 다만 감정이 섞여야만 이해할 수 있는 부분은 가장 취약했다. 언어를 비롯해 다양한 수학 공식 같은 건 금방 깨우쳤으나 동화책은 아무리 읽어도 이해하지 못했다. 같은 반 아이들이 혁우에게 부모가 없다거나 보육원에 산다며 모욕하는 것엔 눈 하나 깜짝 안 하면서, 허락도 없이 지우개 같은 걸 갖다 쓰기라도 하면 그땐 상대의 학용품을 전부 망가뜨려버릴 정도로 가차 없이 복수했다.

아무도 보지 않을 때 또래를 밀어 넘어뜨린다거나 그런 짓을 하진 않았다. 이미 그런 정도의 육체적 상해는 소혁우에겐 애들 장난 수준이었고, CCTV가 곳곳에 있다는 것 정도는 진작에 파악한 후였다. 놈은 아이들을 교묘하게 조종해 이간질을 붙여 싸움이 나게 하거나, 오히려 똘똘 뭉치게 만들어 어른에게 덤비도록 부추기기도 했다. 어른들은 속수무책으로 당할 수밖에 없었다. 그걸 막기 위해서는, '이곳에서 쫓겨날 수도 있다, 그렇게 가는 다른 곳은 시설이 불편하다' 정도로 설득해야 했다. 즉, 녀석은 훈육이 아니라 설득이 필요한 존재였다.

그렇게 차근차근 진행되는 것 같았지만, 그때쯤 사건이 터졌다.

보육원에 새로 들어온 녀석은 인사 대신 입에 물고 있던 빨대를 화단에 퉤 뱉을 정도로 버릇이 없었다. 덩치가 크고 살집도 많아 또래에 비해 나이를 가늠하기 어려웠고, 뱀 비늘 같은 피부가 까무잡잡하기까지 해서 괜히 위협적이었다. 옅은 눈썹 아래에 단풍나무 씨앗처럼 일부러 구겨 뜨는 눈으로 녀석은 자신의 불량함을 드러내고자 했다.

신참이 기선 제압이라도 하려고 했던 건지 뭔지 혁우 앞에서 바닥에 침을 퉤 뱉었을 때, 내가 걱정한 건 소혁우가 아니라 신참 녀석이었다. 아닌 게 아니라, 그때 본 소혁우는 뒷모습만으로도 신나 있음을 알 수 있었다. 놀잇감을 찾은 사냥개처럼, 있지도 않은 꼬리가 팔랑거리는 것 같았다. 이대로 두면 저 풋내기는 정말로 죽을 수도 있겠다고 직감했다.

처음 며칠간은 아무 일도 없었지만 나는 알 수 있었다. 소혁우는 신참을 보자마자 제 계획을 진행 중이었을 것이다. 그 계획을 알 수 없었을 뿐이다. 그때 보육원 놀이터로 씩씩대며 달려가는 신참을 봤고, 나는 알 수 없는 힘에 이끌려 따라 달렸다.

"너 같은 방귀쟁이 돼지 새끼는 여기까진 못 오겠지?"

역시 놀이터 미끄럼틀 지붕 꼭대기에 소혁우가 있었고, 값싼 도발에 말려든 신참은 어떻게든 녀석을 잡겠다고 잔뜩 흥분한 채로 지붕으로 향하는 기둥을 타고 오르고 있었다. 소혁우는 너무 쉽고 간단해서 재미없다는 듯 하품하고 있었다.

그때 나는 높은 곳에서 떨어지는 신참의 미래가 보이는 듯했다. 그리고 역시 신참은 떨어졌다. 제대로 보진 못했지만, 아마도 소혁우가 발로 찼거나 손을 밟았거나 했을 것이다. 나는 몸을 날려 신참을 잡고 굴렀다. 무거운 녀석을 온몸으로 받아냈더니 팔다리 어깨가 다 끊어지는 것 같았다. 겨우 굴러서 신참이 무사한 걸 확인하고 소혁우를 올려다봤을 때, 녀석은 못마땅한 표정이었다.

신참은 눈을 뜬 채로 기절한 것처럼 숨조차 못 쉬고 있었다. 나는 신참을 달랬고, 녀석은 숨이 터지면서 엉엉 목 놓아 울기 시작했다. 멀리서 선생님들이 달려왔고, 무거운 신참은 두 명이 들어야만 했다. 신참은 팔다리로 선생님들을 뿌리치고 엉엉 울다가 일어나서 여전히 엉엉 울면서 보육원 건물로 걸어 들어갔다.

나는 팔다리를 부여잡고 겨우 일어나 몸을 다 펴지도 못한 채 말했다. "지금 내가 구한 건, 저 녀석이 아니라 너야."

혁우는 천천히 내려왔다. 나는 여전히 어정쩡한 자세로 몸 이곳저곳을 만졌다. 양어깨와 팔, 그리고 허리와 발목까지

인대가 다친 것 같았다. 그렇게 몸을 굽히고 있으니 나와 혁우의 눈높이가 비슷했다.

혁우는 내 앞에 서더니 쯧 하고 혀를 차며 말했다. "뭘 그렇게까지 해?"

그래, 나는 신참을 구한 게 아니라 소혁우를 구한 것이다. 이유는 분명했다.

"그래야 네가 인간이 돼."

혁우는 잠시 가만히 있다가 초콜릿 같은 눈동자를 또르륵 굴렸다.

"저 녀석, 유치한 말에 너무 쉽게 넘어오더라고. 그 꼴이 지나치게 우스운데 어떻게 참아?"

나는 겨우 허리를 펴고, 녀석을 내려다보며 말했다. "유치한 말을 내뱉으면 그렇게 말한 사람도 유치한 사람이 되는 거야."

그러자 녀석은 평소보다 길게 으음 소리를 내다가 고개를 끄덕였다. "한 방 먹었네."

녀석은 입을 비쭉 내밀고 입꼬리에 힘을 준 표정으로 나를 쳐다봤다. 이때 나는 녀석의 머리에 손을 갖다 댔다. 손이 떨리고 심장도 같이 떨렸지만, 녀석은 뭐 하느냐는 표정으로 쳐다볼 뿐 의외로 가만히 있었다. 나는 녀석의 윤기 있는 생머리 결을 따라 천천히 머리를 쓰다듬었다. 녀석은 눈을 땡그랗게 뜬 채로 눈알만 올려 나를 쳐다보고 있었지만, 여전히 가만히 있었다.

두어 번의 쓰다듬기가 끝나자 다시 온몸이 아팠다. 나는 당분간 정형외과를 들락거려야 했지만, 혁우는 어째서인지 그 뒤로 신참을 위험하게 만들지 않았다.

하루는 녀석이 왜 수많은 범죄를 '범죄'로 규정했는지, 안 잡히는 방법은 없는지에 관한 질문을 해왔다. 그때 나는 녀석에게 대답 대신 방송 하나를 보여줬다.

프로파일러가 대거 출연한 그 방송에선 연이어 범죄 얘기가 등장했고, 혁우는 텔레비전에 붙들린 듯 화면에서 눈을 떼지 못했다. 엄청난 집중도를 보이던 중, 한 프로파일러의 "이제 세상에 완전범죄는 없습니다. 언젠간 잡히게 돼 있고, 반드시 잡힙니다"라는 말에는 녀석의 눈빛이 유난히 번뜩였다.

이후로 녀석은 며칠간 말이 없었다.

†

며칠간의 침묵 동안, 혁우는 무슨 생각을 하고 있었을까? 완전범죄가 없다는 선언이 그의 머릿속에 남긴 것은 절망이었을까, 아니면 새로운 도전의 불씨였을까. 나는 그 답을 알기 전까지, 녀석을 끝까지 주시해야겠다고 마음먹었다.

어느새 혁우는 내 일상이 되었다. 복학했을 때나 휴학했을 때나 나는 혁우를 보살폈다. 사실 내가 쓸모없는 짓을 하는 건 아닌지 매일같이 고민하기도 했다. 하루하루 반복되다 보면 변하는 것도 없고 성과도 없어 보였다.

그렇게 3년째 되던 날, 녀석은 뜬금없이 말했다. "고맙다고 해야 하나?"

마침 어딘가를 가고 있던 때라, 나는 길에서 멈춰 굳어버린 채로 녀석을 쳐다보았다. 녀석은 숨을 고르더니 말을 이었다.

"날 죽일 수도 있었잖아. 기회가 많았는데."

녀석을 웃게 할 생각은 없었다. 당연히 울게 할 생각도 없었다. 그렇다고 천사가 되게 할 생각도 아니었다. 꼭 바르게 살도록 만들려는 것도 아니었다. 나는 녀석에게 감정을 가르치려는 것이 아니었다.

그래, 이 모든 건 복수 때문이었다. 녀석을 평범한 우리네 삶에 섞여 살 수 있게끔 만드는 것이, 그것이 바로 나에게 해를 입힌 사람들에게 할 수 있는 제대로 된 복수라고 생각했다. 너희 같은 괴물들보다, 우리 같은 사람들이 압도적으로 많고 영향력도 훨씬 크다는 것을 알려주고 싶었다.

그런데 녀석이 마치 감정을 익힌 것처럼, 물론 그럴 리 없겠지만, 그렇게 말하는 통에 나는 지나치게 놀라버리고 만 것이다.

"너는 내 복수야." 나는 여느 때처럼 담백하게 말했다. 굳이 녀석에게 속마음을 숨길 생각이 없었다. "네가 살아 있어야, 복수가 완성돼."

녀석은 대답 대신 고개를 까딱, 15도 정도 기울였다. 굳이 녀석의 말투를 써서 해석하자면 '무슨 말이지?' 정도 되는 것 같았다. 그리고 이렇게 해석이 될 수 있다는 사실에 나도 조금은 놀라웠다.

"네가 살아 있고, 올바르게, 몸도 마음도 건강하게 커서, 남에게 폐 끼치지 않고, 남을 함부로 해치지 않고, 세상에 이로운 사람이 되면, 그게 내가 생각하는 진짜 복수야."

녀석은 잠깐 생각하는 듯하더니 고개를 끄덕거렸다.

"그건 좀 말이 되네." 녀석은 뒤돌다 말더니 다시 고개를 돌렸다. "아, 확인차 묻는 건데, 그 복수라는 게 우리 엄마, 아빠 얘기 맞지?"

이 질문엔 나도 생각이 조금 필요했다. 나는 잠시 생각하다가 녀석이 이제는 알아들을 수 있을 것 같아 내 뜻을 담아 대답해주었다.

"꼭 그렇지만은 않아. 포함이 되긴 하지만."

으음, 여전히 철학가 같은 소리를 낸 녀석은 고개를 갸웃하다가 끄덕였다.

리암만큼이나 혁우도 무럭무럭 자랐다. 뼈대는 엄마를 닮아 건장하고 눈매는 아빠를 닮아 크고 짙었다. 눈썹은 엄마를 닮아 갈매기 모양이고 쭉 뻗어 있던 머릿결은 아빠를 닮아 점점 반곱슬이 되어갔다. 손발은 엄마를 닮아 길쭉했고 얼굴형은 아빠를 닮아 날렵했다. 까맣던 눈은 불 꺼진 방만큼이나 더욱 짙은 검은색이 되었다.

나는 포기하지 않고 녀석을 돌봤다. 말이 돌봤다지, 사실 밀착마크나 다름없었다. 보육원 사람들은 혀를 내둘렀다. 녀석은 하루하루 커갈수록 더욱 말이 없어졌다. 하루 종일 책을 보거나 사색하듯 혼자서 창밖을 보는 시간이 많아졌다. 주로 인문학 서적 중에서도 철학서를 읽곤 했다. 녀석이 읽은 책은 제목을 기억해뒀다가 나도 보곤 했는데, 도저히 재미가 없어서 중간에 포기한 것이 더 많았다.

어느 날 녀석은 앉아 있는 내게 다가와 책 하나를 내밀며 말했다. "엄마, 아빠는 틀렸어."

화제 자체가 갑작스럽기도 했지만, 무엇보다 내민 책이 더 놀라웠다. 소범수, 진이경 공저로 되어 있는《인간을 경영하라》라는 책이었다. 내가 이 책의 존재를 모르고 있었다는 것도 놀랄 만한 일이었다.

"사람의 능력을 수치화할 수는 없어. 세상은 게임이 아니고, 인간은 평면이 아니거든."

여전히 녀석은 배려심 없게도 저만 아는 표현으로 말을 하는 경향이 있었다. 나는 녀석이 내민 책을 받아서 표지를 살펴봤다. 곳곳에 세월이 묻어 있는 걸로 보아 어렵게 구한 것 같았다.

"나도 그렇게 생각해."

"그러니까 이제 그만 와도 돼."

내가 놀라서 고개를 들어 쳐다보자, 녀석은 무저갱처럼 아득하고 새까만 눈으로 나를 쳐다봤다.

"나도 이제는 알았다는 말이야. 인간은 바둑돌이 아니라는 거."

몇 단계를 건너뛴 건지 모르겠지만, 녀석은 어쨌든 더는 사람을 해치거나 사고를 치지 않겠다고 말하는 것 같았다. 나는 더 캐묻지 않고 다만 녀석에게 손을 내밀었다.

"악수나 하자."

녀석은 내 손을 물끄러미 보다가 말했다. "됐어, 또 볼 텐데 뭘."

녀석은 휙 돌아서 가버렸다.

집에 가는 길에 나는 온몸을 휘감는 기분을 주체하기 어려웠다. 몸이 들썩거리고 목뒤가 화끈거리면서 종아리가 탱

탱해졌다. 이런 기분을 해방감이라고 하는 것인가, 오랜 숙제에서 벗어난 것 같았다.

그 뒤로 몇 년간 녀석을 마주치는 일은 없었다. 소식으로는 보육원을 떠나 집으로 들어갔고, 물려받은 부모님의 회사 일에 적극적으로 참여하기 시작했다고 했다. 그밖에는 들은 일이 없었다. 소식이 없다는 건 차라리 좋은 일이었다. 행여나 무슨 소식이라도 들릴까, 때때로 가슴을 졸이기도 했다. 무소식이 희소식이라는 오래된 말은 이렇게 저리도록 와닿았다.

나는 사회복지학을 중점으로 법학까지 복수 전공하면서 입학한 지 9년 만에 졸업했다. 철학은 청강으로만 들었는데, 괜히 전공으로 선택했다가는 감당 못 할 것 같아서였다. 그리고 그 판단은 옳아서, 철학은 내 분야가 아님을 확실히 하는 계기가 되었다.

고민 끝에 대학원에 진학하고, 조교와 학업을 병행하며 논문에 몰두하니 시간은 더 빨리 갔다. 혁우를 돌봤던 경험은 논문 주제를 정하는 데 많은 도움이 되었다. 나는 유소년 사이코패스 교육의 효과The Effects of Psychopathic Education on Children라는 다소 자극적인 제목과 소재로 '유소년의 미래'라는 학술지에 올라 비교적 빠르게 학위를 받을 수 있었다.

그 무렵 혁우는 법적 성인이 되자마자 사망한 부모에 이어 대표직에 올랐고, 선거 자금을 강요했던 정치인의 반대쪽 증인으로 청문회에 불려갔다. 정확히는 불려갔다기보단, 먼저 증언하겠다고 나섰다. 이 사건은 나름의 반향을 일으켜, 사람들은 저마다 혁우가 정의를 지키려 한다며, 이중적인 의미로 쓰인 듯한 '갓 스물' 고졸 기업인의 패기라며, 여기저기서 치켜세우기 바빴다.

청문회에서 혁우는 사람들의 반응을 이해할 수 없다는 듯 둘러보다가, 조용한 가운데 첫마디를 뗐다.

"저는 사이코패스입니다."

사람들은 와하하 웃었다. 마치 한 줄짜리 농담을 들은 것처럼.

악의 무게

혁우가 경찰과 통화를 마칠 때까지 나는 녀석을 쳐다보고 있었다. 녀석도 나를 쳐다봤다. 눈이 마주쳤다. 나는 손을 부여잡고 웅크린 채로, 남아 있는 기력을 전부 발휘해 놈의 눈을 노려봤다. 놈도 내 눈을 피하지 않았다.

녀석은 전화를 끊고 잠시 뜸을 들이더니 이내 느릿느릿 다가왔다. 그러곤 나를 보며 비죽 웃더니 말했다.

"뭘 그렇게 봐?"

마치 뒷골목 날건달이 시비 거는 듯한 표정과 말투였다. 키도 덩치도 작고 비쩍 말라 힘도 없는 주제에, 녀석은 세상 여유를 다 가진 것처럼 행동했다.

"뭘 그렇게 보는 거냐고, 어차피 나한테 뭐 아무것도 못 하면서."

녀석은 마음 놓고 까불었다. 녀석은 내가 못 때릴 거라는 것을, 내가 함부로 해치지 못할 거라는 것을 알고 있다. 그걸 알고 이용해 먹고 있다. 그런 녀석의 속내를 나까지도 알고 있으니까 더 화가 치밀었다.

숨이 거칠어지면서 몸속의 피가 날뛰었다. 찢어진 손바닥에서 심장박동이 느껴졌다. 불이 붙은 것처럼 눈알과 눈두덩이가 뜨거워졌다.

"와, 이 누나 눈초리 무섭네." 빈정대던 놈은 더 다가와 내게 속삭이듯 말했다. "내가 앞으로 뭘 할 건지 알아? 난 또 할 거야. 이런 짓을 계속할 거야. 더 할 거야. 엄청 재미있거든. 정말 너무 재미……."

그 순간 나는 녀석의 몸통에 주먹을 날렸다. 녀석은 말하다 말고 맞아서 그런지 끄억 하는 이상한 소리를 내더니 뒤로 철퍼덕 주저앉으며 뒤로 데굴 굴렀다.

"안 되겠다. 넌 좀 맞아야겠다."

나는 있는 힘껏 일어났다. 다리가 멋대로 후들거렸지만 근력 이상의 것이 나를 지탱하고 있었다. 녀석은 데굴데굴 구르면서 아파서 내는 건지 웃고 있는 건지 모를 이상한 소리를 냈다.

나는 일어선 채로 후들거리는 다리를 붙잡고 있었다. 한참을 학학학거리던 녀석도 겨우 부스스 일어났다.

"그래서? 뭘 어떻게 할 건데?"

지금의 나는 가만히 서 있는 것조차도 겨우 버티고 있었지만, 놈을 이기려면 어쩔 수 없었다.

"넌 좀 알 필요가 있어. 맞아 죽을 수도 있다는 걸."

녀석은 웃으면서 말했다. "죽어? 그러지도 못하면서?! 누나는 못 해. 근데 난 할 수 있지롱! 메롱!"

녀석은 말을 하면 할수록 말투와 억양에 유치한 조롱을 더 섞었다.

"앞으로도 계속, 죽을 때까지 계속할 건데? 엄청, 진짜, 완전 할 건데에?!"

녀석은 비틀거리는 내 앞에 바짝 오더니 얼굴을 들이밀었다. 마치 때릴 테면 때려보라는 것처럼, 비소를 머금은 눈과 입꼬리로 나를 올려다보았다.

그때 녀석은 갑자기 표정을 굳히더니 차갑게 말했다. "또 해봐. 주먹질."

그때 나는 눈이 뒤집힌다는 말을 실감했다. 순간 녀석의 미래가 보이는 듯했다. 훌쩍 커버린 녀석은 저 뛰어난 지능으로 수많은 사람을 온갖 계략과 권모술수로 농락하고, 갖고 놀고 괴롭히고, 급기야는 군림하게 된다.

그때 아득한 저편 어디선가 작은 존재가 단숨에 달려왔다. 그는 훌쩍 커버린 어떤 성인 남자의 허벅지를 깨물었다.

그것은 작지만 용감한 나의 수호자, 우리 리암이었다. 나는 고개를 들어 성인 남자의 얼굴을 주시했다. 그 얼굴은 저 녀석, 소혁우였다.

　스쳐간 찰나의 환상으로 나는 하나만은 확실하게 정했다. 아까는 내가 잘못 생각했다. 아이라는 이유로 이렇게 둘 게 아니었다.

　싹을 잘라야 한다.

　싹을 자를 수 있는 건 지금뿐이다.

　나는 녀석의 멱살을 낚아챘다. 머리보다 몸이 먼저 움직였다. 녀석은 아직도 여유를 부렸다. 손에서 넘쳐나는 피가 녀석의 턱주가리와 목덜미를 적셨다.

　녀석은 캑캑대면서도 뭐라고 중얼거렸다.

　"잘 생각해…… 이러다 누나 감옥 간다……?"

　목이 졸려 뭉개진 목소리로도 녀석은 끝까지 제 할 말을 했다. 하지만 나는 이미 녀석을 끝내기로 결심했다. 이쯤 되면 내가 어떻게 된다 한들 상관없었다. 결심이 굳어지면서 어디서 솟는지 모를 힘이 나왔다. 녀석은 손톱을 세워 내 손목을 찍어 누르고 있었다. 이쯤 되니까 아픔조차 느껴지지 않았다. 내가 견뎌내자 놈은 급기야 내 손을 깨물기 시작했다. 놈의 입질은 내 뼈까지 씹어 먹을 기세였다.

　놈의 공격으로 손아귀가 잠깐 느슨해진 틈에 녀석은 발버둥을 치더니 빠져나갔다. 온몸이 부서질 듯한 고통 속에서도 나는 발끝에 남은 힘까지 끌어올려 짜냈다. 그렇게 마지막 희망처럼, 나는 녀석을 향해 온몸을 던졌다.

녀석을 붙잡고 뒹구는 동안 내 팔다리는 아픈 정도를 넘어 의식까지 흐릿해졌다. 놈의 목을 잡으려 했지만 녀석은 쌩쌩한 몸으로 잘도 피했다. 심지어 녀석은 피할 때마다 헤헷 소리를 내며 웃기까지 했다.

만신창이가 되어버린 몸으로 녀석을 단번에 제압하긴 쉽지 않았다. 아무리 꼬마라지만 녀석도 때리고 할퀴며 온갖 몸부림으로 반항했고, 발로 내 코를 차고 주먹으로 내 눈을 때렸다. 상처 부위를 연거푸 공격하는 것도 잊지 않았다. 그래도 나는 놈의 옷자락을 놓지 않았다. 녀석의 티셔츠가 찢어지고, 바지도 반쯤 벗겨진 채로, 그렇게 내 피가 범벅이 되도록 우리는 서로 뒤엉켜 몸부림쳤다.

나는 목숨을 걸었다. 녀석은 이나마도 즐거운지 때때로 웃고 있었다. 그 얼굴이 나를 더 화나게 했다. 문제는 내 양심인지 무엇인지가 튀어나와 자꾸만 내 몸을 주저하게 했다.

"그것 봐. 못 하지? 못 하겠지??"

그렇게 내가 몇 번의 기회를 놓치는 동안 녀석은 더욱 비웃어댔다. 때리려다가 멈칫하고, 던지려다가 멈칫하고, 그 와중에도 붙들고 아웅다웅하며 결국 우리 둘은 몸부림 끝에 옥상 끝에 닿았다.

다리가 풀리며 이번엔 내가 파라펫에 걸쳤다. 그때 녀석의 주먹이 내 목에 박혔다. 그새 그걸 배워서 써먹다니, 아픈 감각이야 이제 무뎌진 정도였지만 숨이 막히며 머리를 가누기가 힘들었다.

나는 앞으로 고꾸라지면서도 녀석을 놓지 않고 파라펫으로 밀었다. 녀석의 등이 파라펫에 고정되며 이제야 자세가 나왔다. 나는 서서히 녀석의 목을 졸랐다. 놈은 제 목을 조른 내 두 손을 붙잡고 버티면서, 이마에 핏대까지 세운 채로 으흐흐 웃었다. 이내 녀석의 눈까지 충혈됐다. 그런데도 놈은 그 어금니 사이로 또 흐흐 웃음소리를 흘렸다.

점점 손가락의 힘까지 빠졌다. 아까 박힌 연필심과 베인 손바닥 때문인 것 같았다. 녀석을 밀치고 있는 파라펫 너머로 보이는 정원 바닥엔 놈의 엄마와 아빠가 나란히 누워 있었다. 그곳에 이 녀석의 자리가 보이는 듯했다. 자꾸 주저하는 몸의 목소리를 어기기는 쉽지 않았지만, 애써 무시하며 녀석에게, 무엇보다 녀석이 앞으로 저지를 일에 집중했다.

"너도 이만, 너네 엄마 아빠 따라가라."

그렇게 끝까지 발버둥 치는 놈을 밀어내려는 그 순간, 알 수 없는 힘이 나를 단숨에 잡아당겼다. 나는 무너지듯 뒤로 나동그라지며 동시에 놈을 놓쳤다. 놈은 파라펫에 걸쳐 허우적거렸다. 그때 퍼런 형체가 몸을 날렸고, 그렇게 떨어지기 직전의 녀석을 가까스로 잡은 건 경찰이었다.

나는 누운 채로 울부짖었다. 내 위로 경찰들이 덮쳤다. 나는 바닥에 짓눌린 채로 절규했다. 뒤로 소혁우의 "운다!"라는 외침과, 이어지는 깔깔깔 웃음소리가 내 위로 덮였다.

그게 그날의 마지막 기억이었다.

†

나는 살인미수임에도 정당방위와 정상참작, 정신질환 등이 인정되어 결국 2년 형을 받았다. 세간의 관심을 받아 사건은 일사천리로 진행됐고, 나는 경찰서에서 세상과 격리된 채 지내다가 바로 교도소에 갇혔다.

수감자들은 나를 보자마자부터 괴롭혔다. 내가 어린아이를 죽이려 했다는 이유였다. 수감자 중에서도 엄마들은 특히 더 난리였다. 듣자 하니 내가 오기 전부터 벼르고 있었다고 했다. 그렇게 하면 자신들이 저지른 죄가 조금은 상쇄되는 것처럼 생각하는 모양이었다.

별의별 죄를 종류별로 저지르고 들어온 인간들 주제에 어떻게든 나보다 깨끗해 보이려고 발악하는 무리 틈에서 살아남기 위해 나 또한 매일 악다구니하며 받아쳤다. 매순간 몸

싸움이 벌어졌고 주먹은 성할 날이 없었다.

싸움은 하면 할수록 늘었다. 주변엔 온통 적敵뿐이었다. 언제 덤벼들지 모르는 인간들 틈에서 지내며 내 감각은 나날이 날카로워졌다. 성격은 송곳처럼 뾰족해지고 세상을 향한 적대심은 옹벽처럼 두꺼워졌다. 이곳을 나가더라도 이 세상 전부가 나의 적일 것만 같았다.

그렇게 나야말로 점점 괴물이 되어가고 있었다.

감옥에서 나는 하루도 빠짐없이 생각했다. 차라리 녀석을 조금이라도 더 빨리 죽이고 20년 형이고 30년 형이고 받았다면, 지금보다 덜 억울하고 덜 아쉬웠을 것 같다고.

그런 내 생각은 시간이 갈수록 거듭되며 굳은살처럼 단단하게 박혔다.

†

목숨값으로 받은 봉투 속의 돈은 감옥에 있는 동안 밀린 공과금과 세금으로 대부분이 사라져버렸다. 출소할 땐 어떻게 알았는지 관장님과 목사님이 같이 있었다.

두 분은 관례처럼 두부를 내밀었다. 나는 그걸 쳐다보기만 했다. 목사님은 두부를 도로 싸서 내 손에 쥐여주었다. 관장님은 굳은 표정으로 나를 가만히 쳐다보기만 했다.

우린 한참 동안 그렇게 있었다. 나는 그들에게 단 한마디도 하지 않았다.

아니, 할 수 없었다.

앞으로 해야 할 일이 무엇인지 나는 누구보다도 잘 알고 있었기 때문이다.

나는 그들 앞에서 두부를 바닥에 버렸다. 으깨진 두부가 검은 아스팔트 바닥을 하얗게 채웠다. 나는 실망 어린 표정의 그들에게서 등을 돌렸다.

그날 밤, 오랜만의 우리 집인데도 나는 잠을 이루지 못했다. 관장님과 목사님의 눈빛이 머릿속에서 반복 재생됐다. 눈초리만으로도 그들은 많은 뜻을 전하고 있었다. 그들이 내게 어떤 마음을 품고 있는지는 어렴풋이나마 알지만, 그것이 지금의 내게 아무 도움이 되지 않는다는 것도 알고 있었다. 그 사실이 나를 더욱 짓눌렀다.

몸에 열기가 올랐다. 살짝 맺힌 식은땀이 마르며 한기가 돌았다. 귓속에서 맥박이 펌프질처럼 울렸다. 콧속이 조여오며 숨이 가빠오고 눈이 뜨거워졌다. 이럴 때 내가 반복적으로 떠올리며 중얼대는 문장이 있었다.

'사이코패스 혹은 소시오패스의 경우, 보통 똑똑하고 사고 판단 능력이 발달되어 있다. 감정을 느끼지 않기 때문에 실수가 거의 없다. 그래서 범죄를 저지를 때 망설임이 없다. 우발적인 경우 뒷수습에 능하고, 계획적인 경우 상당히 오랜 기간 들키지 않을 수 있다.'

감옥에 있는 동안 읽었던 전문가의 해설이었다. 내가 질려버린 인간들의 얘기고, 이제는 끝내야 할 이야기였다.

소혁우는 예정된 대학살자였다. 놈이 크면, 아니 다 크기 전이어도, 녀석은 언제라도 잔인한 짓을 서슴지 않을 것이다. 그놈이 존재하는 한 제2, 제3의 리암이 발생할 것이다.

내게 막을 기회가 있었다. 나는 그렇게 당했는데도 결국 바보같이 '아이'라는 이유로 몇 번을 주저하고 말았다. 두 번의 실수는 하지 않을 것이다. 기회를 찾을 것이다. 미래가 뻔히 보이는 연쇄살인마를 그냥 둘 순 없다.

다시 마음을 단단히 굳히니 그제야 잠이 왔다.

그리 오래전 일도 아닌 것 같은데 그새 세상은 변해 있었다. 콕 집어 말로 표현할 순 없었다. 해와 지구의 거리가 변한 것 같았고, 바람의 방향이 바뀐 것 같았고, 구름의 색깔이 변한 것 같았다. 그런 건 아무래도 좋았다. 나는 다가올 일만 생각하기로 했다.

출소하자마자 소혁우를 찾아다녔다. 원래 있어야 할 보육원에 전화로 확인했을 때 그런 아이는 없다고 하길래, 당연히 거짓말인 줄 알고 직접 찾아가기까지 했다. 내가 도착했을 땐 이미 여러 사람이 모여 있었다. 담당자를 다그치고 멱살잡이까지 하면서 겨우 알아낸 것은 또 어디론가 갔다는 것뿐이었다. 옮겨갔다는 보육원을 알아내고 찾아가봐도, 역시 녀석은 없었다. 그곳에서도 이후의 행방을 알려주지 않았다.

나는 최소한의 생활을 유지하며 오로지 소혁우만 찾아다녔다. 그렇게 6개월이 흘렀는데도 놈을 찾을 수 없었다. 어디에 숨었는지 도저히 찾을 수가 없었다. 내가 할 수 있는 것엔 한계가 있었다.

그때 나는 그림 한 점을 보게 되었고, 보자마자 알 수 있었다. 녀석의 그림이다.

여느 때처럼 소혁우를 찾기 위해 도서관과 피시방을 전전긍긍하던 그때, 누군가 띄워둔 화면에서 놈의 그림을 보고 말았다. 나는 발걸음을 멈추고 구경하다가, 급기야 자리의 주인을 밀쳐내고 말았다. 뒤에서 자리의 주인을 비롯한 사람들이 미친 여자라고 수군거리기도 하며 비켜달라고 재차 부탁했지만 무시했다. 나는 이제 안다. 그건 그놈, 소혁우의 그림이 확실했다.

어느 인터넷 커뮤니티에 올라온 '부모 잃은 초등학생의 그림'이라는 제목의 글은 녀석의 그림을 포함하고 있었다. 새까만 배경에 사람 신체가 부위별로 나뉘어 있는 그림은 종전과 달리 눈빛이 살아 있었는데, 바닥에 깔린 채 울부짖는 듯한 그 눈의 주인공은 아무리 봐도 나였다. 녀석은 특출한 그림 실력 때문에 어린 화가로서 벌써 주목받고 있었다.

작가 혹은 화가라는 수식어가 붙은 녀석은 아스퍼거 아동으로 소개되어 있었다. 치가 떨렸다. 놈이 연기 중이라는 걸 나는 뻔히 안다. 가소로움에 실소가 삐져나왔다. 놈은 그렇게 정체를 숨기고 발달장애가 있는 척하며 속 편하게 살아가고 있었다. 얼마나 많은 사람을 비웃으며 살아가고 있을지, 놈이 지금 가지고 놀며 지배하고 있을 그 작은 세계를 생각하자 내장이 뒤틀렸다.

지체할 이유가 없었다. 나는 바로 녀석을 찾아갔다.

"안 그래도 불쌍한 애한테 도대체 왜 그러는 거예요?!"

"이봐요! 이거 완전 미친 사람 아니야?"

"어, 나 이 여자 알아! 이 여자, 그 여자야!"

"그래! 이 여자가 이 아이의 부모를 죽였어!"

"부모를 죽인 것도 모자라 이제 아이까지 죽이려 해?!"

정신을 차려보니 이런 말들만 난무하고 있었다. 내 몸은 움직여지지 않았다. 놈의 주변엔 이미 여러 사람이 있었다. 내 팔과 몸통은 사람들이 붙들어 잡고 있었다.

아무리 발버둥을 쳐봐도 남자 여럿의 힘을 이길 순 없었다. 그렇게 나는 사람들에게 제지당한 가운데 완전히 고립된 채로 그들의 말을 들어야만 했다. 사람들은 계속해서 나를 파렴치범으로 몰고 가는 말을 뱉어냈다.

나도 항변하려 했다. 하지만 목소리가 나오지 않았다. 말하는 방법을 까먹은 것 같았다. 말하려 하면 그때마다 관자놀이의 맥박이 전기처럼 튀었다. 뒤통수는 두 갈래로 돌덩이가 놓인 것처럼 묵직하게 조여왔다.

그러다 2년 반 만에 겨우 터져 나온 건, 짐승 같은 울부짖음뿐이었다. 아무 말도 못 하고 그렇게 실어증 걸린 사람처럼 숨넘어가는 소리만 냈다. 사람들의 경악한 눈초리가 화살처럼 몸에 박혔다.

사람들은 경찰을 부른다느니 어쩌니 하며 바빴다. 저마다 한마디씩 저주의 말을 퍼부을 때, 뒤에서 들리는 목소리에 모든 사람의 집중이 몰렸다.

"전화 끊으세요."

머리가 희끗희끗한 여인을 보며 사람들은 원장님이라고 불렀다. 그녀는 내게 천천히 다가왔다.

"이분도 피해자예요."

내가 고개를 들어 쳐다보자, 그녀는 물기 있는 눈으로 나를 정확히 쳐다봤다.

"하지만 이건 아니에요. 이렇게는 안 돼요! 우린 저 아이가 성인이 될 때까지, 몇 번이고 이렇게 지키고 있을 거예요. 그러니까…… 포기하세요."

나는 놈을 노려보았다. 놈은 아스퍼거인 척 연기하느라 애써 초점까지 지운 눈으로 나를 안 보는 척했지만, 다 보고 있다는 것을 나는 알고 있었다. 놈은 미세하게 웃는 듯한 얼굴로 이 모든 상황을 즐기고 있었다.

그때 나는 털썩 주저앉았다.

그리고 울었다. 엉엉 소리 내어, 완전히 바닥에 주저앉은 채로 목 놓아 울었다. 그 틈에 녀석을 힐끔힐끔 쳐다보면서, 나는 최대한 서럽게 울었다.

순간 발달장애 흉내를 내던 소혁우 그놈의 입꼬리가 꿈틀댔다. 나는 더 크게 울었다. 말은 나오지 않고, 그저 우는 소리만 더 크게 낼 뿐이었다.

그때 푸흡, 참아온 웃음이 터지는 소리가 들렸다. 사람들은 일제히 소리 난 곳으로 고개를 돌리더니, 하나둘 탄식하기 시작했다.

그곳엔 소혁우가 입을 틀어막고 눈물까지 찔끔거려가면서 웃음을 참고 있었다.

사람들이 얼빠진 얼굴로 소혁우를 쳐다보자, 놈은 애써 진정하곤 눈에 초점을 갖추더니 몇 번의 헛기침 끝에 천천히 손가락을 들어 나를 가리키며 명확하고 똑똑한 표정과 말투로 말했다.

"웃기잖아요."

사람들은 불안하게 변한 눈빛으로 나와 소혁우를 번갈아 쳐다봤다.

녀석은 이해할 수 없다는 듯 사람들을 둘러보더니 어깨를 으쓱하며 말했다. "나만 웃겨요? 아, 되게 웃긴데."

그러곤 다시 크흡 하며 웃음을 먹는 소리를 냈다. 아연실색한 얼굴의 사람들은 저마다 웅성거리며 한마디씩 하는 것도 잊지 않았다. 그때 특히 내 귀에 꽂힌 한마디가 있었다.

"어머, 저런 벼락 맞을 놈."

그때 나는 통곡을 멈추고 벌떡 일어났다. 나를 붙들고 있던 사람들은 하나둘 나를 놓고 한 걸음씩 떨어졌다. 한바탕 목 터져라 소리를 지르고 울부짖었더니 이제야 목소리가 나왔다.

"넌 벼락은 안 맞을 거야."

내 말에 녀석은 고개를 갸웃거렸다.

"번개는 좋은 사람한테 떨어지니까."

소혁우의 입가에서 미소가 천천히 지워졌다. 그때 원장님이라는 사람은 녀석의 어깨를 감싸 안고는 건물로 들어갔다. 녀석은 미소를 띤 채로 미련 없이 돌아서서 들어갔다. 나머지 사람들은 원장님을 따라가거나 제 갈 길을 갔다. 그렇게 싱겁게 소혁우는 자신을 지켜주는 사람들과 함께 제 보금자리로 돌아갔다.

잔인한 유머처럼 나도 웃고 말았다. 세상엔 이렇게 따뜻한 폭력도 있었다. 그런데 왜 나한테만은 그렇지 않았을까.

손바닥의 흉터가 욱신거렸다.

✝

나는 아직 포기하지 않았다.

부모님이 물려준 집을 팔고 차액으로 생활하고 최소한만 먹으며 말 그대로 '연명'만 했다. 그렇게 녀석이 중학생이 되길 기다렸다. 그쯤 되면 학교 정도는 혼자 다닐 것이고 그때가 기회라고 봤다.

오랜 기다림과 뒷조사 끝에 겨우 녀석을 찾을 수 있었다. 멀리서 녀석을 봤을 땐 심장이 터질 것만 같았다. 겁이 나거나 두려워서 혹은 걱정돼서가 아니고, 드디어 해낼 수 있을 것 같다는 기대감 때문이었다.

다만 녀석은 좀처럼 인적이 드문 곳으로 다니는 일이 없었다. 나는 짧고 굵지만 날카로운 군용 칼을 품은 채로 며칠 동안 녀석을 주시했지만 도통 기회가 보이지 않았다.

그렇게 일주일째 되던 날, 편의점에서 나오던 혁우가 어떤 골목께로 들어갔을 때 나는 드디어 살아 있음을 느끼며 녀석을 쫓았다. 온몸에 피가 돌았고 모든 감각이 최고조에 이르렀으며 근래 최고로 두뇌가 활성화되어 있는 것 같았다. 그렇게 골목으로 들어가자마자, 양옆에서 나를 붙드는 건 건장한 남자 둘이었다. 형사 둘이 나를 현행범으로 체포 어쩌고 하며 미란다원칙을 읊는 동안, 그때 중학교 교복을 입은 녀석은 멀리서 나를 보곤 주저앉아 손가락질하며 박장대소하고 있었다.

나는 결국 또 감옥에 갇혔고, 가중처벌로 4년 형을 받았다. 그때쯤 편지를 하나 받았는데, 발신인은 역시나 소혁우였다.

편지는 단 몇 문장뿐이었다.

'뭐 그리 훔쳐만 보고 있었어. 아휴, 언제 덤벼드나 했네. 지루해 죽는 줄.'

이렇게 세상은 녀석을 비호하고 있었다. 녀석도 사람으로 태어났다는 이유로, 인간의 형체를 하고 있다는 이유로, 사람들은 녀석을 지켜주려 하고 있었다.

이때 나는 이 지긋지긋한 곳을 떠나기로 결심했다. 아니, 떠날 수밖에 없음을 깨달았다.

†

　딱히 모범수도 아닌 데다가, 툭하면 싸움박질이었다. 결국
4년을 꽉 채우고 나왔다. 형기가 늘어나지 않은 게 오히려
다행일 정도로 엉망인 수감 생활을 했다.

　출소 후부터는 인적 드문 시골 마을부터 여기저기 떠돌다
가, 결국 내 마음이 닿은 곳은 캐나다였다. 이유는 다소 허
무맹랑하게도, 어쩌다 민서 아줌마와 아론 아저씨를 마주칠
수 있지 않을까 하는 마음이기도 했다. 우연히라도, 이 넓은
땅에서 그렇게만 된다면 그땐 용기를 내볼 수 있을 것 같았
다. 하지만 내 행색과 꼬락서니로 인해, 먼저 찾아 나설 면
목은 없었다.

　그렇게 한국을 떠나온 지 벌써 10년쯤 됐다. 시간은 금방
갔다. 어느새 20대가 지나고, 서른도 훌쩍 넘었다. 동양인이
나밖에 없는 캐나다 벽지에서, 대화가 필요 없는 물류창고에
서 일하며, 집에 오면 운동하고, 샌드백을 치고, 책을 읽고,
잠을 잤다. 가끔 또래쯤 돼 보이는 피부 하얀 금발 곱슬머리
남자애가 말을 걸어오긴 했지만, 고개를 끄덕이거나 가로젓
는 정도로만 대했다.

　운동은 건너뛰기가 더 어려웠다. 손목이나 무릎에 통증이
있어 하루 정도 쉬려고 해도, 이제는 손금이 되어버린 손바

닥의 흉터를 볼 때마다 몸을 단련하지 않으면 불안해서 잠이 오지 않았다. 하루가 다르게 관절의 무리를 느끼곤 했지만, 마음속 깊이 해결되지 않은 문제 때문인지 몸이 편하면 마음이 불편했다.

그렇게 봄이 올 무렵 어느 날, 금발 곱슬머리 남자애가 맥주를 먹자고 했다. 나는 술을 먹지 않는다고 했다. 그러자 커피도 괜찮다고 했다. 나는 별말을 하지 않았다. 그 남자애는 퇴근 후에 아무 말 없이 나를 따라왔다.

일이 끝나고 들른 커피숍 테라스에서 우린 마주 앉아 있었다. 몇 가지 이야기를 나눴는데, 대부분 별 얘기 아니었다. 이름을 듣긴 했는데 까먹었다. 다만 그 남자애는 이곳에서 일한 지 벌써 3년째였다고 한다. 그러니까, 나를 3년간 지켜봤다는 소리였다.

아무리 그렇다고 한들 내가 어떻게 해줄 수 있는 건 없었다. 이 커피숍마저도, 이곳 생활 10여 년 만에 처음으로 와본 것이었으니.

남자애가 화장실에 간다며 자리를 비웠고, 말하는 이가 없으니 주변은 정적으로 휩싸였다. 봄날의 한적한 캐나다 시골길은 정말 아무런 일도 일어나지 않는 고요한 곳이었다. 아직은 앙상한 갈색 나무들이 좁은 도로를 두고 양쪽으로 나란히 늘어서 있었고, 길가엔 삭발한 듯한 짧은 초록색 풀

들이 뒤덮고 있었다. 하늘은 늦은 오후인데도 붉지 않고 청명한 푸른색으로 펼쳐져 있었다. 건물들이 다 낮아서 시야의 대부분을 하늘이 차지하고 있었다. 이렇게 바깥을 가만히 쳐다보는 것도 캐나다에 온 이후로 처음인 것 같았다.

맞은편으로 사람이 다가오는 인기척을 느꼈지만, 누군지 아니까 굳이 쳐다보진 않았다. 나는 지금 처음으로 캐나다의 풍경을 오롯이 즐기고 있었다. 이제야 내가 다른 곳에 와 있음을 완전히 실감했다.

한 번 깊게 숨을 들이마시며 고개를 앞으로 돌렸을 때, 깊은 눈동자를 가진 장신의 흑발 남성이 나와 눈을 마주쳤다.

그는 씨익 웃으며 말했다. "여기 있었네."

나는 결국 녀석을 죽였다.

어떻게 죽였는지까지는 잘 모르겠다. 어쩌다 보니 그렇게 됐다. 제 발로 찾아와준 녀석 덕에 우리 둘은 목숨 걸고 싸웠고, 내가 운이 좀 더 좋았고, 반나절에 걸친 싸움 끝에 녀석을 끝장낼 수 있었다.

놈이 나를 찾아온 이유를 직접 듣진 못했으나, 나는 알 수 있었다. 녀석은 제 위협이 될 나를 제거하려 한 것이 아니었다. 소혁우라는 인간은 그런 종류의 인간이 아니었다. 녀석은 단지 재미있을 것 같아서 나를 찾아왔을 것이다. 아마도 나를 마지막 제물 삼아, 마치 어떤 여흥처럼 삼았을 것이다.

이날 나는 태어나 처음이다 싶을 정도로 가장 깊은 잠을 잤다. 코도 안 막히고 두통도 없었다. 온몸이 다 아픈데도 진통제 하나 없이 그렇게 열두 시간을 내리 잤다.

마음 같아선 곧바로 한국으로 가고 싶었으나 몸이 만신창이가 되어 그럴 수 없었다. 나는 한 달 정도 회복해야만 했다. 집에 처박혀 회복하는 동안 가장 어려웠던 건 집에 없는 척하는 것이었다. 다행히도 나는 경험자였고, 이곳 사람들은 한국 사람들보다 덜 집요했기에 조금은 수월했다. 웬만큼 움직일 만하다 싶어졌을 때, 나는 몸을 질질 끌다시피 해서 한국으로 돌아가 곧바로 자수했다.

자수하고 나자 나머지는 자동으로 진행됐다. 내 진술에 따라 모든 게 진행됐고, 다만 조금 미안했던 건 수사관 몇 명이 사실 확인을 위해 직접 캐나다로 파견을 나가야만 했다는 것이다.

사람들은 생각보다 나에게 관심이 많았다. 내가 겪은 이야기를 기사로 쓰려는 사람이 많았고, 취재 요청이 빗발쳤다. 사람들은 나의 일대기를 추적하기도 했고, 조금이라도 관련 있는 사람들을 찾아가거나 제보를 받아 이야기를 완성하기도 했다. 가장 황당했던 건 웬 영화제작자인지 감독인지가 면회 신청을 했던 것인데, 당연히 거절했다.

어찌 됐든 나는 법정에 섰고, 오랜 재판 끝에 7년 형을 받았다. 인과관계 따지기를 좋아하는 사람들과 동정하길 좋아하는 사람들의 여론이 한데 섞여 나를 도와준 셈이 되었다. 물론 나를 괴물 취급하는 사람들이 더 많았다. 무엇이든 좋고 어찌 됐든 괜찮았다. 중요한 건 녀석이 세상에서 없어졌다는 사실이었다.

재판이 끝나고 나에게 할 말이 없느냐고 묻는 기자에게, 나는 이렇게 말했다.

"저는 쥐불놀이를 했을 뿐입니다."

사람들의 야유와 비난이 이어졌다.

나는 한마디 덧붙였다. "다행입니다."

어찌 됐든 다행인 건 다행이었다. 그래, 정말 다행이었다. 녀석을 죽여서 참 다행이었다. 이미 여러 사람을 구한 거나 다름없다.

이렇게, 생애 처음 맡은 베이비시터 일은 이제야 드디어 끝났다.

평생의 복수

잠깐 감았던 눈을 뜨자, 나는 누운 채로 하늘을 보고 있었다. 어느새 해는 저물어가고 있었고, 내 몸 위엔 이불이 덮여 있었다. 눈을 아주 잠깐 감았다 뜬 것 같은데 어느새 잠들었거나 기절해 있었던 모양이다. 이따금씩 혁우가 보였던 것 같기도 하고.

내가 덮던 것과 같은 검은색 이불이 왜 여기에 있는지는 알 수 없었다. 하늘엔 엷은 구름이 늦봄의 따스한 기운을 품어서인지 핑크빛으로 넓게 물들어 있었다. 나는 아직도 몽롱하니 피곤기가 가시지 않았는데, 파스텔 톤의 꽃다발 같은 하늘과 새까만 이불의 부조화 때문에 더 그런 것 같았다. 누운 채 손가락으로 더듬으니 어느새 손바닥엔 붕대가 감겨 있었다. 언제부터인 줄도 모르게, 나는 그렇게 옥상에서 이불을 덮은 채로 온몸을 바닥에 붙이고 있었다.

맨몸으로 돌바닥에 닿아 있어서 그런지 늦봄 날씨인데도 몸이 덜덜 떨렸다. 몸을 일으키려니까 안 아픈 곳이 없었다. 나는 이불을 두른 채로 몸만 겨우 반쯤 일으켜 앉았다.

고개를 돌렸더니, 코앞에 소혁우가 있었다. 나는 화들짝 놀라 퍼드덕 떨었고, 그러고 나니 문득 민망해졌다. 나는 애써 숨을 달래서 차분함을 되찾고 나서야 공연히 녀석을 탓할 수 있었다.

"너무 가까웠어."

갑작스럽게 너무 가까워서 놀랐을 뿐이다, 나는 그런 뜻으로 말한 건데 녀석이 알아들었는지는 알 수 없었다.

녀석은 두 팔로 무릎을 감아 쪼그리고 앉은 채로 말했다. "그게 왜?"

"우리가 이렇게 가까울 사이는 아니잖아."

그때 녀석은 잠시 말이 없다가 부스스 일어났다. 꽤 오래 앉아 있었던 모양인지 녀석은 두 팔과 다리를 쭉 편 채로 무릎을 꾹꾹 눌러 스트레칭하면서 말했다.

"무거워서 옮길 수가 있어야지."

무겁다, 나를 옮기려고 했다? 왜 그랬을까. 그러면 이 이불은 내가 안 옮겨져서 덮어놨다는 뜻인가? 잠시 정리가 되지 않았다. 하지만 되묻진 않았다.

녀석은 잠깐 기다리다 이어서 말했다. "경찰은 돌려보냈어."

나는 아직도 몽롱했다. 몸이 앞뒤로 흔들리는 것 같았다. 잠깐의 잠에서 깨어 머리가 아직 휴식 중인 건지, 너무 이상한 일을 단번에 몰아 겪어서 뇌에 과부하가 걸린 건지, 이도 저도 다 싫어서 무기력한 건지, 어쨌든 생각이 하나로 집중되지 않았다. 식어가는 욕조에 몸을 하반신만 담그고 있는 것 같았다. 내 신경은 다시 핑크빛 하늘에 닿아 있었다.

혁우는 바닥에 널려 있는 연필 잔해와 흙 조각들을 손으로 툭툭 쳐내고 있었다. 뭔가 내 반응을 기다리는 것 같다는 걸 눈치는 챘지만, 그래도 가만히 있었다.

녀석은 그러다 말고 손을 탈탈 털더니 말했다. "이제 어떻게 할 거야?"

나는 한숨을 고르고는 대답했다. "생각해봐야지. 일단 좀 쉬고."

눈만 깜빡이다가 입술을 비죽 내밀고 고개를 끄떡이는 소혁우의 모습은 마치 겉모습만 어린이인 어른 같았다.

다행히 다시 잠이 들 수 있었다. 그들이 내어준 그 방에서, 내 것이 아닌 침대에 몸을 뉘었다. 몸은 여전히 불편하고 통증이 있어서 뒤척일 때마다 잠깐씩 잠에서 깨곤 했다. 중간에 문득 불안함이 엄습하는 바람에 한 번 정도 완전히 깨긴 했었는데, 마음을 가다듬고 다시 잠을 청했다.

몸의 회복 차원에서 하루 이틀 지내려던 것이 벌써 며칠째 됐다. 침구류는 점점 익숙해졌고, 냉장고의 먹을 것과 마실 것은 양껏 먹어도 줄지 않았다. 밖에 나가지 않아도 몇 달은 버틸 수 있을 것 같았다. 이런 상황에서 마음이 편안한 건 따지고 보면 이상한 일이지만, 음식 걱정이 없다는 것만으로도 안정적이었다. 다만 맛이 없어서 양념이나 소스 생각이 나기도 했는데, 병원식이라고 여기기로 했다.

혁우는 주로 방에 틀어박혀 있었다. 뭘 하는지는 모르겠지만 일단은 내 회복이 중요했기에 굳이 녀석을 건드리거나 들쑤시지 않았다. 누구의 동의도 없이 시작된 동거가 내겐 아슬아슬하게 느껴졌지만 녀석은 제 집이라 그런지 나와 함께 있는데도 꽤 편해 보였다. 어쩌다 기척을 느끼거나 마주칠 때는 별일 없는 것처럼 슬쩍 쳐다보고 지나가곤 했다.

"왜 나를 살려뒀어?"

내가 이렇게 물었을 때, 우리는 부엌에서 마주쳤고 혁우는 밥을 먹고 있었다. 녀석은 숟가락을 내려놓더니 삐딱한 고개로 나를 쳐다봤다.

"생각해보니, 의미가 없었어."

"의미?"

내가 물었고, 녀석은 고개를 저으며 말을 이어갔다.

"증명할 대상이 없어졌잖아."

"증명?"

녀석은 깊은숨을 길게 내쉬더니 너무나 당연한 걸 설명한다는 말투로 말했다. "엄마, 아빠가 없잖아. 없는데 내가 뭐하러 그걸 해. 이유가 없잖아. 내가 도대체 어디까지 설명을 해줘야 하는 거야?"

이제 이해됐느냐고 덧붙여 말하는 녀석에게 나는 당연히 이해되지 않는다고 했다.

그러자 녀석은 다시 숟가락을 들더니 말했다. "뭐, 상관없어. 이제 누나가 나 책임져."

상처가 웬만큼 아물고 나서 살펴보니 연필심 몇 개가 팔뚝과 허벅지의 피부 속에 남아 있었다. 면도날을 잡았던 손바닥은 아직 반밖에 펴지지 않았다. 화장실에서 문을 열어둔 채로 거울로 몸을 살피고 있는데, 마침 혁우가 지나갔다.

나는 녀석을 불러 세우고 말했다. "이거 봐. 네가 한 짓이라고."

녀석은 멀뚱히 보더니 고개만 끄덕이곤 제 할 일을 하러 갔다. 도대체 뭘 하는 건지는 모르겠지만.

병원에 가기엔 상처가 너무 엄했다. 엄하다는 건, 의사라면 분명 폭행이나 흉기에 의한 상처인 걸 보자마자 눈치챌 것 같았다. 상처가 깊긴 해도 치명적인 건 아니었으니, 집에서 자연 치유가 되길 기다렸다. 흉터는 어쩔 수 없는 기억처럼 여기기로 했다.

경찰이 몇 번 찾아오긴 했다. 부부가 회사에 나가지 않으니 직원 몇 명이 실종신고를 한 것이다. 나는 진이경의 긴팔과 긴바지로 몸을 가리고 질병을 핑계로 마스크를 써서 최대한 숨겼다. 경찰은 베이비시터인 나와 어린아이를 이상한 눈으로 쳐다보지 않았고, 다행히도 무작정 집 안으로까지 들어오는 일은 없었다. 오히려 나를 부모 대신 아이를 돌봐주는 착한 학생 정도로 여겼다.

몸이 괜찮아지고 나서, 부부의 시체는 마당에 묻었다. 맨몸으로 땅을 파는 일은 생각보다 힘들었다. 땅을 파다가 다른 해골이 나오기도 했는데, 그때 혁우를 쳐다보니 녀석은 어깨를 한번 으쓱할 뿐이었다. 결국 이것들 전부 흙과 함께 묻어두기로 했다. 이 모든 것은 평생의 비밀로 간직하며 살기로 했다.

그렇게 우리 둘은 이 집, 아니 이 '요새'에 갇혀 지냈다. 먹을 것은 주기적으로 배달되고 청소는 자동으로 됐다. 내가 할 건 혁우를 지켜보는 일뿐이었다.

"심심해."

몇 달 만에 대뜸 녀석이 내게 뱉은 말이었다. 나는 녀석에게 무엇을 해줘야 할까 하다가, 이런저런 이야기 끝에 내가 겪었던 일까지 덤덤히 늘어놓게 되었다. 리암을 잃은 일, 내가 법을 전공하려 했던 이유, 이 집에 오기까지의 결심 등의 이야기였다.

관심 없다거나 지루해할 줄 알았던 녀석은 의외로 집중했다. 그 눈은 여전히 투명하고 맑아, 눈빛으로만 보면 보통의 아이들처럼 초롱초롱할 뿐이었다.

"안 죽이고 싶어?"

누구를? 그 아저씨. 녀석의 이어지는 말에 나는 화들짝 고개를 들었다. 무엇보다 속마음을 읽힌 것에 당황했지만 애써 진정시켰다. 우리는 가만히 눈을 마주치고 있었는데, 녀석은 그때 가볍게 눈짓했다.

"대답해봐. 안 죽이고 싶냐고."

그럴 때도 있었지. 하지만 차마 입 밖으로 꺼내진 못했다.

"떠오른 거 있었잖아. 아까 좀 전에. 마음속으로만 생각했던 거."

나는 또 놀라 눈만 껌뻑이면서 잠깐 생각하다가, "왜?" 하고 되물었다. 그러자 녀석은 "진짜 있긴 있나 보네"라며 피식 웃었다. 역시 놀라운 녀석이었다. 이때 우리 둘 사이에 잠깐 정적이 흘렀다. 나는 왜인지 고개를 끄덕이게 됐고, 혁우에게 마치 편지를 읽는 것처럼 길게 말하게 되었다.

"언젠가 우리가 세상으로 나갈 때, 그때를 지금부터 조심하며 살기로 하자. 바깥세상은 온통 위협투성이야. 그리고 네가 바깥에 나가면, 네가 바로 그 위협이 될 거야. 너는 나와 함께 이렇게 사는 게 제일 안전하고, 이것이 행복이 되어야 해. 이렇게 고립되어서, 세상과 떨어져서, 격리되어서. 그렇게 우리는 또 다른 리암을 만들지 말자."

이때까지 잠자코 듣기만 하던 혁우는 갑자기 눈을 반짝였다. 뭔가 놀잇거리를 찾은 것만 같은 아이의 얼굴이었다.

"그 위협은 상당히 쓸모가 있을 것 같은데?"

신은 이런 악마에게도 어린아이의 얼굴을 주었다. 심상치 않은 기운에 내가 혁우를 쳐다봤을 때, 녀석은 씨익 웃는 걸로 대신했다. 뭔가 할 일이 생겼다는 것처럼 고개를 끄덕이며 미소 짓더니 돌아서는 녀석의 뒷모습은, 그러면 안 되지만 왠지 희망차 보였다. 나는 덩달아 불길해졌다.

혁우는 언제나 차분했다. 감정이나 기분의 굴곡도 기복도 없었다. 애당초 그렇게 될 만한 '감정'이라는 것이 없어서 그런 것일까 의문을 품다가도, 녀석이 갑자기 신난 것처럼 행동하면 겁부터 난다.

혁우는 뭔가가 정리된 표정으로 내게 오더니 마치 덩실덩실 춤이라도 추듯 말했다. "죽이자!"

뭐? 나는 녀석의 눈을 봤고, 그때서야 녀석의 눈을 아주 조금은 읽을 수 있게 되었다. 혁우는 진심이었다. 나는 몰랐지만 녀석은 그새 많은 생각을 했던 것으로 보였다.

"그 아저씨, 죽이자."

안 돼. 나는 고개를 흔들었다. 안 된다고 말해야 했다. 적어도 그렇게 알고는 있었다.

"감옥에 있을 거야. 어디 있는지는 몰라."

그러나 내 입은 얼떨결에 동의하는 것처럼 제멋대로 말하고 말았다. 그러고 보니 세상에 처음으로 말한 것이었다. 관장님한테도, 목사님한테도, 담임한테도 말하지 못했던 걸 이 녀석에게 처음으로 말했다. 저렇게 말해놓고 나서 나조차도 놀라 있었는데, 녀석은 입꼬리를 올렸다.

"그건 뭐, 이제부터 찾으면 되지."

우리는 멈췄던 걸음을 다시 걸었다. 당분간 둘 다 말이 없었다.

"그런 놈은 해치워도 되지?"

녀석이 나를 보면서 말했을 때, 나는 나도 모르게 대답했다. "들키면 안 되지."

녀석은 의외라는 듯 나를 쳐다봤다.

"해치지 말라고는 안 하네?"

여전히 녀석은 총명했다. 이번에도 나는 아무 말 하지 않았다. 녀석은 가만히 나를 보다가 입 벌려 환하게 웃었다.

"이제야 좀 재미있을 것 같아."

나는 이 얄팍한 복수에 나도 모르게 동의하고 말았다. 늘어뜨린 내 손에 무언가 닿았다. 쳐다보니 혁우의 손이었다. 녀석은 나를 올려다봤고 나도 녀석을 내려다봤다. 우리는 눈이 마주쳤다. 그때 녀석은 "가까워졌네"라고 말하곤, 내 손을 잡고 악수처럼 흔들더니 한마디 더 했다.

"지금부터 우린 한 팀이야."

✝

정작 그 뒤로 10년간은 아무 일도 없었다. 나는 이 집 밖으로는 한 걸음도 나가지 않고 살았다. 혁우도 마찬가지였다. 우린 밖에 나가는 일 없이, 그렇게 살았다. 자연스럽게 바깥세상과도 침묵에 빠졌다.

그사이 소범수, 진이경 부부는 실종자가 되어 있었다. 경영권은 혁우가 법적으로 성인이 되는 순간부터 승계를 받는 걸로 되어 있었다. 이사회인지 뭔지 하는 회사 관계자가 한 번쯤 찾아와 연락용 핸드폰과 태블릿을 건넨 것 외에는 직접 대면할 일은 없었다. 우린 기술의 발달에 이은 편리한 세상의 덕을 톡톡히 보고 있었다.

이 집에선 모든 걸 할 수 있었다. 태블릿 등의 멀티미디어 장비도 충분히 있고, 요즘 세상엔 뭐든 배달시키면 됐고, 혁우를 통해 회사 사람에게 무언가를 부탁하면 됐다. 마당과 옥상은 무슨 운동이든 할 수 있을 만큼 넓었고, 돈은 쓰는 것보다 들어오는 것이 더 많았다. 이 집을 벗어나야 할 이유보다 나가지 않을 방법이 더 많은 것 같았다.

매년 '그날'엔 제사를 지냈다. 어차피 이곳에 묻혀 있으니 그래도 되겠다고 생각했다. 제사상이라고 해봤자 이 집으로 자동 배달되는 그것뿐이었지만, 어차피 그들도 평소에 먹던 건데 뭐. 내가 두 번의 절을 하는 동안에도, 혁우는 본체만 체했다. 바깥세상의 나는 어찌 됐는지 알 수 없었다. 언젠가 나도 실종자가 되어 있을 수도 있겠구나 싶을 때쯤, 경찰이 찾아와 내 안위를 확인하고는 돌아갔다. 목사님과 관장님의 신고였는데, 경찰은 나를 배트맨의 알프레드처럼 부잣집에 종신 고용된 가정교사이자 집사 정도로 생각했다. 오히려 내 신세가 좋아진 거 아니냐며 부러워하는 눈치였다.

핸드폰은 요금 체납으로 끊긴 지 오래됐지만 어차피 연락

할 곳도 없었으니 불편할 일은 전혀 없었다. 대학교는 당연히 제적일 테지만 상관없었다. 이제 내 인생은 이곳이니, 모든 의미가 이곳에 정착하게 되었다. 즉 학교 따위는 의미가 없었다. 여기서 소혁우와 함께 고립된 채로 이렇게, 새로운 내가 되었다.

10년 동안 제때 꼬박꼬박 배달되는 이 집 특유의 음식을 먹으며, 이렇게 나와 녀석의 색깔은 비슷해져가는 듯했다. 각종 양념의 맛도 더는 그립지 않게 되었다.

10년이 지나는 동안 혁우는 키도 몸도 알아서 쑥쑥 잘 컸다. 나는 지켜보는 것 이외엔 해준 것이 없었다. '그'가 말했던 대로, 나는 그야말로 '보기만' 했다. 10년이란 세월은 생각보다 금방 가버려서, 그사이에 혁우가 조금은 변하거나 잊지 않았을까 하는 마음이 들기도 했다. 그도 그럴 것이, 혁우는 사회생활에 대한 질문 몇 가지 외에는 10년 동안 한 번도 '계획'에 대해 언급한 적이 없었다. 이쯤 되니 나는 전부 잊고 혹은 묻어두고 이대로 지내게 되는 건가, 안심이 되기도 하면서 타성에 젖어가고 있었는데…….

"좀 오래 걸렸네. 그렇지?"

대뜸 말하는 녀석을 보며, 나는 '그 얘기'구나, 단번에 눈치챌 수 있었다. 혁우는 어느새 훌쩍 높아진 눈높이로 나를 살짝 내려다보며 말했다.

"준비됐지?"

그러니까 결국 '놈'을 찾는 건 꽤 오래, 그러니까 10년은 걸린 셈이었다. 혁우는 본인 자체가 자라기를 기다렸던 것 같았다. 녀석은 알아서 제 나름의 타이밍을 찾고 있었다. 처음 계획을 제안한 그때부터 성인이 되기까지, 녀석은 모든 필수 교육과정을 최단 시간 만에 끝내버리더니 자격이 주어지자마자 돌연 경찰 시험을 봤다. 이때가 10년 만에 처음으로 집을 나선 것이었다. 외부인에 의해 혹은 배달에 의해 대문을 연 적은 있어도, 나가려고 대문을 연 건 처음이었다.

10년이 지났는데도 문밖은 똑같았다. 나는 시험을 보러 간다는 혁우를 배웅하려 고작 문 앞의 도로까지 몇 걸음 정도까지만 나갔는데도 덜컥 두려웠다.

그때 혁우는 내게 손을 휘휘 젓더니, 내 눈을 보고 말했다. "아직 아니야."

그래, 나는 마음으로 대답했다. 그렇지, 여기서 나오려고 힘을 쓸 때가 아직은 아니야.

현장 연수까지 끝나고 최연소 형사가 되어서도 혁우는 무슨 교육을 다니고 훈련을 받고 들어도 모를 이름의 수업을 이수하기까지 했다. 그러더니 대뜸 형사를 그만두고 본인의 회사로 들어가더니 회사 데이터베이스를 활용해 온갖 정보를 수집했다.

　때가 오는 것 같았다. 어느 날. 그래서 나는 문득 혁우를 불러 세우고 말했다. "이러면 안 될 것 같아."

　그때 혁우는 그럴 줄 알았다는 듯, 마치 준비해온 것처럼 말했다. "원래 법을 전공하려고 했던 이유를 생각해봐."

　녀석은 언젠가 내가 언급했던 것을 기억하고 있었다. 나는 잠자코 있었고 녀석이 말을 이어갔다.

　"앞으로 생길 피해자를 미리 막을 수 있다고. 그 인간이 곧 나올 거야. 알지?"

　"너 솔직히 그것 때문에 그러는 거 아니잖아."

　내가 곧바로 대답하자 녀석은 잠시 멈칫하더니 이내 씨익 웃었다.

　"나는 나대로 재미를 찾고, 누나는 누나대로 찾는 거지."

　녀석은 길게 말하는 대신 눈을 반짝였다.

　나는 고개를 저었다. "너를 이용하는 것 같아."

　별로 자세히 말해주지도 않았는데 녀석은 내 마음을 이해한 것처럼 눈을 떴다. 내가 고개를 끄덕였고, 녀석은 입꼬리를 내리더니 덩달아 고개를 끄덕였다.

　"뭔 소리야? 누나는 여전히 바보네."

　동의할 것으로 생각했는데 녀석은 반대의 반응을 보이고 말았다.

녀석은 구슬같이 새까만 눈을 반짝이며 말했다. "솔직해져봐. 그깟 녀석들, 모두가 세상에서 지워지길 바라잖아? 그걸 앞으로 내가 하려는 거야. 세상에 이로운 일이라고."

"궤변이야."

"상관없어."

훌쩍 커버렸는데도 혁우는 옛날 표정 그대로였다. 나는 할 말이 없어 가만히 녀석을 쳐다봤다. 녀석은 가야 한다며 스윽 일어났다. 녀석은 나를 내려다보며, 나를 반지하 바닥에 떨어뜨렸을 때의 그 표정, 녀석은 그때와 똑같은 그 눈초리와 입 모양이 되더니 얼굴에 광채를 띠며 그때만큼이나 기대에 부푼 말투로 말했다.

"재미있겠다아."

†

혁우가 정성 들여 '계획'에 몰두하는 모습은 꽤 즐거워 보였다. 그 계획을 나와 굳이 공유하진 않았는데, 나 또한 굳이 물어보진 않았다.

'놈'은 모범수로 형기를 다 채우지 않고 나왔다. 혁우가 그것까지도 노렸는지는 모르겠지만, 어쨌든 타이밍이 일치했다. 날씨가 막 쌀쌀해질 무렵의 어느 날, 혁우는 갑자기 나를 택시에 태우고 어디론가 향했다.

10년 만에 나온 바깥세상은 생각보다 그대로이면서 또한 생각보다 많이 변해 있었다. 딱히 뭐가 변했는지 꼬집어서 말할 순 없었지만, 느낄 순 있었다. 나는 창밖으로 길거리를 구경하다가도 눈을 슬쩍 감아보았다. 귀밑으로 맥박이 느껴졌다. 그 약간의 어색함이 설렘을 부추기는 것 같았다.

도착한 그곳에 '놈'이 있었다. 빽빽한 빌라 주택가 골목에서 사람들에게 둘러싸인 채로, 아웅다웅하며, 난감한 표정으로 놈은 사람들 틈에 있었다.

'놈'을 둘러싼 사람들은 저마다 카메라를 들고 있는, 대체로 젊고 행색이 범상치 않은 사람들이었다. 옷차림도 누군가는 날씨에 맞지 않게 너덜거리는 러닝셔츠를 입고 있고, 누군가는 군용 방상내피를, 누군가는 화장이나 분장을 하기도 심지어는 마스크를 쓰고 있기도 했는데 그게 각자의 콘셉트인 것 같았다.

후에 알게 됐지만, 그사이 '놈'의 신상과 과거 행적은 온라인상의 이곳저곳에 퍼져 문제가 되고 있었다. 세상과 담을 쌓은 터라 나만 모르고 있었을 뿐이었다. 익명의 후원자가 매번 큰 금액과 함께 인터넷 자극 방송 스트리머 여럿에게 '놈'의 습격을 제안했고, 스트리머들은 연계하여 날짜를 정했던 것이다.

"자. 선물이야. 잘 봐봐."

혁우는 이 아우성을 뒤에서 지켜보다가 대뜸 외쳤다.

"밟아!!"

늘 조용한 혁우가 이렇게 크고 우렁찬 사내의 목소리를 낼 수 있는 줄은 미처 몰랐다. 안 그래도 흥분해 있던 스트리머들은 포효 같은 신호에 갑자기 우아아 소리 지르며 '놈'을 밟아댔다. 스무 명은 넘는 사람들이 누가 먼저랄 것도 없이 몰매를 때리니 그것은 또 다른 의미의 장관이었다.

"지금 필요한 건 작은 스파크야. 그러면, 봐. 이렇게 알아서들 잘해주잖아."

나는 그들의 움직임에서 눈을 떼지 못했다. '놈'은 힘주어 버티다가 이내 무너져 내렸다. 스트리머들은 저마다 다른 방식으로 환호하며 몰매를 때렸다.

"뭐해? 안 가?"

혁우가 나를 떠밀었다. 눈앞에 '놈'이 있다. 한때 괴물 같던, 그렇게 무서웠던 그 '놈'은 지금 초라하게 사람들에게 둘러싸여 밟히고 있었다. 나는 오랜만에 심장이 뛰면서 정수리가 뜨끈해지는 것을 느꼈다.

그때 나는 그들 틈으로 섞였고, 제일 앞장서서 '놈'을 밟았다. 일어나려는 놈을 발로 차고 짓밟았다. 문득 눈앞이 아득해지며 오로지 손과 발에 닿는 감각만 남게 되었을 무렵,

나는 숨 쉬는 것조차 잊은 채로 발길질에 몰두했다.

그때 '놈'이 내 발을 잡더니 확 낚아챘다. 나는 우당탕 넘어지고 말았다. 주변의 스트리머들이 나를 부축하는 동안, 놈은 팔다리를 퍼덕거리며 군중을 벗어났다.

목숨이 걸린 상태에서 도망치는 인간은 생각보다 질겼다. 일개 일반인인 스트리머들은 차마 막지 못해 심지어 비켜서기까지 했고, '놈'은 전차처럼 돌진해 도망쳤다. 나는 눈이 먼 것처럼 그놈만을 쫓아 달리기 시작했다. '놈' 외에는 아무것도 보이지 않았다.

한참을 달리다 둘 다 지쳐 숨이 정수리까지 차올랐을 때, 뒤를 돌아보니 오로지 나만이 녀석을 쫓아 달려와 있었다. 어느새 해가 어둑해지고 '안심 골목' 가로등이 땅을 비추고 있지만, 뒤를 돌아본 놈은 오히려 의기양양했다.

"혼자야?"

'놈'은 나를 보며 씨익 웃더니, 목을 꺾고 팔을 붕붕 돌리면서 다가왔다. 상대가 애당초 말이 안 통하는 괴물이라는 건 익히 알고 있었다. 나는 숨을 고르고 자세를 잡았다. 놈은 피식 비웃었다.

나는 최대한 흥분을 가라앉히고 거리를 쟀다. '놈'이 가까이 오면 펀치로 턱을 맞히고 다시 거리를 벌렸다. 놈은 처음엔 당황한 듯싶었으나, 이내 흥분하더니 더욱 덤벼들었다.

멧돼지처럼 돌진하는 '놈'은 온몸을 던졌고, 내 옆구리에 놈의 어깨가 부딪혔다. 강한 충격에 나는 중심을 잃고 밀려났다. 쌓여 있던 재활용 쓰레기들이 바닥에 흩어졌다.

그때 '놈'은 내 위에 올라타더니 목을 졸랐다. 온갖 욕을 퍼부으면서, 어디 여자 따위가 자기를 우습게 봤다는 둥, 말같지도 않은 말만 한참을 설교하듯 중얼댔다.

그러던 '놈'이 문득 멈추었다.

"잠깐, 너…… 그년이구나?"

말하며 씨익 웃는 놈의 모습에, 소름이 발끝부터 등줄기를 타고 머리끝까지 올랐다. 깔린 채로도 나는 의지와 상관없이 놈의 주둥이에 주먹을 꽂았다. 저 진흙 같은 미소를 망가뜨릴 수만 있다면 내가 어떻게 되더라도 상관없을 것 같았다. 놈은 욕지거리를 내뱉으며 내 머리채를 잡고 어디론가 끌고 가려 했다. 머리채, 격투기에서는 룰에 어긋나기 때문에 가르칠 수 없는 기술이다. 머리채를 잡히자 속수무책으로 끌려갈 수밖에 없었다.

어쩔 수 없었다. 나는 머리카락이 다 뽑히게 되더라도 '놈'의 팔뚝을 작살낼 생각으로 온몸을 던졌다. 나는 놈의 팔과 몸에 매달려 팔꿈치를 반대로 꺾었고, 놈은 내 체중을 이기지 못하고 넘어졌다.

같이 엎어진 중에도 '놈'은 습관적인 욕을 끊임없이 내뱉으며 나를 때렸다. 나는 온몸에 힘을 주어 계속 놈의 팔을 꺾었다. 그때 놈이 몸을 돌려 일어났고, 나는 완전히 깔린 상태가 되었다.

"뒤져라, 이 쌍년."

'놈'이 위에서 나를 내려다보며 말했을 때, 어디선가 날아온 발이 놈의 머리를 차버렸다. 턱과 목 사이에 정확히 맞은 킥은 놈이 기절하기에 충분했고, 쓰러진 놈의 뒤에 서 있는 건 새까만 눈의 혁우였다.

그때 군중이 몰려왔고, 사람들은 다시 놈을 에워쌌다. 그때 혁우가 나를 확 잡아당겨 군중 틈에서 빼냈다. 나는 여전히 흥분에서 벗어나지 못한 채로 놈에게 달려들려 했는데, 혁우는 나를 잡아 뜯다가 말고 피식 웃더니 말했다.

"지금이야. 이제 가야 해."

감정적 흥분과는 상관이 없는 혁우는 여느 때처럼 침착함을 유지하고 있었다. 아직도 제정신이 돌아오지 않은 나를 붙들고, 그렇게 혁우와 나는 이 골목을 유유히 빠져나갔다.

집에 오는 길의 택시에서 나는 온 힘을 다 쓴 것처럼 처져 있었다. 쿵쿵거리는 심장은 끝없이 뛰었다. 연신 입맛을 다셨다. 실제로 입가에서 단맛이 났다.

'놈'을 실제로 때릴 수 있었던 순간은 위험할 정도로 짜릿했다. 쾌감의 역치를 넘었다가 돌아오는 것은 생각보다 체력

소모가 심했다. 나는 겨우 숨을 고르다가 옆의 혁우와 눈이 마주쳤다.

혁우는 작게 중얼거리듯 말했다. "거기 모여 있던 사람들 중에서 죄책감을 느끼는 사람은 아무도 없을걸. 경찰조차도 내심 즐기지 않았을까? 일부러 늦게 왔을 수도 있어."

혁우는 태블릿을 내밀어 큰 화면으로 사람들의 반응을 보여줬다. 실시간 채팅과 댓글은 그들의 행동을 북돋우며 심지어 다른 목표물에까지 이어지도록 릴레이로 부추기기까지 했다. 나중에 들은 얘기지만 우리가 떠난 뒤 곧바로 소수의 경찰이 들이닥쳤고, 얼마 지나지 않아 이곳에 있던 전원은 경찰의 안내에 따라 해산했다. 몇 명은 폭행으로 입건되었으나 구속까지 가지 않고 전부 훈방되었다.

나는 그날 들어가는 길에 라이터를 사서, 뒷마당에 자란 잔디에 불을 붙였다.

"이게 쥐불놀이야."

"별걸 다 아네."

"아빠가 가르쳐줬어."

혁우는 쥐불놀이의 유래를 물었고, 나는 해충의 피해를 방지하기 위해 시작되었다고 말했다.

나는 우리가 한 짓이 차마 잘못된 거라고 말하지 못했다.

왜냐하면 우선 나부터가 그렇게 생각하지 않았기 때문이다. 다만 생각하는 것보다, 우선 내가 아는 걸 얘기해야 했다.

"이런 건 위험해."

중세 유럽의 마녀사냥도, 한국의 해방과 남북전쟁 직후 무고한 다수의 민간인 희생도, 이것과 비교해볼 수 있었다. 나는 집단의 정의가 항상 옳지는 않다고 말하고 싶었다.

"무슨 말 할지 알아. 그런데 괜찮아."

혁우는 내 눈을 깊게 쳐다봤다. 그 시선은 마치 내 생각을 안다는 듯했다.

"확실한 놈들만 하자고. 확실한 놈들. 감성이 아니라 지성으로 판단해서 말이야."

마지막 말 하나는 확실히 믿을 만했다. 왜냐면, 녀석에게 감성이라곤 없을 테니까.

이후 마약밀매업자, 대규모 전세 사기꾼, 보이스피싱단 등 굵직한 범죄자 집단을 처단했다. 혁우는 제각각의 방법으로, 다만 가장 간단한 방법으로 사람들을 선동해 활용했고, 다수의 사람이 속 시원해할 대상만 잘 골라서 움직였다. 그걸 혁우의 표현으로는 '청소'라고 했다. 언젠가 자기 집이 자동으로 청소되는 것처럼, 세상도 자동으로 청소됐으면 좋겠다고 혁우는 말했다. 네겐 그럴 자격이 없다고 말하고 싶었지만, 혁우가 어릴 적 저질렀던 일들은 과연 혁우의 일이라고 봐야 할지 아니면 소범수 진이경 부부의 일인지, 이제는 그 경계와 구분이 모호해지고 말았다. 그 모든 것을, 일단은 이 집에서 일어났던 일들처럼 덮어두기로 했다.

"분노의 시대야." 혁우는 태블릿을 보며 말했다. "사람들은 분노해 있고 복수를 원해. 지금이야말로 자경단 노릇 하기에 둘도 없이 제격인 시대일 수도 있어."

"그렇지만…… 질서라는 게……."

"아 좀, 자기한테 좀 솔직해져봐. 내가 자경단 짓에 관심 있어서 이러는 것 같아? 타이밍이 딱 맞는다는 거잖아." 혁우는 말을 끊어놓곤 나를 잠시 한심한 듯 쳐다보다가 다시 제 말을 이어갔다. "질서는 얼어 죽을, 그딴 건 누나 마음에도 없는 거잖아."

가만히 보면 혁우는 말을 안 했으면 안 할지언정 거짓말을 하진 않았다. 거짓말을 할 줄 모르거나 왜 해야 하는지 모르는 것일 수도 있다. 결국 어쩌면 거짓말이라는 것은 감정에 의한 산물일 수도 있음을, 혁우를 보면서 알게 되었다.

그래, 질서가 있었다면 리암은 죽지 않았을 거야.

우린 팀으로 움직였다. 최우선으로 삼는 덕목은 잡히지 않는 것이었다. 어쨌든 우린 '청소' 중이었고, 물론 이 사회에서 허용되지 않는 행동이었다.

녀석은 신나 보였다. 매번 발전하는 모습을 보였다.

"우린 언젠가 잡혀. 그렇게 돼 있어."

"상관없어."

"한 번 잡혀 들어가면 못 나올 거야."

"상관없대도. 그리고 내가 상관없어 한다는 것도 알 텐데?"

나는 잠시 있다가 절로 고개를 끄덕였다.

"아직 안 잡혔잖아."

그래. 우린 아직 안 잡혔지. 나는 오랜만에 싱긋 웃었다. 왜인지 나는 정해진 것처럼 앞날을 말할 수 있었다.

"그래, 잡히진 않았지. 죽을 때까지 잡히지 않을 수도 있어. 근데 우리와 같은 누군가에게 죽임을 당할 순 있어."

"그건 좀 괜찮은데." 녀석은 지나치도록 덤덤하게 대답했다. "그렇게 하는 게 맞는 것 같기도 하고."

녀석의 말에 나도 고개를 끄덕였다.

이미 한배를 탄 거니까.

나는 한숨을 내쉬었고, 녀석은 고개를 까딱 한 번 하더니 "그때까진 우린 팀이야"라고 말하곤 총총 제 할 일을 하러 사라졌다.

잘못된 선택이 남긴 흔적들

10여 년 전 여름, 아직 형수님과 한 몸이던 초음파 화면 속 작은 생명을 처음 마주했을 때의 기억이 떠오릅니다. 그 아이가 어느새 자라서 제 머리카락을 잡아당길 수 있게 되었을 때쯤 함께 살게 되었습니다. 집에 오면 항상 있는 존재, 늘 함께하는 존재였어요. 원고 작업을 주로 집에서 하다 보니 어느새 그 친구는 제 삶의 일부가 되어 있었습니다. 그렇게 가까운 곳에서 작은 생명체가 자라는 모습을 지켜보았습니다. 그러면서 이 아이가 어떤 실수를 하든 어떤 모습이든 존재 자체로 충분하다는 생각을 하게 되었습니다. 하지만 문득, 모두가 이런 시선으로 아이들을 바라볼 수 있다면 어땠을까, 하는 마음이 들었습니다.

그러면서 이해할 수 없었던 어릴 적 기억들 또한 선명하게 떠올랐습니다. 숫자를 제대로 쓰지 못했다고 꾸지람을 들었던 유치원 시절, 시험지 귀퉁이를 찢어먹고 쭈뼛거리며 바꿔달라고 했지만 오히려 손찌검을 당했던 초등학교 시절 등등. 대체 그 시절에는, 그 어린아이가 무엇을 그리 잘못했다고 체벌이 아무렇지 않게 자행되었을까요. 이름도 기억나지 않는 그 사람들의 얼굴과 눈빛만은 여전히 머릿속에 남아서 저를 괴롭힙니다. 그들의 잘못된 선택이 남긴 흔적을, 지금의 새내기 선생님들이 대신 짊어지고 있다는 현실까지도 자연스럽게 연결되었습니다. 당시에는 사소하게 여겨졌던 행동들, 당사자들은 아무렇지 않다고 생각했을 행동들이, 돌이켜보면 얼마나 무시무시한 것이었는지를, 그것이야말로 진짜 공포가 아닐까 하는 생각이 들었습니다. 그렇게 '도대체 이 작고 어린 것들이 때릴 데가 어디 있다고'라는 물음에서 이 이야기는 시작되었습니다. 그리고 그 물음에서 시작된 이야기는 세 가지 다른 선택의 결과로써 갈라지게 되었습니다. 하지만 그 선택은 오롯이 독자 여러분의 몫입니다. 그 선택의 결과가 어떤 이야기를 맞이하든 재미있게 즐겨주셨으면 좋겠습니다. 마지막으로 제 이야기를 함께해주신 독자 여러분들께 감사의 마음을 전합니다.

원장경

베이비시터

2025년 4월 2일 초판 발행

지은이 원장경
펴낸이 이원주

책임편집 정혜경, 홍윤선　**디자인** 전성연
마케팅실 양근모, 권금숙, 양봉호, 이도경　**온라인홍보팀** 신하은, 현나래, 최혜빈
디지털콘텐츠팀 최은정　**해외기획팀** 우정민, 배혜림, 정혜인
경영지원실 김현우, 강신우, 이윤재　**제작** 이진영
펴낸곳 쌤앤파커스　**출판신고** 2006년 9월 25일 제406-2006-000210호
주소 서울시 마포구 월드컵북로 396 누리꿈스퀘어 비즈니스타워 18층
전화 02-6712-9800　**팩스** 02-6712-9810　**이메일** info@smpk.kr

ⓒ 원장경 (저작권자와 맺은 특약에 따라 검인을 생략합니다)
ISBN 979-11-94246-89-3 (03810)

• 이 책은 저작권법에 따라 보호받는 저작물이므로 무단전재와 무단복제를 금지하며, 이 책 내용의 전부 또는 일부를 이용하려면 반드시 저작권자와 (주)쌤앤파커스의 서면동의를 받아야 합니다.
• 잘못된 책은 구입하신 서점에서 바꿔드립니다.
• 책값은 뒤표지에 있습니다.
• 팩토리나인은 (주)쌤앤파커스의 브랜드입니다.

쌤앤파커스(Sam&Parkers)는 독자 여러분의 책에 관한 아이디어와 원고 투고를 설레는 마음으로 기다리고 있습니다. 책으로 엮기를 원하는 아이디어가 있으신 분은 이메일 book@smpk.kr로 간단한 개요와 취지, 연락처 등을 보내주세요. 머뭇거리지 말고 문을 두드리세요. 길이 열립니다.